CW01430981

Bibliografische Information der Deutschen National-bibliothek. Die Deutsche Nationalbibliothek ver-zeichnet diese Publikation in der Deutschen Natio-nalbibliografie; detaillierte bibliografische Daten sind im Internet über http://dnb.d-nb.de abrufbar.

Herstellung und Verlag:

BoD - Books on Demand, Norderstedt

Printed in Germany

ISBN: 978-3-741237-86-7

Susanne Hottendorff

Mord zur Semana Santa

Kommissarin Juana
ermittelt
in Andalusien

4.Fall

Kapitel 1

Donnerstag, 8. April

Der Platz selbst und auch die Straßen rund um den Platz vor der Kirche „Jesus Nazareno" sind schwarz von Menschen. Dichtgedrängt stehen sie seit Stunden um den besten Platz mit der besten Sicht zu bekommen. Menschen jeden Alters, junge Leute, die noch einen Walkman am Ohr haben, sind genauso zu finden, wie ältere. Eltern mit ihren Kindern, teilweise auf den Schultern, teilweise in Kinderwagen und Karren. Pünktlich zur festgelegten Stunde, um zehn Uhr am Abend, öffnen sich die Kirchentore. Zuerst die Büßer, die kapuzenbedeckten Gestalten mit großen, brennenden Kerzen in den Händen, einige von ihnen sind barfuß. Sie sammeln sich rechts und links der Straße, immer zwei Kapuzengestalten gegen-überstehend, auf dem Platz vor der Kirche. Der anscheinend Älteste von ihnen trägt das große Holzkreuz, er geht der Prozession voraus. Gleich dahinter trägt einer dieser Gestalten das Kirchenbuch, alt und wertvoll mit schweren Beschlägen aus Metall. Dann werden nacheinander zwei Altäre, jeweils zwei bis drei Tonnen schwer, aus der Kirche getragen. Auf dem Ersten sehen wir Jesus, er trägt das Kreuz auf den Schultern, in Ketten gelegt und barfuß. Auf dem zweiten mit frischen Blumen geschmückten Altar erkennt man Maria, die mit Tränen in den Augen, ihren Sohn begleitet. Weihrauch durchzieht die Luft, die Menschen klatschen und rufen begeistert den jungen Männern zu, die sich unter den Altären befinden. Aus einem Lautsprecher von einem über dem Platz liegenden Balkon ertönen Klagegesänge. Eine

5

Frau, feierlich gekleidet, drückt den ganzen Schmerz Jesu Christi und Marias aus, der Gesang geht unter die Haut. Die Prozession wird nun stundenlang durch die engen Straßen der Stadt fortgesetzt, erst gegen Morgen werden die jungen Träger erlöst sein, wenn die Altäre mit den Figuren wieder in der kleinen Kirche stehen. Semana Santa in Andalusien, die Heilige Woche. Höhepunkte dieser Zeit sind die Umzüge am Karfreitag und dem darauf folgenden Sonntag.

In der ersten Reihe vor der Kirche stehen auch Manolo und Lisa Levante mit ihren Kindern. Paulo, er ist acht Jahre alt, geht schon aufs Colegio in Chiclana, steht ganz stolz neben seiner Mutter. Rico, er ist vier Jahre und geht in den Kindergarten, sitzt in einer Karre. Und die Kleinste, die zweijährige Mili, darf heute auf den Schultern ihres Vaters sitzen. Alle schauen wie gebannt auf die Prozession und staunen über die brennenden Kerzen und die Kapuzen-männer, die sich durch die Straßen schlängeln. Es hat noch eine Kleinigkeit in einer der zahlreichen Tapa-Bars in der Stadt zu essen gegeben. Kurz nach ein Uhr ist die junge Familie endlich wieder zu Hause. Glücklich, fast berauscht vom Duft des Weihrauchs und vom Klagegesang der Menschen. Die Kinder sind müde aber sie sind brav und haben den ganzen Abend nicht geweint.

Manolo schließt die Tür zum kleinen Einfamilienhaus auf, alle gehen hinein und Lisa bringt die Kinder schnell in ihre Betten.

„Ich schenke uns noch ein Glas Rotwein ein, möchtest du noch eine Kleinigkeit essen?", fragt Manolo seine Frau, die bereits auf dem Weg in den ersten Stock des Hauses, zu den Kinderzimmern, ist.

„Gerne, ich überlasse es dir. Ich bin gleich wieder unten."

Den Rest des Satzes kann Manolo nicht mehr hören, denn der kleine Rico hat angefangen zu weinen. Manolo, der im letzten Herbst gerade Vierzig geworden ist, hat dunkle, volle und krause Haare, er sieht, man würde wohl sagen, typisch südländisch aus. Sein schlanker und muskulöser Körper spricht immer noch viele Frauen und Mädchen an, er hat aber nur Augen für seine eigene Frau, mit der er nun seit über zehn Jahren verheiratet ist. Bei einer großen Bank in Cádiz hat er gelernt und übt seit-dem leidenschaftlich seinen Beruf als Bankkaufmann aus. Allerdings hat Manolo zwischenzeitlich zu einer Bank an seinem Wohnort Chiclana gewechselt. Lisa, seine Frau, ist sechsunddreißig Jahre alt. Sie sieht so aus, wie man sich eine typische Spanierin vorstellt: Eine kleine zierliche Figur, lange, fast schwarze Haare mit natürlichen Locken. Die Haare fallen in weichen Wellen über ihre Schultern. Manchmal steckt Lisa die Haare locker zusammen auf dem Hinterkopf fest. Ursprünglich wollte auch sie ihren Lebensunterhalt in einer Bank verdienen. Während der Lehre haben sich Manolo und Lisa kennengelernt, daraus wurde dann die große Liebe. Lisa gab ihren Beruf auf, heute kümmert sie sich rührend um die Kinder und um den Haushalt. Die drei Kleinen der Familie Levante, nebenbei bemerkt, alles Wunschkinder, sind prächtig geraten. Alle Drei haben die dunklen Haare ihrer Eltern geerbt, strahlen über das ganze Gesicht, wann immer man sie sieht. Eine glückliche

Familie. Dazu hat auch das kleine Haus am Rande Chiclanas beigetragen. Sie sind stolz und sehr dankbar seit sechs Jahren in ihren eigenen Wänden leben zu dürfen. Ein sehr hübsches Haus umgeben von einem gepflegten Garten, was für Spanier nicht gerade typisch ist. Die Eheleute verdanken es Lisas Eltern, dass das Haus hier entstehen konnte, denn die haben mit einer nicht unerheblichen Summe dazu beigetragen. Lisas Eltern leben schon immer im Herzen Andalusiens, in Sevilla. Lisas Vater, Francesco, er ist mit seinen 57 Jahren ein ganz toller Opa, arbeitet als Notar in einer seiner Kanzlei in Sevilla. Seine Frau, also Lisas Mutter, heißt Luisa. Sie hat nie gearbeitet, außer natürlich zu Hause. Nur ein Jahr älter, aber genauso vor Gesundheit strotzend, wie ihr Mann. Manolo kommt nicht aus so einer wohlhabenden Familie wie seine Frau. Sein Vater, Juan ist 62 Jahre alt und schon seit längerem Frührentner. Seine Mutter, Carmen, erscheint mit ihren 64 Jahren eher älter, als sie wirklich ist. Die Enkelkinder fühlen sich trotzdem wohl bei ihren Großeltern in Cádiz. Zu Beginn der Ehe war manchmal die unterschiedliche Herkunft der Eheleute schon noch zu spüren. Lisa konnte sich immer kaufen, was ihr gefiel. Modisch gekleidet, nicht nur in der Bank bei der Arbeit, fiel sie auf. Mit dem nötigen Geschmack, der ihr in die Wiege gegeben wurde, drehten sich die Männer nach ihr um. Manolo konnte nicht mit-halten. Gerade im Anfang der Ehe, fehlte das Geld, das Lisa aus ihrer Jungmädchenzeit gewohnt war auszugeben. Doch die Liebe hat gesiegt. Heute ist es kein Thema mehr.

„Es war eine schöne Prozession, findest du nicht auch?", will Lisa von ihrem Mann wissen.

Sie hat die Kinder versorgt, es ist Ruhe eingekehrt, sie waren doch sehr müde. Nun sitzen die Eheleute in dem kleinen Salon und trinken ihren Wein und dazu gibt es einige Kleinigkeiten, wie Aceitunas, Manchego und Jamón.

„Ich denke, wir sollten am Sonntag noch die Abschluss-prozession besuchen. Im letzten Jahr hat sie uns auch besonders gut gefallen", schlägt Manolo seiner Frau vor.

Sie stimmt begeistert zu, man merkt ihr jetzt aber auch die vielen Stunden des Tages an, Müdigkeit macht sich breit in ihrem Gesicht. Sie räumen noch den Tisch leer, die Reste des Essens in den Kühlschrank, dann begeben auch sie sich im Obergeschoß ins elterliche Schlafzimmer.

Kapitel 2

Karfreitag, 9.April

Die Geschäfte sind geschlossen, Feiertag in ganz Spanien. In Andalusien erreichen die Umzüge ihren Höhepunkt. Manolo und Lisa haben einen Ausflug mit ihren Kindern zu den Großeltern nach Cádiz geplant. Kurz nach zwölf Uhr fahren sie mit dem kleinen Wagen los. Gemeinsam mit Manolos Eltern wollen sie am Mittag in einem Lokal essen. Sie haben sich lange nicht mehr gesehen, gab es doch in den letzten Wochen immer etwas zu erledigen. Leider, denn sie würden die Zeit natürlich lieber in der und mit der Familie verbringen. Juan und Carmen, Manolos Eltern, freuen sich schon die Enkelkinder endlich wieder in ihre

Arme nehmen zu können. Juans Kreuz hat es ihm nicht möglich gemacht, seinen Job als Tischler bis zur Pensionierung auszuüben und seine Frau Carmen ist darüber nicht froh. Wenn der Mann immer im Haus ist, hört man sie oft sagen, bleiben die eigenen Ansprüche auf der Strecke.

Paulo springt als Erster aus dem geparkten Wagen und rennt zum Haus seiner Großeltern. Über-glücklich schließt Carmen ihr Enkelkind in die Arme.

„Ich habe eine Überraschung für dich, geh mal in den Garten!", flüstert die Oma leise in Paulos Ohr.

Kaum, dass er es verstanden hat, läuft Paulo auch schon quer durch das Haus in den kleinen Garten, der sich an das Haus anschließt. Zwischen dem Oleander entdeckt der kleine Junge eine große blaue Plastikwanne, einen Kinderpool. Er freut sich riesig, springt gleich hinein, obwohl natürlich um diese Jahreszeit noch kein Wasser zum Baden einlädt.

Der Besuch endet erst, als es schon dunkel ist. Paulo, schon etwas müde, die beiden Kleinen schlafen auf dem Boden des Salons, möchte nun auch nach Hause. Es folgt eine Verabschiedung, die Familie ist sich einig, es soll nicht wieder so lange dauern, bis zum nächsten Besuch. Alle steigen in den Wagen und treten die Rückfahrt nach Chiclana an. Zum Glück wohnen sie außerhalb, denn die Festumzüge, in Cádiz genauso wie in Chiclana, sind im vollen Gange. Tausende von Menschen drängen sich durch die engen Straßen des Zentrums. Schon von weit her kann man die laute Musik hören, zaghafter Gesang einer dunklen Männerstimme dringt aus einer der Gassen.

Manolo und Lisa sind froh, der Wagen steht in der Garage, nur noch die Kinder ins Bett. Als Lisa die Haustür öffnet, stolpert sie über einen Gegenstand, der im Hauseingang liegt. Vorsichtig, da ihn aufgrund der Dunkelheit nichts erkennen kann, öffnet die junge Frau die Haustür einen Spalt und greift hindurch, um Licht zu machen. Dann wendet sie den Blick hinunter auf den Steinboden. Manolo kommt dazu, er sieht gerade noch, wie seine Frau sich bückt.

„Was hast du denn da?", fragt er Lisa, während er schon fast hinter ihr steht.

Als sie sich umdreht, sehen sich die Eheleute fragend an und schauen auf den Blumenstrauß, den Lisa nun in ihrer Hand hält.

„Ich weiß es auch nicht und kann keine Karte entdecken, die es uns verraten würde", erklärt sie ihrem Mann. Der erwidert nur:

„Nimm ihn mit rein, stell ihn ins Wasser. Der Blumenüberbringer wird sich schon melden. Wenn nicht, ist es auch egal."

Lisa schüttelt den Kopf, kann sie doch die Reaktion ihres Mannes nicht so ganz nachvollziehen. Sie denkt dann aber auch, es ist schließlich egal, der Tag war lang und anstrengend. Außerdem wird sich der edle Spender sicherlich morgen bei ihnen melden. Es sind dunkelrote Rosen, zwölf Stück, wunderschön und mit einem unvergleichlichen Duft. Sie dekoriert den Strauß in ihre schönste Vase und stellt ihn danach in den Salon. Manolo würdigt ihn mit keinem Blick und keiner Silbe. Der heutige Abend klingt, wie so oft, vor dem Fernseher aus. Gegen zehn Uhr schauen die beiden im ersten Fernsehprogramm den Wetterbericht mit einem Überblick der nächsten drei Tage. Danach gibt es eine Unterhaltungssendung mit Musik und Tanzdarbietungen. Lisa kann es sich nicht erklären, aber seit ihrer Rückkehr ist die Stimmung im Haus gespannt. Manolo reagiert gereizt, auf jede Frage, die Lisa an ihn richtet. Kurz vor Mitternacht verabschiedet sie sich daher und geht alleine ins Bett. Manolo quittiert ihren Gruß lediglich mit einem Kopfnicken, nachdem Lisa bereits auf der Treppe ist, hört sie ihren Mann noch sagen:

„Ich komme gleich nach."

Obwohl ihr die Reaktion Manolos auf den gefundenen Blumenstrauß Gedanken macht, schläft sie an diesem Abend sehr schnell ein. Als er eine Stunde später ins Bett folgt, schläft seine Frau schon tief und fest.

Kapitel 3
Sonnabend, 10.04.

Die Geschäfte haben heute, am Tag vor den großen Abschlussprozessionen, geöffnet. Die Menschen sind unterwegs und füllen ihre Vorräte wieder auf. Lange Schlangen bilden sich vor den Kassen der Supermärkte. Selbst im großen Selbstbedienungsladen in San Fernando, in dem Lisa und Manolo einkaufen, stehen die Kunden in langen Reihen an den sechsunddreißig Kassen an. Geduldig warten sie, bis sie endlich an der Reihe sind und ihren Einkauf bezahlen können. Der Einkaufswagen ist voll bis oben hin, zahlreiche Plastiktüten voller Lebensmittel

12

stellt Manolo in seinen Kofferraum. Die Kinder haben die beiden heute ausnahmsweise zu Hause gelassen. Paulo musste versprechen auf seine beiden kleineren Geschwister aufzupassen. Er hat es schon öfter zur vollen Zufriedenheit seiner Eltern getan, aber es soll die Ausnahme bleiben. Heute, bei dem Andrang in den Geschäften, ist ein Tag für so eine Ausnahme gewesen. Unruhig schaut Lisa auf ihre Uhr, über drei Stunden sind sie fort geblieben während das Auto langsam auf das Grundstück der Familie fährt. Es ist alles ruhig, kein Kindergeschrei, kein Menschenauflauf vor dem Haus, aufgrund irgendeines Unglücks! Erleichtert steigt Lisa aus und geht zur Haustür. Die Kinder hatten den Auftrag bekommen, egal wer auch klingelt, die Haustür auf keinen Fall zu öffnen. Zuerst fällt Lisas Blick auf den Eingang und die Haustür. Wieder findet sie einen Strauß roter Rosen im Eingang. Wieder keine Nachricht, keine Karte und kein Hinweis auf den unbekannten Überbringer. Bepackt mit zahlreichen Einkaufstüten folgt nur einen kurzen Moment später Manolo.

„Was, schon wieder ein Strauß? Du hast wohl einen heimlichen Verehrer?", hört Lisa ihren Mann rufen!
Sie dreht sich um, schaut ihn an und antwortet:

„Ich dachte schon, die Blumen sind von dir? Aber da habe ich mich wohl getäuscht. Schade. Es wäre eine tolle Idee gewesen."
Wieder kommt keine Antwort ihres Mannes, wieder nur ein Achselzucken. Dieser Strauß wird im Esszimmer seinen Platz finden, der Duft durchzieht die untere Etage des Hauses, wie in einem Blumengeschäft. Während Lisa den Einkauf in ihrer Küche verstaut und danach das Essen für

den Abend vorbereitet, denkt sie an die Blumengrüße. Sie hat keine Idee und kann sich gar nicht vorstellen, vorher die Blumen kommen. Sie hat keinen heimlichen und auch keinen unheimlichen Verehrer. Der kleine Rico kommt in die Küche gelaufen und überreicht seiner Mutter einen selbst gepflückten Strauß mit Blumen aus dem Garten. Er möchte es dem Unbekannten gleich tun. Lisa ist ganz gerührt. Manolo hingegen nicht sonderlich erfreut, die Blumen sollen im Garten blühen und nicht in der Vase im Haus. Aber, so sind Kinder eben.

Der Tag vergeht ohne neue Überraschungen, es meldet sich auch keine Person, die sich als Überbringer der Blumen zu erkennen gibt. Beim Abendessen bespricht die Familie den folgenden Sonntag. Der Besuch der Prozession ist dabei das Hauptthema. Lisa sucht aus ihrem Schrank sogar noch die Bilder des letzten Jahres heraus, um sich auf den folgenden Tag einzustimmen.

Kapitel 4
Sonntag, 11. April

Kurz nach dem morgendlichen Kaffee geht es zu Fuß in die Stadt. Die Kinder sind fein angezogen, Lisa trägt ein Sonntagskleid und auch Manolo, der sonst in seiner Freizeit eher Jeans trägt, hat einen guten Anzug aus dem Schrank geholt. Aus allen Teilen der Stadt strömen die Menschen in Richtung des Zentrums. Als sie sich dem „Plaza Santo Cristo" nähern, sehen sie schon eine riesige Menschen-Traube vor der Kirche stehen. Der Parkplatz ist

14

heute, wie auch die angrenzenden Straßen, für den Autoverkehr gesperrt. Einige Ältere haben Klappstühle mitgebracht, sie sitzen schon länger und haben sich so den besten Platz in der ersten Reihe gesichert. Um ein Uhr werden die Kirchentüren geöffnet und die beiden Altäre werden zum letzten Mal in diesem Jahr die Kirche verlassen. Begleitet von zahlreichen Mitgliedern der einzelnen Bruderschaften, gekennzeichnet durch große Fahnen und Orden, die ein jeder an einer dicken Kette am Hals trägt, wird der Altar mit dem auferstandenen Jesus getragen werden. Der Weg geht quer durch die Stadt und vor jeder Kirche stoppt der Zug. Alle Kirchentore sind weit geöffnet. Begleitet von fröhlicher Musik spendet Jesus, der auf dem mit frischen Blumen geschmückten Altar steht, seinen Segen. Dazu läuten die Kirchenglocken. Vergessen darf man dabei nicht, dass der tonnenschwere Altar von jungen Männern getragen wird, die Schwerstarbeit leisten. Nach einer kurzen Pause, der Altar wurde auf der Straße gesetzt, applaudieren die Menschen. Der Zug setzt sich wieder in Bewegung, weiter durch die engen Straßen der Stadt, bis zur nächsten Kirche, wo sich die Prozedur wiederholt. Zahlreiche Menschen begleiten den Weg durch die Stadt und geraten in ihren Bann, wie bei jeder Prozession im Süden des Landes. Obwohl die Spanier die Semana Santa, die „heilige Woche" immer mehr als Kurzurlaub nutzen, ist sie dennoch das größte und wichtigste katholische Fest in Spanien.

Die Familie Levante folgt dem Zug eine ganze Weile durch die Stadt, bevor sie dann alle glücklich in einer kleinen Tapa-Bar einkehren, die in einer Seitenstraße liegt. Sie trinken einen Sherry, einen Manzanilla, er gehört zur Familie des Fino, gereift auf den kalkigen Böden rund um Jerez. Die Kinder, Paulo und Rico, spielen vor der Bar auf der Straße, Mili schläft schon in der Karre. Anstrengend für die Kleinen, so ein Tag, zu viele Leute, zu viele Eindrücke und nun sind sie müde geworden. Endlich brechen die Levantes nach Hause auf. Manolo schiebt die Karre und Rico hat sich auf deren hintere Stange gestellt. Die letzten Meter vor dem Haus läuft Paulo schon vor, er kann es nicht erwarten, endlich wieder in sein Zimmer zu gelangen. Lisa sieht ihn auf dem Grundstück verschwinden, um nur einen kurzen Augenblick später mit einem Blumenstrauß in der Hand wieder an der Pforte zu erscheinen!

„Langsam wird mir die Geschichte aber suspekt!", ist Lisas erste Reaktion auf den erneuten Strauß dunkelroter Rosen.

Manolos Blick ist schon wieder etwas bissig als er antwortet:

„Du musst doch wissen, wer dir immer diese Blumen schickt?"

„Nun glaub mir doch, Manolo, ich weiß es wirklich nicht. Ich habe keinen Verehrer, keinen Liebhaber. Glaube mir bitte, ich habe wirklich keine Ahnung. Es ist auch sonderbar, immer wenn wir nicht im Hause sind liegt ein neuer Strauß vor der Tür. Wir sind die meiste Zeit zu Hause, aber nein, nur wenn wir fort sind! Ist es dir auch schon aufgefallen?"

„Klar, der Kerl will nicht, dass ich ihn sehe!"

Manolo öffnet die Haustür, vor der die Familie inzwischen steht und alle gehen hinein. Das Thema Blumen ist damit beendet. Lisa platziert den Strauß diesmal in der Küche. Sie lächelt während sie die Vase mit Wasser füllt und freut sich über die wunderschönen Rosen. Aber auch in ihr steigt der Funke von Unsicherheit und Unwohlsein auf. Der Tag geht mit seinen freien Stunden dem Ende zu, die Semana Santa hat ihren Höhepunkt gehabt, die Normalität kehrt wieder ein. Das alltägliche Leben mit Arbeit und Schule, mit Kindergarten und Haushalt wird die Gedanken an den unbekannten Blumenspender vertreiben.

Kapitel 5
Montag, 12. April

Kurz vor halb sieben klingelt der Wecker, wie an jedem normalen Arbeitstag, bei der Familie Levante. Manolo geht unter die Dusche, Lisa kocht Kaffee und bereitet einige Kleinigkeiten für die Kinder vor. Paulo muss in die Schule und bekommt heute Obst mit. Der kleine Rico - Lisa wird ihn wie jeden Morgen in den Kindergarten „Niño" bringen - wird dort verpflegt. Kurz vor acht Uhr verlässt Manolo das Haus und fährt mit seinem Wagen in die Stadt zur Arbeit. Gegen halb neun verlässt auch Lisa mit Mili, sie liegt in der Karre, und Rico das Haus, um ihn zum Kindergarten zu bringen. Mittags, gegen zwei Uhr, darf sie ihn wieder abholen. Manolo und Lisa sind der Meinung, es ist für ein Kind besser, außerhalb des Elternhauses Kontakte mit anderen Kindern zu finden. Rico liebt den Kindergarten, er hat viele gleichaltrige Freunde und die Kindergärtnerin Julia mag er besonders gern. So hat es auch noch nie

17

Tränen der Trennung gegeben, im Gegenteil, Rico kann es morgens kaum abwarten und drängelt schon kurz nach dem Wachwerden, damit es endlich los geht in seinen Kindergarten. Lisa kann es gut verstehen, die Kindergärtnerin hat ein besonderes Händchen für ihre Schützlinge. Julia Baja ist einundzwanzig Jahre alt und verheiratet, hat jedoch noch keine eigenen Kinder. Sie wohnt mit ihrem Mann Jaime, er ist dreiundzwanzig und Lehrer, in einer eigenen Wohnung in Chiclana. Voller Hingabe und unendlicher Geduld kümmert sich Julia um die ihr anvertrauten Kinder. Sie spielen, je nach Witterung im Garten oder im Haus, es wird gesungen und gemalt, gebastelt und besonders lieben es die Kleinen, wenn Julia aus ihrem reichen Schatz an Büchern vorliest.

Lisa, die Rico noch nachschaut, bis er den Kindergarten betreten hat und von Julia in Empfang genommen wird, macht sich wieder auf den Heimweg. Der Kindergarten liegt nur wenige Minuten entfernt von ihrem Haus. Kurz nach neun Uhr ist sie schon wieder in der Küche und räumt das am Morgen benutzte Geschirr in die Spülmaschine. Mili ist im Esszimmer und spielt mit einem Auto aus Holz.

Manolo hat während seiner Mittagspause gegen vierzehn Uhr eine Idee, die er gerne mit seiner Frau besprechen möchte. Er greift zum Telefon um sie anzurufen. Mehrmals klingelt es, jedoch Lisa nimmt nicht ab. Um drei Uhr, kurz bevor Manolo einen Kundentermin hat, versucht er es erneut, aber wieder ohne eine Verbindung zu bekommen. Klar, Lisa wird mit den Kindern spazieren sein. Er holt sein Handy und versucht nun seine Frau auf ihrem zu erreichen, aber das ist ausgeschaltet. Eigentlich ein Zeichen dafür, dass Lisa zu Hause ist. Erst wenn sie das Haus verlässt, so haben es die beiden abgesprochen, schaltet sie das Telefon ein. Manolo kommt eine böse Vorahnung, die vermutlich mit den Blumensträußen der letzten Tage in Zusammenhang steht. Erneut wählt er den Festanschluss. Es klingelt und klingelt, aber Lisa nimmt nicht ab. Sie kann sich darauf verlassen, dass er heute Abend von ihr eine Erklärung verlangen wird. In Gedanken malt er sich schon ein Bild: Seine Frau eng umschlungen mit einem anderen Mann! Die Bank öffnet wieder und mit den eintreffenden Kunden vergehen auch die trüben Gedanken. Manolo ist beschäftigt und vergisst erneut bei seiner Frau anzurufen, ging es doch nur um einen besonderen Essenswunsch für den Abend. Als endlich Feierabend ist hat Manolo längst vergessen, was in seiner Vorstellungskraft schon wie ein Ehebruch aussah. Er verlässt die Bank, besteigt sein Auto und fährt nach Hause. Kurz vor sieben Uhr parkt er den Wagen in der Garage und hupt, wie jeden Abend, als Zeichen zu Hause zu sein. Meist kommt ihm dann schon Paulo entgegen, aber nicht heute! Während Manolo das Auto verschließt erinnert er sich daran, dass die Schulklasse heute einen Ausflug in den Zoo nach Jerez unternehmen wollte. Anschließend sollte es ein Überraschungspicknick für die Kinder geben. Darum, der Ausflug ist noch nicht zu Ende, Paulo noch nicht wieder zu Hause. Manolo geht um die Ecke zur Haustür, sie ist verschlossen. Kurz drückt er auf die Klingel. Als aber nach einem Moment niemand öffnet greift er selbst zum Haustürschlüssel. Die Haustür ist nur zugezogen worden, nicht verschlossen.

„Hallo, Lisa! Ich bin wieder da!", ruft er laut, als er die Tür hinter sich geschlossen hat.

Keine Antwort. Dann etwas lauter:

„Hallo, wo steckst du denn? Lisa!"

Es klingt als würde Manolo laut singen, so zieht er Lisas Name in die Länge. Aber es bleibt still. Auch Rico ist nicht da. Ein eher ungewohntes Gefühl macht sich im Magen breit, das Herz beginnt schneller zu schlagen. Vor seinem inneren Auge sieht Manolo die Blumensträuße, die ihn dann veranlassen in die Zimmer zu schauen. Ja, die Sträuße stehen noch alle an ihrem Platz. Weitere scheinen nicht dazu gekommen zu sein. Erneut ruft Manolo nach seiner Frau und nun auch nach Rico. Es bleibt still. Er schaut sich um, an der Garderobe hängt Lisas Jacke, ihre Handtasche steht am Boden. Wie immer. Während er Richtung Treppe geht, denkt er noch, vielleicht sind sie bei der Nachbarin und geht nach oben. Alles sieht aus wie immer. Die Türen sind alle geschlossen.

„Hallo, Lisa, ich bin es. Hallo."

Er ruft immer wieder, obwohl er keine Antwort bekommt. Er öffnet die Tür zum Badezimmer und schaut in ein leeres und sauberes Bad. Danach das Kinderzimmer, das Paulo gehört, nichts. Ricos Zimmer, es liegt direkt daneben, ebenfalls leer und aufgeräumt. Nun öffnet er die Tür zum dritten Kinderzimmer, es gehört der kleinen Mili. Manolo schaut in die Augen der Kleinen. Sie sitzt aufrecht in ihrem Bett. Es ist ein Kinderbett, aus dem die Kleine nicht alleine klettern kann, noch nicht. Sie schaut teilnahmslos zu ihrem Vater. Manolo geht an das Bettchen und sieht den nassen Fleck auf der Matratze. Die Kleine hat keine Windel um und

20

hat ihr Geschäft in das Bett gemacht. Seltsam, denkt Manolo, das ist eigentlich nicht Lisas Art. Sie kümmert sich immer ganz besonders um die kleine Mili. Sie ist der Sonnenschein der Familie. Manolo ist böse über das hier Vorgefundene. Jetzt rücken auch die Gedanken des Mittags wieder in sein Gedächtnis zurück. Hoffentlich, findet er seine Frau nicht mit einem anderen Mann im Haus vor. Es bleibt eigentlich nur noch eine Möglichkeit, nur noch ein Ort, an dem sich seine Frau aufhalten kann. Er dreht sich um, geht aus dem Kinderzimmer und öffnet forsch die Tür zum gemeinsamen Schlafzimmer. Sein Blick fällt, es geht gar nicht anders, auf das Ehebett. Es steht mitten im Raum, an der rechten Wand der große Einbauschrank, wie üblich in Spanien. Links an der Wand stehen eine Kommode und davor ein Stuhl, auf dem einige schmutzige Wäsche liegt. Aber, Manolos Blick ist wie fest verankert auf das Bett gerichtet. In der Mitte liegt seine Frau! Sie ist bekleidet, wie am Morgen, als er das Haus verließ. Sie liegt auf dem Bauch. Die Arme sind nach oben gestreckt, zusammengebunden und am Bett befestigt. Manolo ist erstarrt. Es dauert eine ganze Weile bis er begriffen hat, das hier ist ein Unglück geschehen ist. Langsam geht er an das Bett und legt seine Hand auf Lisas Kopf. Zaghaft ruft er ihren Namen. Aber es kommt keine Antwort. Er bückt sich, um besser in Lisas Gesicht sehen zu können. Es ist fahl, ganz weiß und die Augen sind weit geöffnet. Sie starren ins Leere. Das Gesicht ist, soweit Manolo es erkennen kann, verzerrt. Er legt seine Finger an ihre Halsschlagader, nur einen Moment. Seine Finger suchen einen neuen Platz an Lisas Hals, aber auch hier ertastet er keinen Pulsschlag!

Manolo bemerkt, dass Lisas Körper nicht so warm ist wie sonst! Lisa ist tot! Fassungslos bleibt Manolo am Bett seiner toten Frau stehen. Unfähig eine Entscheidung zu treffen, vergehen Minuten. Sein Blick ist starr auf Lisas Gesicht gerichtet. Erst nachdem Mili im Kinderzimmer anfängt zu weinen, erwacht Manolo aus der Trance. Er verlässt sehr schnell das Schlafzimmer und rennt die Treppe nach unten, immer zwei, manchmal drei Stufen gleichzeitig nehmend, bis er vor der Garderobe steht. Er greift zum Telefon und wählt 112.

Es ist 20:16 Uhr als der Notruf in der Polizeizentrale Chiclanas eingeht. Die Polizisten der Policia Local fahren mit Einsatz der Sirenen zum Haus der Levantes. Die beiden diensthabenden Kollegen gehen zur Haustür, in der schon Manolo steht.

„Sie haben uns angerufen?", fragt Luis, der ältere der beiden Polizisten.

Manolo kann nicht antworten. Er zeigt mit der rechten Hand und deutet ihnen an, sie sollen nach oben gehen. Zuerst betritt Luis die Treppe, dann folgt Manolo, auf Aufforderung des zweiten Polizisten Felipe, der als Letzter die Treppe hinaufsteigt. Die Tür im Obergeschoss zum Schlafzimmer steht weit offen. Luis betritt den Raum und erkennt sofort, dass hier ein Gewaltverbrechen stattgefunden hat. Er streift sich sterile Handschuhe über seine Hände. Während er mit links den Puls der Frau auf dem Bett kontrolliert, greift er mit der rechten Hand in seine Jackentasche um sein Telefon herauszuholen. Luis informiert die Kollegen der Policia National, die für solche Verbrechen zuständig sind. Der Notruf geht bei Juana um 20:55 Uhr ein.

Juana Gadi, die Chefin der Policia National in Chiclana, hat bereits Feierabend. Sie nimmt den Anruf zu Hause entgegen und begibt sich sofort auf den Weg zum Tatort. Bevor sie ihr Auto erreicht informiert sie auch noch ihren Kollegen Pedro Clares, mit dem sie seit einigen Jahren erfolgreich zusammen arbeitet. Pedro lag auf dem Sofa vor dem Fernseher und war ein wenig eingeschlafen, als sein Telefon klingelt.

Es ist 21:35 Uhr als Juana am Haus der Levantes eintrifft, Pedro war schon kurz vor ihr dort und hat auf seine Chefin gewartet. Gemeinsam gehen sie in das Haus. Luis, der vor der Tür steht, um eventuelle Neugierige oder Fremde abzuhalten in das Haus zu gehen, hat den beiden Kommissaren einen kurzen Überblick vermittelt. Juana und Pedro gehen in das Obergeschoß. Vor der Schlafzimmertür steht der zweite Beamte, Felipe, und begrüßt die beiden.

„Habt Ihr schon die Spurensicherung angefordert?", will Juana zuerst wissen, noch bevor sie das Zimmer betritt.

Der Kollege der Policia Local bestätigt und schaut dabei auf seine Uhr.

„Sie müssen gleich hier sein, ist schon eine halbe Stunde her."

Es passiert nicht oft, dass die Policia National vor der Spurensicherung am Tatort erscheint. Daher sind sie nun besonders vorsichtig, betreten nur kurz den Raum um einen Blick auf die Tote zu werfen. Es wird nichts berührt und nichts verändert.

„Die Frau wurde erwürgt, Pedro. Der Täter hat ihr einen Damenstrumpf um den Hals gelegt. Findest du, dass es hier nach einem Kampf aussieht?"

Pedro schaut sich im Zimmer um, er speichert alle Eindrücke und antwortet dann:

„Nein, eigentlich nicht. Vermutlich ist es nicht der Tatort, sondern der Täter hat die Leiche lediglich hier abgelegt. Das Bett ist sehr unordentlich, aber es kann auch noch von der vergangen Nacht so sein. Man hört Schritte und Stimmen auf der Treppe, die Kollegen der Kriminaltechnik und der dazu gehörende Arzt betreten das Schlafzimmer. Sie kennen sich alle untereinander, daher fällt die Begrüßung locker und kurz aus. Bevor die Leiche bewegt wird, werden Fotos gemacht. Aus allen Richtungen, mit und ohne Blitzlicht. Da die Frau an den Handgelenken am Bett gefesselt wurde, untersucht der Ermittler nun zuerst die Fesseln.

„Es ist eine Damenstrumpfhose. Genau wie am Hals, sie wurde damit, so mein erster Eindruck, erwürgt. Spuren am Hals und auch gerissene Äderchen in den Augäpfeln, weisen eindeutig darauf hin. Ich löse jetzt die Fesseln, dann können wir die Tote umdrehen", erklärt der untersuchende Arzt.

Die Fesseln legt er in eine sterile Tüte, die er den Kollegen reicht. Sie geht zur Untersuchung in das kriminaltechnische Labor. Vorsichtig dreht er die Frau um. Nun können die Anwesenden in das verzerrte Gesicht schauen.

„Schaut euch den Blick an! Voller Angst, voller Panik. Ob sie wohl ihren Mörder gekannt hat? Weitere äußere Verletzungen kann ich nicht erkennen. Sie ist total bekleidet, aber barfuß. Unter der Jeans hat sie vielleicht nie Strümpfe getragen."

Juana geht einen Schritt näher an das Bett heran, dann fragt:

„Seit wann ist sie tot? Was meinst du?"

„Einige Stunden, vielleicht am späten Vormittag, sagen wir zwölf Uhr, mit den üblichen Abweichungen."

„Danke. Wir sind unten beim Ehemann, falls du noch etwas findest."

Dann verlassen Juana und Pedro das Schlafzimmer und gehen über die Treppe nach unten. Manolo sitzt im Esszimmer, sein Blick ist starr auf die Rosen gerichtet.

„Guten Tag, mein Name ist Juana Gadi, mein Kollege, Pedro Clares. Wir sind von der Policia National. Sie sind Manolo Levante?"

Manolo schaut hoch, sein Blick ist leer und ausdruckslos. Er steht unter Schock und antwortet nicht. Er nickt nur den Polizisten zu. Juana spricht weiter:

„Wir möchten Ihnen unser Beileid ausdrücken. Wir bedauern sehr, was mit Ihrer Frau passiert ist. Können Sie uns dennoch einige Fragen beantworten? Geht das, Señor Levante?"

Wieder nickt Manolo nur, aber er blickt jetzt schon direkt zu Juana und hat Augenkontakt zu ihr.

Die Kommissarin beginnt mit ihren Fragen:

„Was ist passiert? Was können Sie uns erzählen, damit wir den oder die Täter schnell ergreifen können?"

Manolo schaut wieder auf den Strauß Rosen, er schluckt und schaut sich im Zimmer um. Er scheint etwas zu suchen. Dann beginnt er langsam zu sprechen.

„Ich weiß es nicht. Es war wie immer. Ich kann es mir nicht erklären."

Manolo steht auf und geht einige Schritte durch den Raum. Den Kopf leicht gebeugt, die Arme seitlich am Körper, man würde wohl sagen, zusammengesunken, ermüdet und ohne eigenen Antrieb.

„Señor Levante, erzählen Sie mir bitte, wie war es, als Sie nach Hause kamen?", fragt Juana den gebrochenen Mann.

„Ich bin von der Arbeit gekommen, wie immer. Als ich mit dem Auto aufs Grundstück fuhr, kam keiner zu mir. Ich habe mich gewundert."

„Wie, es kam keiner zu Ihnen? Was soll das heißen?" Manolo versucht es Juana zu erklären.

„Immer wenn ich nach Hause komme, kurz bevor ich in die Garage fahre, hupe ich. Dann weiß Lisa, dass ich da bin. Meist kommt mein Sohn Paulo mir dann schon entgegen gelaufen."

Plötzlich stoppt Manolo in seiner Erzählung. Sein Blick ist erschrocken und ängstlich.

„Señor Levante, was ist denn?", will Juana sofort wissen.

Manolo erwidert:

„Meine Kinder? Wo sind denn meine Kinder?"

Manolo will aus dem Zimmer laufen, Juana kann ihn mit Hilfe ihres Kollegen Pedro jedoch gerade noch davon abhalten.

„Warten Sie, Señor Levante, es geht Ihren Kindern gut. Ihr Sohn ist zwischenzeitlich von seinem Ausflug nach Hause gekommen. Er hat uns erzählt, er war im Zoo. Meine Kollegin kümmert sich um ihn und auch um seine Schwester, die Kleine lag ja noch in ihrem Bettchen. Es geht Ihnen gut, machen Sie sich bitte keine Sorgen."

Manolo schaut zu Juana, fragend, er sucht nach Worten, dann fragt er, fast hysterisch:

„Und wo ist Rico? Ist Rico auch bei Ihnen?"

Juana schaut irritiert, sie fragt ganz vorsichtig:

„Wer ist Rico?"

„Rico ist mein anderer Sohn. Er ist doch erst vier Jahre alt. Er geht in den Kindergarten. Meine Frau bringt ihn morgens hin und holt ihn am Mittag wieder ab. Wo ist Rico?"

„Señor Levante, in welchen Kindergarten geht Ihr Sohn? Haben Sie eine Telefonnummer oder eine Adresse?"

Manolo verlässt den Raum und geht an die Garderobe. Aus der Schublade des kleinen Tisches holt er ein Adressenregister. Während er zurück zu Juana kommt, blättert er aufgeregt in dem Heft.

„Hier ist die Adresse, es ist nicht weit von hier. Aber um diese Zeit ist der Kindergarten doch längst geschlossen. Rico kann nicht mehr im Kindergarten sein. Sie müssen ihn suchen, bitte, er ist doch noch so klein."

„Bleiben Sie ganz ruhig, Señor Levante, wir suchen Ihren Sohn."

Juana, sie hat jetzt ihr Handy in der Hand, wählt die Nummer des Kindergartens. Nach einem Moment unterbricht sie die Verbindung mit den Worten:

„Es nimmt keiner ab. Kennen Sie die zuständige Kindergärtnerin? Oder die Leiterin des Hortes?"

Manolo überlegt, er hat sich ins Esszimmer gesetzt.

„Ich glaube, sie heißt Julia. Aber ihren Nachnamen kenne ich nicht. Meine Frau kümmert sich um alle diese Dinge."

Juana ergreift das Adressenverzeichnis und blättert darin, dann fragt dann Manolo:

„Kann es sein, dass sie Julia Baja heißt? Es steht hier nur eine Julia im Heft, gleich unter der Nummer des Kindergartens? Señor Levante, bitte konzentrieren Sie sich!"

Manolo nickt, Tränen laufen ihm über die Wangen und tropfen auf das Hemd. Er trägt noch immer seinen Anzug, die Krawatte und das Hemd, mit denen er von der Arbeit nach Hause gekommen ist. Juana wählt die zweite Nummer und scheint am anderen Ende einen Teilnehmer erreicht zu haben.

„Guten Tag, spreche ich mit Julia Baja?"

Es entsteht eine kurze Pause, in der Juana Antwort auf ihre Frage erhält.

„Mein Name ist Juana Gadi, ich bin von der Policia National. Bitte können Sie mir sagen, wann Rico, der Sohn der Levantes heute den Kindergarten verlassen hat?"

Wieder entsteht ein Schweigen, man könnte ein Sandkorn auf den Boden fallen hören. Manolo klebt mit seinen Augen an Juanas Lippen.

„Danke, vielen Dank. Einen schönen Abend noch."

„Julia hat eben erzählt, Rico wurde, wie immer von seiner Mutter abgeholt. Etwas früher als sonst. Julia meinte, es war kurz nach zwölf Uhr. Ihre Frau hat den Kleinen mitgenommen. Mehr weiß Julia nicht."

Manolo, er schaut immer noch auf Juanas Lippen, steht langsam auf. Er geht langsam aus dem Zimmer, steht auf dem Flur.

„Wo ist Rico? Wir müssen ihn suchen!"

Juana sagt leise etwas zu Pedro, der darauf ebenfalls das Esszimmer verlässt und nach draußen geht. Gemeinsam kommen sie zurück. Es ist zwischenzeitlich ein weiterer Einsatzwagen der Policia Local eingetroffen, sie sind nun zu viert. Pedro und ein Ziviler gehen nach oben in den ersten Stock. Die anderen zwei Polizisten in ihren dunkelblauen Uniformen gehen durch die Räume im Erdgeschoß. Juana fragt darauf Manolo:

„Gibt es hier einen Keller? Oder haben Sie einen Schuppen?"

Manolo schüttelt den Kopf und antwortet:

„Nein, es gibt hier keinen Keller. Einen Schuppen, nein nur die Garage, es gibt dort einen kleinen Extraraum, wo die Fahrräder der Kinder stehen."

Der Kollege Luis, er steht noch vorm Haus, bekommt nun von Juana den Auftrag, die Garage zu durchsuchen. Der kleine Rico muss hier irgendwo sein. Zwei Beamte stehen wieder im Zimmer, kopfschüttelnd. Ihre Suche im Erdgeschoß blieb ergebnislos. Von Pedro ist noch keine Meldung aus dem Obergeschoss gekommen. Luis jedoch ist auch ohne den kleinen Rico wieder in das Haus zurückgekehrt. Das Telefon klingelt, Manolo schaut sich ängstlich um. Juana zeigt ihm, er solle sitzen bleiben. Sie selbst nimmt den Anruf entgegen. Es dauert nicht lange, dann kommt sie zurück. Sie legt ihre Hand auf Manolos Schultern und sagt:

„Es war die Kindergärtnerin, sie wollte wissen, ob wir Rico schon gefunden haben."

Juana gibt ihrem Kollegen ein Zeichen, dann verlässt auch sie den Raum, um nach oben zu ihrem Kollegen Pedro zu gehen. Sie kann Stimmen hören, denen sie folgt.

„Na, habt Ihr etwas gefunden?", fragt sie Pedro.

Er schüttelt den Kopf.

„Wie haben in allen Zimmer gesucht, unter den Betten, hinter den Gardinen, in den Betten. Nichts."

Juana geht zum Schlafzimmer, in dem noch immer die Leiche der ermordeten Lisa auf dem Ehebett liegt. Sie steht in der Tür und schaut sich um. Die Truhe an der linken Wand, besteht nur aus Schubladen. Aber der Schrank! Langsam nähert sie sich dem Einbauschrank an der rechten Wand. Vorsichtig öffnet sie die ersten beiden Türen, an der linken Seite. Blusen und Herrenhemden. Sie greift in den Schrank und rafft die Kleidungsstücke zusammen um einen Blick in den Schrank zu werfen. Leer! Rechts befinden sich zwei weitere Türen, Juana öffnet auch diese Seite. Hier hängen Hosen und Kleider, der Schrank ist nicht unterteilt, innen also höher als der Teil, auf der linken Seite. Wieder schiebt sie die Bügel zusammen und kann nun in den Innenraum schauen. Sie bückt sich, Pedro steht am Bett, er wundert sich über Juana.

„Na, du bist doch bestimmt Rico! Komm, ich helfe dir. Komm raus aus dem Schrank. Es ist alles gut. Dein Vater sucht dich schon!"

Der kleine Rico aber bleibt zusammengekauert am Boden des Schrankes sitzen. Pedro ist näher gekommen. Leise gibt Juana einige Befehle an ihn weiter.

„Nehmt ein Laken und deckt die Leiche ab, ich will den Kleinen aus dem Schrank holen."

Es geht ganz schnell, aus der Truhe wird Bettwäsche entnommen und damit decken die Kollegen der Kriminaltechnik den Leichnam ab. Jetzt kann Juana den kleinen Jungen aus dem Schrank holen, ohne dass er seine tote Mutter erneut sehen muss, denn darüber ist sich Juana klar, er wird vielleicht sogar den Mord mit seinen unschuldigen Augen gesehen haben.

„So, Rico, ich trage dich jetzt zu deinem Papa. Mein Kleiner, komm."

Juana hebt Rico aus dem Schrank und trägt ihn, das Gesicht abgewendet vom Ehebett, aus dem Schlafzimmer. Langsam geht sie die Treppe hinunter und in das Esszimmer.

„So Rico, schau hier ist dein Papa."

Manolo ist erleichtert, er weint, umschließt seinen Sohn mit beiden Armen und drückt ihn ganz fest an sich.

„Señor Levante, er saß im Schrank, im Schlafzimmer. Vermutlich ist er Zeuge des Verbrechens geworden. Ich werde einen Arzt veranlassen, sich Rico anzusehen. Bitte kommen Sie mit, wir gehen in den Salon. Rico kann sich auf das Sofa legen, Sie können sich dazu setzen. Bitte, es ist für Sie beide besser."

Manolo erhebt sich und geht, wie ihm geraten, mit dem Kind auf den Armen in den Salon. Juana folgt den beiden. Bewundernd schaut sie auf den Strauß dunkelroter Rosen, die im Zimmer stehen. Ihre Gedanken gleiten zu ihrem Freund, zu Ramon Rodrigues, den sie vor einigen Wochen kennengelernt hat und der nun im Norden des Landes mit einer geheimen Aufgabe betraut wurde. Auch Ramon hat ihr schon solche Rosen geschenkt, daran erinnert sie sich bei dem Anblick. Schnell jedoch ist sie wieder bei dem Fall, bei dem Mord an Lisa, der sie in den kommenden Wochen beschäftigen wird.

Die Kollegen der Spurensicherung haben ihre Arbeit beendet. Auf dem Weg nach draußen winken sie Juana zu, die sich sofort bei Manolo entschuldigt.

„Habt Ihr noch etwas gefunden?", fragt sie den Leiter der Kriminaltechnik, der heute die Untersuchungen selber vorgenommen hat.

„Nun, jede Menge Spuren. Am Bett, im Bett, unter dem Bett, an der Strumpfhose. Aber wie immer, wir müssen sie erst auswerten. Außerdem benötigen wir Fingerabdrücke des Ehemannes zum Abgleich. Aber natürlich nicht mehr heute. Ich melde mich bei dir. So schnell wie möglich, wie immer! Gute Nacht, Juana."

Die Kollegen der Spurensicherung verlassen das Haus. Zurück bleiben Pedro, die Truppe des ersten Einsatzwagens der Policia Local und Juana.

„Señor Levante, wir sind für heute hier fertig. Was können wir nun für Sie tun? Möchten Sie zu Freunden? Oder haben Sie Verwandte hier in der Nähe?"

„Freunde? Meine Eltern wohnen in Cádiz. Aber mein Bruder Albert wohnt in Conil."

„Soll ich ihn anrufen? Soll er zu Ihnen kommen? Geben Sie mir bitte seine Nummer. Ich erledige es gerne für Sie."

Juana hat sich das Telefonregister aus dem Esszimmer geholt und beginnt darin zu blättern.

Sie schaut hoch, fragt dann Manolo:

„Er heißt Albert, richtig? Albert Levante?"

Manolo nickt nur. Juana verlässt den Salon, auf dem Flur wählt sie dann die Rufnummer, die sie in dem kleinen Heft gefunden hat. Es ist schon sehr spät, weit nach Mitternacht. Es dauert eine Weile, bevor Juana einen Teilnehmer am anderen Ende der Leitung erreicht. Sie stellt sich vor und erklärt, so schonend wie möglich, was passiert ist. Dann bittet sie Albert nach Chiclana in das Haus seines Bruders zu kommen. Er stimmt sofort zu, nachdem er einige klärende Fragen beantwortet bekommen hat. Juana beendet das Gespräch, geht an die Haustür und bittet durch ein Winken die Kollegin mit den Kindern ins Haus. Die kleine Mili schläft, gewickelt in eine Decke, auf dem Arm der Kollegin. Paulo weint ganz leise vor sich hin.

„Euer Vater ist im Salon. Geh ruhig zu ihm, Paulo", erklärt Juana, während die Kinder das Haus erreichen.

„Bleiben Sie bitte noch bei der Familie, bis der Bruder aus Conil hier eintrifft", befiehlt Juana der Uniformierten und an Manolo gerichtet:

„Wir lassen Sie jetzt alleine. Ich melde mich morgen bei Ihnen. Ich lasse Ihnen meine Karte hier, Sie können mich anrufen, wenn Sie Hilfe benötigen. Soll ich Ihnen noch einen Arzt rufen?"

Manolo schaut hoch, schüttelt erneut mit den Schultern, dann sagt er an Juana gerichtet:

„Nein, keinen Arzt. Ich muss mich doch um die Kinder kümmern. Danke. Keinen Arzt."

Juana verabschiedet sich von Manolo. Dann verlassen sie und Pedro das Haus der völlig zerstörten Familie Levante.

Bevor die Kommissare ihre Autos besteigen und nach Hause fahren, unterhalten sie sich, leise, damit sie auch niemand belauschen kann über das neue Verbrechen, dass ihre Stadt Chiclana heimgesucht hat.

„Ich werde es nie verstehen, wie Menschen so etwas vollbringen können. Eine junge Frau einfach zu ermorden, die armen Kinder und der Rest der Familie. Wie wird man mit einer solchen Situation nur fertig? Manchmal frage ich mich, ob ich wirklich den richtigen Beruf gewählt habe. Wäre ich nicht glücklicher geworden, wenn auch ich in einer Bank gearbeitet hätte? Oder auf dem Flughafen, vielleicht als Stewardess?"

„Juana, du hast es ganz richtig gemacht, du hast schon den richtigen Beruf gewählt. Was hätte ich denn wohl sonst ohne dich machen sollen? Du bist eine gute Polizistin und du bist erfolgreich. Chiclana braucht dich und deine Erfahrungen. Und ich, Juana, ich brauche dich auch!"
Pedro legt die Arme um seine Kollegin und versucht seine Chefin aus dem Loch zu ziehen, in das sie anscheinend gerade zu fallen droht. Sie beruhigt sich, ihr Atem wird langsamer und auch das Lächeln kehrt in ihr Gesicht zurück. Jetzt kann sich Pedro verabschieden und eine angenehme Nacht, besser gesagt, Restnacht, wünschen.

Kapitel 6
Dienstag, 13. April

Es ist kurz nach acht Uhr als Juana ihr Büro im Kommissariat in Chiclana betritt. Ihr Lieblingskollege Pedro sitzt

34

bereits an seinem Schreibtisch, er schaut hoch und beide begrüßen sich. Juana Gadi ist mit ihren sechsunddreißig Jahren eine sehr junge Leiterin eines Kommissariats, noch dazu in Spanien, wo doch immer die Männer an erster Stelle stehen! Lange, schwarze Haare umrahmen ihr schmales Gesicht, beim Lesen eine kleine Brille auf der Nase, so schaut sie Tag für Tag auf ihren Pedro, der ihr im Büro gegenüber sitzt. Pedro Clares, er ist fünfzig Jahre alt, ist schon immer bei der Polizei gewesen, so lange er lebt, hört man ihn oft sagen. Juana und Pedro bilden das „Traumpaar" des Kommissariats. Beide sind noch immer ledig, Pedro ist der Meinung, er hätte seine Partnerin eigentlich schon gefunden! Aber, wie es so ist, Juana, die Amors Pfeil getroffen hat, will nichts von ihm wissen. Klar, sie mag ihn, sehr sogar, aber eben nur als Kollegen! Über den kleinen menschlichen Vorfall am vergangenen Abend spricht Juana nicht, sie hat es verdrängt. Bei Licht mag sie nicht über ihre Schwächen, die eigentlich gar keine sind, reden. Stattdessen erklärt sie:

„Was wissen wir über die Familie Levante? Hast du schon Ergebnisse, Pedro?"

„Nur das Übliche. Manolo, der Ehemann der Er-mordeten, ist vierzig Jahre alt. Er arbeitet als Angestellter einer Bank in Chiclana. Lisa, seine Frau, sechsunddreißig Jahre alt, übte keinen Beruf mehr aus. Sie hat sich um die drei Kinder, Paulo, acht Jahre, Rico, vier Jahre und Mili, zwei Jahre alt, gekümmert. Ich denke, damit hatte sie wohl auch ausreichend zu tun. Dann gibt es noch den Bruder, den du gestern Abend angerufen hast, er heißt Albert Levante und arbeitet als Gärtner, vermutlich in Conil, wo er auch wohnt. Es liegt nichts über ihn vor. Die Verstorbene hatte noch beide Elternteile, sie leben in Sevilla. Genauso ist es bei Manolo, seine Eltern leben in Cádiz. Es gibt auch hier keine Eintragungen im Polizeicomputer. Wenn du mich fragst, eine ganz normale Familie, ohne Auffälligkeiten."

Das Gespräch der beiden Kommissare wird durch ein Klopfen an der Tür unterbrochen. Ein junger Mann betritt das Büro und überreicht den Bericht der Gerichtsmedizin.

„Na, das ging ja mal schnell, vielen Dank dafür", erwidert Juana und beginnt sofort den Inhalt gierig in sich aufzunehmen.

„Unsere Vermutung hat sich bestätigt, Lisa wurde erwürgt. An den Strumpfhosen wurden jedoch keine Spuren festgestellt, die beweisen, dass sie sie auch selbst getragen hat. Entweder, sie waren gewaschen, oder der Täter hat die Strümpfe mitgebracht. Es sollen nämlich keine neuen gewesen sein, man hat Spuren eines üblichen Waschmittels daran sichergestellt. Die Leiche zeigt keine Spuren eines Kampfes, sie scheint sich nicht gewehrt zu haben. Sicherlich ist sie total überrascht worden, denn das erklärt auch den Gesichtsausdruck, du erinnerst dich, sie schien entsetzt zu sein, als die Tat geschah. Es könnte bedeuten, dass sie ihren Mörder nicht kannte "

„Juana, es könnte aber doch auch sein, sie kannte den Täter sehr gut und war deshalb entsetzt. Immerhin haben wir keine Einbruchspuren am Haus der Levantes gefunden."

„Richtig, Pedro. Es könnte aber doch sein, dass der Täter zusammen mit ihr ins Haus gelangte, als sie mit dem Kleinen aus dem Kindergarten kam. Die Kindergärtnerin hat doch gestern Abend ausgesagt, Lisa hätte Rico etwas früher als üblich abgeholt. Das kann natürlich Zufall gewesen sein, es könnte aber auch bedeuten, sie war mit irgendjemandem verabredet und hatte es deshalb besonders eilig. Der Tod soll so gegen Mittag eingetreten sein, mit den üblichen Abweichungen von etwa zwei Stunden. Kurz nach zwölf Uhr hat man sie im Kindergarten zuletzt gesehen und danach ist sie nach Hause. Also, mit der Karre der Kleinen hat sie höchstens dreißig Minuten benötigt. Im Haus wurden Spuren sichergestellt, steht hier im Bericht. Jede Menge Spuren, übrigens auch im Schlafzimmer, sie werden zurzeit noch ausgewertet."

„Ich muss immer daran denken, dass der Junge vermutlich Zeuge der Tat war. Wie schrecklich musste es für den Kleinen sein, mit anzusehen, wie die eigenen Mutter ermordet wird?"

„Vielleicht ist Rico auch erst dazu gekommen, nachdem seine Mutter schon tot war. Er sieht sie auf dem Bett liegen, ruft sie, bekommt keine Antwort und geht an das Bett. Er rüttelt seine Mutter, aber sie antwortet nicht. Dann bekommt er Angst und versteckt sich im Schrank. Weißt du, was ich glaube? Es ist wahrscheinlicher, als wenn er unmittelbarer Zeuge der Tat gewesen wäre. Hätte nicht der Täter dann auch das Kind ermordet? Rico könnte uns doch den Täter beschreiben oder er könnte ihn später wiedererkennen."

„Das wäre eine Möglichkeit, aber die andere ist, der kleine Rico kennt den Täter."

„Das klingt aber grausam, Pedro. Gehen wir mal davon aus, Rico kennt den Täter, der wiederum keine Angst hat von dem Kind identifiziert zu werden. Wenn Rico später auf den Täter zeigt, kein Problem, sie kennen sich ja. Irgendwann kann Rico aber sprechen, was dann? Das Kind wird doch diese Tat nie vergessen?"

„So kommen wir nicht weiter. Wir sollten mit Manolo Levante sprechen, vielleicht kann er uns heute mehr erzählen, als gestern. Soll ich ihn anrufen und fragen, wann es passt?"

„Nein, wir fahren einfach hin. Er muss ja zu Hause sein, wegen der Kinder."

Vor dem Haus der Familie Levante stehen zwei Fahrzeuge, die Juana am Vorabend nicht aufgefallen sind. In einem dieser Wagen sitzt ein Mann und beobachtet den Eingang des Hauses. Nur durch einen Blick verständigen sich die Kommissare und Pedro notiert im Gehen die Autonummern der geparkten Autos. Danach klingeln die Ermittler an der Tür der Familie Levante. Es ist totenstill, nicht einmal ein Kinderschrei dringt nach außen. Juana läuft es eiskalt den Rücken rauf und runter, sie malt sich gerade aus, was alles im Haus passiert sein könnte. Da wird die Tür geöffnet. Ein ihnen unbekannter Mann fragt die beiden nach dem Grund ihres Erscheinens.

„Guten Tag, wir sind von der Policia National, Pedro Clares, mein Name ist Juana Gadi. Dürfen wir eintreten?"

„Natürlich. Mein Name ist Albert, Albert Levante, ich bin Manolos Bruder. Bitte kommen Sie doch durch."

„Wie geht es den Kindern?", fragt Juana den ruhig wirkenden Bruder, der sie jetzt ins Wohnzimmer begleitet.

„Mili schläft, Paulo ist auf seinem Zimmer, er wollte unbedingt einen Trickfilm im Fernsehen sehen."

Rico, der kleine Junge aus dem Schrank, sitzt auf dem Boden im Wohnzimmer, gleich neben seinem Vater.

„Guten Tag, wir stören hoffentlich nicht?"

Manolo schüttelt den Kopf, er bietet den Kommissaren einen Platz an und der Bruder verlässt den Raum.

„Da gibt es natürlich noch einige Fragen an Sie, können wir miteinander sprechen? Geht es Ihnen heute schon gut genug dafür?"

Manolo nickt, aber er hat noch kein Wort gesprochen.

„Manolo, können Sie sich erklären, was passiert ist? Haben Sie einen Verdacht, wer die grausame Tat begangen haben könnte? Hatten Sie Feinde? Oder Ihre Frau?"

Manolo schaut hoch, sein Blick zeigt genau, wie er sich fühlt. Die Augen sehen aus, als hätte er geweint, sie sind verquollen und gerötet.

„Ich habe die ganze Nacht nur darüber nachgedacht. Ich kann es mir nicht erklären. Ich habe keine Feinde, meine Frau auch nicht. Wir haben keiner Seele etwas zuleide getan. Ich kann es nicht erklären, wirklich nicht."

„Manolo, gab es in den letzten Tagen oder Wochen etwas, was anders war als sonst? Ist irgendetwas passiert, was anders war? Komische Post oder Anrufe? Ist Ihnen etwas aufgefallen?"

Manolo überlegt, dabei richtet er seinen Blick auf seinen Sohn, der immer noch am Boden auf einer Decke sitzt und genauso ins Leere schaut, wie sein Vater.

„Nein, es gab nichts, was anders war als sonst. Wir haben kein besonders aufregendes Leben. Für uns war immer nur die Familie wichtig. Meine Kinder und meine Frau, dann sind da noch meine Arbeit, meine Eltern und

Schwiegereltern. Es ist alles, wie immer. Ich weiß es wirklich nicht."

„Ich lasse Ihnen für alle Fälle meine Karte hier, auf der Rückseite steht meine Privatnummer, sie können mich jederzeit anrufen, für den Fall, dass Ihnen etwas einfällt oder wenn etwas passiert, was ungewöhnlich ist. Manolo, versprechen Sie mir, mich dann anzurufen?"

„Natürlich, werde ich Sie dann anrufen. Ich muss wissen, wann wir meiner Frau die letzte Ehre erweisen können! Da es nun, wie üblich, schon nicht heute sein kann. Wie lange muss sie noch warten?"

„Bis Morgen. Ich habe mit dem Gerichtsmediziner gesprochen, Entschuldigung, dass ich vergaß, es Ihnen zu sagen. Alle Untersuchungen sind abgeschlossen. Wir bedauern es sehr, dass Ihre Frau einen Tag länger als gewöhnlich hat warten müssen. Manolo, Sie erlauben, ich habe noch eine Frage an Sie. Vor der Tür stehen zwei Autos, die hier gestern noch nicht standen. Wissen Sie, zu wem die Fahrzeuge gehören?"
Manolo steht auf und geht an das Fenster, das zur Vorderfront des Hauses führt.

„Der Blaue vor der Tür gehört meinem Bruder, den anderen kenne ich nicht."
Juana ist Manolo ans Fenster gefolgt, sie schaut ihm über die Schulter nach draußen.

„Der hier vorne, das ist unser Auto. Als wir kamen stand noch ein weiterer Wagen gegenüber auf der anderen Straßenseite, aber der ist nun fort. Gut, vielen Dank Manolo. Wir gehen jetzt und lassen Sie wieder alleine. Heute werden noch Kollegen von uns zu Ihnen kommen

40

und Proben Ihrer Fingerabdrücke nehmen, zum Vergleich mit den im Haus gefundenen Abdrücken. Außerdem habe ich noch eine Bitte: Würden Sie uns eine Liste zusammenstellen mit Namen und Adressen der Personen, die normalerweise und insbesondere in letzter Zeit in Ihrem Haus zu Besuch waren? Was weiß ich, Eltern, Schwiegereltern, Freunde, vielleicht Handwerker. Wir müssen alle Personen überprüfen. Vielen Dank, Manolo."

Im Auto bittet Juana ihren Kollegen, die Autonummer des bereits fortgefahrenen Wagens zu überprüfen. Es ist bekannt, dass Täter immer wieder an den Tatort zurückkehren. Die Kommissare fahren die wenigen hundert Meter zum Kindergarten des kleinen Rico. Sie wollen mit der Kindergärtnerin Julia Baja sprechen, mit der Juana bereits am Tatabend telefoniert hatte. Etwa zwanzig Kinder spielen im Garten des Grundstückes, zwischen ihnen ist nur eine junge Frau zu erkennen. Juana gibt sich zu erkennen und die junge Frau kommt an den Zaun des Gartens.

„Kann ich Ihnen helfen?"

„Guten Tag, wir sind von der Policia National, wir haben gestern Abend telefoniert. Mein Kollege Pedro Clares, ich heiße Juana Gadi. Es ging um den kleinen Rico Levante. Haben Sie einen Moment Zeit für uns?"

„Aber bitte, kommen Sie doch rein. Es ist ja schrecklich, was da passiert ist. Wie kann ein Mensch nur so eine nette Frau umbringen? Ich versteh es nicht, es wird immer schlimmer. Man traut sich kaum noch alleine auf die Straße. Und das am helllichten Tag."

Eine weiter junge Frau, die gerade dabei ist einen Kakao für die Kinder vorzubereiten, übernimmt die Aufsicht der

Kleinen im Garten, so dass die Beamten nun ungestört mit Juli Baja sprechen können.

„Ist Ihnen in der letzten Zeit etwas aufgefallen? Wurde der kleine Rico vielleicht von einer anderen Person abgeholt? Oder war seine Mutter in Begleitung einer anderen Person? War das Kind verändert, verängstigt, oder ist sonst etwas Ungewöhnliches passiert?"

„Nein, ich habe schon mit meiner Kollegin darüber gesprochen. Wir haben nichts Auffälliges bemerkt, weder gestern, noch an den Tagen davor. Rico ist ein so munterer kleiner Junge, er war wie immer. Seine Mutter hat ihn stets ganz pünktlich abgeholt. Wissen Sie, es gibt schon Mütter, die zu spät kommen. Manchmal machen wir deshalb hier Überstunden, nur weil die Damen nicht auf die Uhr schauen oder die Kleinen vergessen. Wie kann man nur sein Kind vergessen?"

„Julia, Sie sagten, Lisa sei gestern früher gekommen um den kleinen Rico abzuholen, als sonst üblich. Kam es öfter vor, oder war es eine Ausnahme?"

„Also, die Kinder können ab zwölf Uhr abgeholt werden, spätestens aber um ein Uhr. Normalerweise kam Lisa immer vor ein Uhr. Aber es kam natürlich auch schon mal vor, dass sie kurz nach zwölf Uhr hier war. Ich glaube, sie hat es immer mit einem Einkauf verbunden. In der Neben-straße ist ein kleiner Supermarkt. Es kann ja sein, dass es gestern besonders leer dort war."

„Als Lisa gestern kam, hatte sie da ihre Tochter dabei?"

„Sie kam mit der Karre, wie eigentlich immer. Ob das Kind nun in der Karre lag oder saß kann ich nicht sagen. Ich habe nicht in die Karre geschaut. Ich habe aber gesehen, wie Rico zur Tür hinauslief und zu seiner Mutter rannte, die vor dem Zaun des Gartens an der Karre stand. Da bin ich mir ganz sicher."

„Gut, Julia. Sonst haben Sie nichts bemerkt, was uns helfen könnte?"

„Nein, es tut mir leid. Ich weiß auch nicht, wer der armen Frau so etwas Schreckliches angetan haben könnte."

Die Kommissare machen sich zu Fuß auf den Weg und gehen die wenigen Meter bis zur Ecke der Straße, in der der Supermarkt liegen soll. Das Geschäft ist fast leer, nur eine junge Mutter mit einem plärrenden Kind versucht eine große 5-Liter-Flasche Wasser in den Kinderwagen zu legen. Hinter der Kasse des kleinen Ladens steht eine ältere Frau, die ihnen freundlich zunickt

„Wir sind von der Polizei und haben einige Fragen an Sie. Kennen Sie diese Frau?"

Juana reicht ein Foto von Lisa Levante an die vermutliche Geschäftsinhaberin.

„Na klar, dass ist doch Lisa. Was ist denn? Warum fragen Sie mich? Hat Lisa etwas angestellt?"

„Nein, sie hat nichts angestellt. War Lisa jeden Tag in Ihrem Laden?"

„Nein, nicht jeden Tag, aber sehr oft. Sie kaufte immer Kleinigkeiten ein, die sie gut in der Karre transportieren konnte. Ich glaube, den Großeinkauf machte sie mit ihrem Mann gemeinsam. Leider nicht bei mir."

„Können Sie sich an gestern erinnern? War Lisa gestern auch bei Ihnen?"

„Gestern? Nein, gestern war sie nicht hier. Warum wollen Sie das denn wissen?"

„Sie sind sich ganz sicher, gestern war Lisa nicht bei Ihnen?"

„Ich bin mir ganz sicher. Es war der Tag nach der Semana Santa, wir hätten bestimmt über die Prozession gesprochen. Nein, sie war nicht hier."

„Lisa wurde gestern tot in ihrem Haus aufgefunden. Gibt es etwas, was anders war, in den letzten Tagen und Wochen? Ist Ihnen etwas aufgefallen?"

„Was?", schreit die ältere Frau nun,

„Lisa ist tot? Wie schrecklich. Was ist denn passiert? Ist sie gefallen?"

„Nein, sie wurde ermordet. Wie kommen Sie darauf, dass sie gefallen sein sollte?"

„Ich weiß nicht, nur so eine Frage. Ermordet, sagen Sie? Wie denn? Und haben Sie den Täter schon?"

„Nein, wir ermitteln noch. Vielen Dank. Sollte Ihnen noch etwas einfallen, hier ist unsere Karte."

Damit verabschieden sich die Ermittler und verlassen den kleinen Supermarkt.

Zurück im Büro des Kommissariats stellt Pedro zuerst den Halter des Fahrzeugs fest, das an Manolos Haus geparkt hatte. Es handelt sich um einen Antonio Saber aus Chiclana. Eine Überprüfung zeigt, dass er als Journalist für eine Tageszeitung arbeitet.

„Woher weiß der denn von dem Mord? An Zufälle glaube ich nicht so gerne."

„Pedro, wir werden ihn fragen! Du weißt, was das heißt?"

„Klar, ich soll ihn vorladen. Geht in Ordnung."

Es ist kurz nach drei Uhr am Nachmittag als der Journalist im Kommissariat erscheint. Fröhlich pfeifend betritt er das Büro und beginnt sofort einen Flirt mit Juana. Sie steht über diesen Dingen, seit sie ihre Liebe gefunden hat. Man hört sie aber doch manchmal sagen: die Augen sollte man schon noch offen halten, es könnte ein Prinz erscheinen! Antonio Saber ist aber ganz bestimmt nicht dieser Prinz. Nicht, dass er nicht gut aussehen würde, doch, aber er scheint Ende Fünfzig zu sein, wenn er sich gut gehalten hat, vielleicht auch schon etwas älter.

„Hallo, schöne Frau. Danke, dass ich zu Ihnen kommen durfte, hätte ich Sie doch sonst nie kennen gelernt! Ich bin der Antonio. Aber, meine Freunde nennen mich Toni!"

„Señor Saber, bitte nehmen Sie Platz. Mein Name ist Gadi, mein Kollege Clares. Wir möchten Sie gerne etwas fragen. Es geht um den gestrigen Tag. Wir haben Ihr Auto vor dem Haus einer Familie stehen sehen, Sie wissen schon wo. Wir möchten gerne von Ihnen wissen, warum Sie dort geparkt haben?"

„Aber, aber, es ist doch nicht verboten auf der Straße zu parken. Mein Auto ist ordnungsgemäß angemeldet, ich zahle Steuern und Versicherung. Was soll also die Frage?"

„Noch einmal, was wollten Sie vor dem Haus der Familie Levante?"

„Ich würde es besser finden, Sie laden mich ein, zu einer Tasse Kaffee und dann bereden wir es ganz in Ruhe. Am besten ohne Ihren Kollegen. Er mag ja sehr nett sein, aber wissen Sie, ich stehe nicht auf Männer!"

„Nun reicht es aber, wenn Sie sich weigern, behalten wir Sie einen Tag hier, dann können Sie es sich ganz in Ruhe überlegen."

„Warum denn so böse, schöne Frau? Ich habe Ihnen doch nichts getan. Also gut, ich habe von dem Mord an der jungen Frau erfahren. Darum war ich vor dem Haus, aber das wissen Sie doch sowieso."

„Woher haben Sie es erfahren? Nennen Sie uns Ihre Quelle?"

„Meine Quelle? In diesem Fall heißt sie Zufall! Es klingt unwahrscheinlich, aber es ist wahr. Ich bin auf dem Nachhauseweg zufällig am Haus vorbeigefahren, als gerade die Tote abgeholt wurde. Dann ihre Autos davor, ich konnte Eins und Eins zusammenzählen. Heute Morgen habe ich nur noch den Nachbarn gefragt, dann war alles klar."

„Kennen Sie die Familie Levante?"

„Nein, es tut mir leid, ich kenne sie nicht."

„Ich glaube Ihnen, Sie dürfen gehen. Danke, dass Sie gekommen sind."

Die Kollegen der Kriminaltechnik reichen den Kommissaren den Abschlussbericht der Untersuchung im Mordfall der Lisa Levante ins Büro. Zahlreiche Fingerabdrücke wurden im Haus sichergestellt. Neben den Fingerabdrücken der Eheleute, die des Bruders von Manolo und die der Kinder. Aber es befinden sich auch noch weitere, nicht identifizierte Abdrücke, um die sich die Ermittler nun kümmern werden im Haus. Pedro und Juana vergleichen die gefundenen Fingerabdrücke mit den in der Datei der spanischen Polizei gespeicherten. Eine Übereinstimmung gibt es allerdings nicht. Juana und Pedro freuen sich, denn den heutigen Abend werden die beiden Polizisten ganz ruhig und jeder alleine in seiner Wohnung verbringen. Sie wollen früh ins Bett gehen und so Kraft für den nächsten Tag tanken.

Kapitel 7
Mittwoch, 14.April

Gleich nach dem Eintreffen im Kommissariat verlassen Juana und Pedro gemeinsam das Büro. Sie besteigen den Einsatzwagen, der in einer Seitenstraße, etwas versteckt, in der Nähe des Hauses der Levantes, geparkt wird. Sie machen sich zu Fuß auf den Weg, denn sie wollen mit den Nachbarn der Familie Levante sprechen.

Eine ältere Dame öffnet ihnen die Haustür nur einen Spalt, sie schaut ängstlich und fragend in das Gesicht der jungen Kommissarin. Nachdem der Dienstausweis kontrolliert ist, öffnet sich die Tür und die beiden dürfen eintreten.

„Sie können sich ja sicherlich denken, warum wir heute zu Ihnen gekommen sind? Es geht um Ihre Nachbarn, die Familie Levante. Vorgestern, am Montag, wurde Lisa Levante tot in ihrem Haus aufgefunden. Wir möchten uns gerne mit Ihnen unterhalten."

„Ja, ja. Kommen Sie nur mit. Aber wir sollten in die Küche gehen, dort habe ich den Ofen an."

Die alte Frau, sie wird Ende Siebzig sein, geht langsam voraus, sie ist nicht besonders gut zu Fuß und freut sich, wieder am warmen Ofen sitzen zu können.

„Sagen Sie, ist Ihnen etwas aufgefallen, am Montag?"

47

Mit einer sehr gebrochenen Stimme antwortet die alte Frau, dass sie sich nicht erinnern kann, ob sie am Montag überhaupt aus dem Fenster gesehen hat. Juana gibt nicht auf und fragt weiter:

„Vielleicht an einem anderen Tag, etwas Ungewöhnliches. Ein Auto, was hier nicht her gehört, Neugierige, die nicht hier wohnen? Irgendetwas, was uns weiterhilft den Mörder von Lisa zu finden?"

„Es ist nicht einfach für mich. Ich bin schon weit über Achtzig, ich kann sehr schlecht sehen, deshalb interessiert es mich auch nicht besonders, was so draußen vor sich geht. Ich kann nur noch Umrisse erkennen, also nicht einmal ob es sich um eine Frau oder einen Mann handelt. Ich bin Ihnen sicherlich keine Hilfe."

„Vielleicht haben Sie etwas gehört? Unbekannte Stimmen? Schreie?"

„Ich kann kaum noch hören, ich habe ein neues Hörgerät, aber wenn ich alleine zu Hause bin, habe ich es nicht eingeschaltet, um die Batterie zu schonen. Meine Klingel, die sehr laut ist kann ich noch so hören. Am Abend drehe ich den Ton des Fernsehers ganz weit auf. Aber auf der Straße, nein, da habe ich nichts bemerkt."

Juana und Pedro bedanken sich bei der alten Frau, sie entschuldigen sich für die Störung und lassen auf dem Küchentisch noch ihre Visitenkarte liegen, für den Fall, dass ihr doch noch etwas einfällt. Die nächste Tür, an der die Kommissare läuten, bleibt verschlossen, es scheint niemand zu Hause zu sein. Auch im dritten Haus treffen Juana und Pedro niemanden an. Die Straße endet hier, sie überqueren die Fahrbahn und setzten ihr Versuche auf der

48

gegenüberliegenden Seite fort. Das Eckhaus, eine sehr alte Villa, scheint ihr nächster Einsatzort zu sein. Auf das Klingeln erscheint in der Tür eine nette, freundliche Frau, die sich sichtlich freut, Besuch zu bekommen. Bereitwillig bittet sie die Kommissare hinein und bietet den beiden einen Platz im Salon an.

„Es geht um Lisa Levante. Sie wurde am Montag ermordet, wir ermitteln in dem Fall. Haben Sie etwas beobachtet? Können Sie uns bei der Klärung des Falles helfen?"

„Nun, Sie müssen nicht denken, dass ich neugierig bin. Aber wenn man so den ganzen Tag zu Hause ist, bekommt man schon einiges mit. Wissen Sie, die Lisa hat es ja nicht leicht gehabt. Der Mann den ganzen Tag nicht zu Hause und dann die Kinder. Ewig sah man sie den schweren Kinderwagen aus dem Haus tragen. Ich habe immer gedacht, die arme Frau, so viel Kraft hat sie nun ja auch nicht. Aber, die Männer sind halt so."

„Haben Sie Lisa denn auch am Montag gesehen?"

„Ich denke schon. Sie ging ja jeden Morgen aus dem Haus. Sie hat dann immer den Kleinen in den Kindergarten gebracht. Mittags fuhr sie dann wieder los, um ihn wieder abzuholen. Ich glaube, am Montag war das auch so."

„Können Sie sich noch erinnern, was Lisa trug, an diesem Montag?"
Juana testet, ob sich die Zeugin wirklich erinnern kann, aber sie hat auf diese Frage keine Antwort. Ob sich Fremde am Haus zu schaffen gemacht haben, ob es Ungewöhnliches gab, alles verneint die junge Frau.

„Können Sie sich daran erinnern, wie spät es war als Lisa am Montag wieder nach Hause kam? Haben Sie Lisa gesehen, als sie nach Hause kam? War sie alleine?"

„Zufällig habe ich aus dem Fenster gesehen, Lisa schleppte wieder diesen Kinderwagen ins Haus. Aber wie spät es war, weiß ich leider nicht."

Auch hier verabschieden sich die Kommissare und hinterlassen für den Fall einer vergessenen Information eine Visitenkarte.

„Manchmal hasse ich es die Leute so auszuhorchen. Aber diese junge Frau sitzt wohl den ganzen Tag am Fenster. Hätte sie nicht dann eigentlich den Mörder sehen müssen?"

„Juana, vielleicht geht sie immer zu den Zeiten ans Fenster, zu denen sie genau wusste, dass Lisa ging oder kam. Total neugierig halt."

Zwischen dem Haus der jungen Frau und dem nun folgenden Gebäude befindet sich ein unbebautes Grundstück. Lautes Gebell ist die erste Reaktion auf das Klingeln am nächsten Haus. Dann öffnet ein kleiner Junge die Haustür, zeitgleich ruft er lautstark nach seiner Mutter, die auch nur einen Moment später im Eingang erscheint. Sie winkt die Kommissare herbei, sie sollen eintreten und den Hund einfach nicht beachten.

„Wir sind eher vorsichtig, wir haben da schon so Einiges erlebt", erwidert Juana darauf.

„Machen Sie sich keine Gedanken, Carlo kann nur bellen, nicht beißen. Er hat es nie gelernt. Er ist einfach zu dumm. Zum Glück wissen das aber nicht alle. Kommen Sie doch rein. Sie sind von der Polizei, richtig?"

„Kann man es uns ansehen, oder woher wissen Sie das?", lacht Juana, während sie mit ihrem Kollegen Pedro das Haus betritt.

„Nein, aber meine Nachbarin von Gegenüber hat mich angerufen und sie schon angemeldet. Sie meint es nicht böse, sie freut sich immer, wenn sie mir auch mal etwas Neues erzählen kann. Sonst muss ich ihr immer alle Neuigkeiten berichten, sie kann ja kaum noch den Fernseher erkennen, geschweige eine Zeitung lesen."

Zum Garten hin befindet sich ein wunderschöner Wintergarten, der Jahreszeit angepasst ist er durch Glasschiebetüren verschlossen. So kann man die Sonne hier fangen und den Raum herrlich erwärmen. Juana und Pedro lehnen die angebotene Erfrischung dankend ab.

„Nun, Sie wissen ja, was mit Lisa Levante passiert ist. Haben Sie etwas beobachtet, was hilfreich sein könnte? Am Montag oder an den anderen Tagen davor?"

„Nichts Außergewöhnliches. Nun, ich sitze natürlich nicht wie andere, den ganzen Tag am Fenster! Insofern ist mir nichts aufgefallen. Ich habe auch in den letzten Tagen nicht mit Lisa gesprochen wie sonst, aber es lag an der Semana Santa. Sonst schwatzen wir immer wenn wir uns auf der Straße treffen."

„Kennen Sie die Levantes näher?"

„Was heißt näher? Wir kennen uns, hauptsächlich durch die Kinder. Im Sommer grillen wir auch schon mal zusammen. Aber in den Wintermonaten findet das Leben eben, sie werden es kennen, in den Häusern statt."

„Können Sie uns etwas über die Ehe der Levantes erzählen?"

51

„Wenn ich ehrlich bin, nicht wirklich. Sah man die beiden zusammen, waren sie immer freundlich miteinander. Es gab keine bösen Worte, auch keine Schläge, wenn Sie das meinen. Was man so sieht und mitbekommt, es ging sehr harmonisch zu. Aber man ist eben immer nur ein Außenstehender."

„Haben Sie sonst etwas bemerkt? Es kann ja ganz unwichtig gewesen sein?"

„Lisa hat wohl Besuch gehabt? Aber das wissen Sie sicherlich."

„Wann sie hat Besuch gehabt?"

„Ich bin der Meinung, es war am Sonntag. Genau, wir wollten uns gerade auf den Weg in die Stadt machen, da habe ich eine Frau an der Haustür gesehen. Sie ging aber wieder, Lisa und Manolo waren ja auch zur Prozession gegangen."

„Kannten Sie die Frau? Haben Sie sie schon mal hier gesehen?"

„Nein, ich kannte die Frau nicht."

„Wie spät war es denn, als Sie das Haus verließen?"

„Es muss kurz vor halb Zwölf gewesen sein. Um Zwölf wollten wir uns mit Freunden treffen, dahin sind es etwa zwanzig Minuten zu Fuß."

„Vielen Dank, das ist immerhin ein Hinweis. Wir werden Manolo danach fragen, vielleicht hat diese Frau etwas bemerkt?"

Auch die weiteren Nachbarn der Familie Levante werden befragt, die Aussagen aber bleiben gleich, in welches Haus die Kommissare auch gehen. Keiner hat etwas gesehen oder gehört, die Levantes sind freundlich und man grüßt

52

sich, wenn man sich auf der Straße trifft. Es ist nicht üblich, ganz und gar nicht typisch, denn eigentlich pflegt man gerade in Spanien ein sehr gutes nachbarschaftliches Verhältnis.

Bevor Juana und Pedro aufs Kommissariat fahren, besuchen sie nochmals die Familie Levante. Der Bruder schaut etwas erstaunt und begrüßt die Ermittler mit den Worten:

„Sie schon wieder? Sollten Sie nicht lieber den Mörder suchen, als hier Unruhe ins Haus zu bringen? Außerdem, Sie wissen, später findet die Beisetzung statt."

„Wir haben noch eine Frage an Manolo, bitte, wir tun doch nur unsere Arbeit. Sie sollten doch auch ein Interesse daran haben, dass wir den Mörder Ihrer Schwägerin schnell finden!"

Manolo sitzt immer noch im Wohnzimmer, der kleine Rico auf dem Boden.

„Es tut uns wirklich leid, Manolo, aber wir haben noch eine Frage. Ihre Nachbarin von gegenüber hat beobachtet, dass Sie am Sonntag Besuch hatten. Das heißt, Sie waren ja nicht da, so gegen Mittag. Eine Frau soll an Ihrer Haustür gestanden haben. Wissen Sie, wer diese Frau gewesen sein könnte? Sie könnte uns Informationen geben, vielleicht hat sie etwas beobachtet?"

Manolo blickt auf und zu der Kommissarin. Pedro ist auf der Straße geblieben und beobachtet, was draußen für ein Treiben herrscht.

„Ich weiß es nicht, wir haben keinen Besuch erwartet, auch hat sich niemand gemeldet, uns nicht erreicht zu haben."

„Diese Frau hat sich auch nicht später bei Ihnen gemeldet, am Abend vielleicht?"

„Nein, ich kann Ihnen da nicht helfen. Aber, ich habe diese Liste für Sie geschrieben, Sie wollten doch wissen, wer hier so im Haus seine Spuren hinterlassen haben könnte."

„Vielen Dank, Manolo. Nun störe ich Sie auch nicht mehr, bis auf weiteres."

Die Kollegen der Guardia Civil erhalten den Auftrag, die noch fehlenden Nachbarn der Familie Levante zu befragen. Die Kommissare Juana und Pedro machen sich an die langwierige Arbeit, die Personen auf der Liste zu überprüfen. Da gibt es die Angehörigen der Familie, Freunde und Bekannte, Arbeitskollegen und - Manolo war sehr genau - auch einige Handwerker, die in den letzten Monaten im Haus waren. Juana entscheidet sich, alleine in die Stadt zu fahren, sie will der Bank, in der Manolo arbeitet, einen Besuch abstatten. Am frühen Nachmittag nimmt sie ihr Dienstfahrzeug, da es mit dem blauen Wagen der Policia National leichter ist einen Platz zum Parken zu finden, und fährt durch die Innenstadt Chiclanas. Die meisten Geschäfte haben noch geschlossen, es ist kurz nach fünf Uhr. Die letzten Meter bis zur Unicaja am Kreisel in der Nähe des Plaza España geht sie zu Fuß. Die Sonne wärmt schon und Juana genießt es einige Meter laufen zu können. Viel zu oft sitzt sie entweder im Auto oder an ihrem Schreibtisch. Die Bank hat an diesem Nachmittag geschlossen. Juana hat sich deshalb im Vorwege telefonisch angemeldet, der Filialleiter wird sie also hoffentlich schon erwarten. Kräftig klopft sie gegen die Scheibe, wie ihr der Chef geraten hat, rechts neben der Eingangstür, wo sich das Büro befinden soll. Eine Hand zeigt sich winkend hinter der Scheibe, die dann sogleich wieder verschwindet. Ein großer, stattlicher Mann im dunklen Anzug erscheint an der Tür, die sich nun für Juana öffnet.

„Hallo, Sie sind bestimmt von der Polizei? Darf ich bitte Ihren Ausweis sehen?"
Bereitwillig erfüllt Juana diesen Wunsch.

„Sie kommen bestimmt wegen der schlimmen Sache mit Manolos Frau? Er hat mich angerufen, ich wusste gar nicht, was ich dazu sagen sollte. Schrecklich, man hört und liest ja vieles, aber wenn man dann so nah daran ist und die Angehörigen kennt, ist es doch etwas ganz anderes."

„Ja, genau deshalb bin ich hier. Ich möchte die Familie und Manolo gerne besser kennen lernen. Wie ist Manolo so, hier im Job? Hatten Sie auch privaten Kontakt?"

„Ich kenne Manolo schon seit einigen Jahren. Er hat bei der Unicaja gelernt und war schon in einigen Filialen eingesetzt. Nun ist er hier gelandet und wird hoffentlich auch hier bleiben. Er ist sehr beliebt, nicht nur bei den Kunden, sondern auch bei den Kollegen. Manolo macht seine Arbeit gut, ist teamfähig und sehr erfolgreich. Was soll ich Ihnen sagen, zu Hause? Nun, wir haben mal zusammen mit den Kollegen und der Familie gegrillt, eine Art Betriebsausflug bei den Levantes zu Hause. Es ist schon einige Jahre her, deshalb bestimmt für Sie nicht sonderlich interessant."

„Hatte Manolo in der Bank mal Besuch oder private Kontakte? Einen Freund unter den Kollegen, jemand der ihn besser kennt?"

„Nein, wenn Sie mich so fragen, eigentlich nicht. Es ist mir noch gar nicht so aufgefallen, aber Manolo geht eigentlich seinen Weg eher alleine. Was nicht heißen soll, dass er ein Einzelgänger ist. Ich sagte ja schon, die Kollegen mögen ihn, ich auch. Aber wenn wir mal am Abend ein Bier trinken gehen, Manolo ist nie mitgegangen. Aber wie ich schon sagte, es fällt mir jetzt erst auf. Wissen Sie, Frau Kommissarin, so oft machen wir es wirklich nicht. Es kann ja sein, dass Manolo dann immer etwas vor hatte, deshalb ist es mir wohl auch nicht aufgefallen."

„Ist Ihnen sonst etwas aufgefallen? Anrufe? Post? Besucher?"

„Nein, es ist alles normal und wie immer."

Juana verabschiedet sich bei dem Banker und geht langsam zurück zu ihrem Auto. Ihre Gedanken kreisen um Manolo, der um seine tote Frau Lisa trauert.

„Pedro, was hast du erreicht?", begrüßt Juana ihren Lieblingskollegen, der eifrig in seine PC-Tastatur hämmert.

„Hallo, schöne Frau. Da bist du ja endlich wieder. Du hast dir einen schönen Nachmittag gemacht, was? Die Sonne scheint, einen Café im Straßenlokal, an der Seite eines netten jungen Mannes?"

„Weit gefehlt, ich bin in der Bank gewesen, im Zentrum. Aber Manolos Chef kann uns auch nicht helfen. Was hast du erreicht Pedro?"

„Ich habe mir unsere Aufzeichnungen nochmals angeschaut. Ich denke, wir sollten mit den Eltern der Ermordeten sprechen. Die Eltern leben in Sevilla. Es ist eine Stunde Autofahrt, gemeinsam an deiner Seite, darauf freue ich mich schon."

„Dann übernimm es auch, die Eltern anzurufen, damit wir nicht vor verschlossener Tür stehen", erwidert Juana, in dem Glauben, das Thema Sevilla sei damit erschöpft.

Aber weit gefehlt. Pedro fasst nach, mit den Worten:

„Ich möchte mich auf den morgigen Tag etwas einstimmen, Juana."

„Wie? Wie willst du dich einstimmen? Soll ich dir eine Straßenkarte holen, möchtest du dir eine Route aussuchen?"

Juana kennt ihren Kollegen Pedro nur zu gut, sie weiß schon, worauf er hinaus will. Sie stellt sich aber dumm.

„Nein, keine Straßenkarte. Was soll das? Ich möchte dich einladen. Vielleicht hast du Lust, mit mir etwas zu unternehmen?"

„Heute? Warum eigentlich nicht. Was schlägst du vor? Hast du eine bestimmte Idee?"

„Na ja, mir fällt da schon eine ganze Menge ein, was ich mit dir unternehmen könnte. Aber so wie ich dich kenne, würdest du viele dieser Vorschläge eher ablehnen. Aber gegen ein gemeinsames Essen wirst du doch wohl keine Einwände finden?"

Juana stimmt zu, ein Essen wäre schon in Ordnung, zumal Juana und Pedro sich dann zu Hause das Zubereiten einer Mahlzeit sparen und zusammen den Tag noch etwas ausklingen lassen können. Pedro ist hellauf begeistert, denn nicht bei jeder Einladung sagt die junge Kommissarin zu.

„Aber jetzt fahren wir zum Friedhof. Die Trauerfeier dürfte zu Ende sein. Ich möchte gerne einige Fotos machen. Vielleicht erhalten wir noch einen Hinweis, indem wir uns die Besucher etwas genauer ansehen."

Die Fahrt zum Friedhof dauert etwa fünfzehn Minuten. Abseits der Stadt an einem Hügel gelegen versteckt sich die letzte Ruhestätte so vieler Seelen. Juana und Pedro passieren die lange Zufahrtsstraße. Selbst von hier aus kann man die kleinen Häuser der Gräber nicht erkennen. Die Kapelle, die Trauersäle und das kleine Restaurant liegen genau wie die zahlreichen Parkplätze auf einer Art Plattform. Breite Stufen führen hinab zu den zahlreichen Häusern, die wie eine Kleinstadt nebeneinander aufgebaut worden sind. Bunte Plastikblumen, fast wie auf einer Kirmes, schmücken die unzähligen Kammern. Juana und Pedro gehen zum Block 5, dort wird der Leichnam der ermordeten Lisa heute beigesetzt. Etwas abseits der Menschen, die dort die letzte Ehre erweisen, stellen sich die Ermittler auf. Mit seiner Kamera hält Pedro die Trauergäste fest.

„Die meisten kenne ich. Aber einige Gesichter sind mir fremd. Wer weiß, vielleicht befindet sich der Täter darunter?"

„Ich kenne deinen Optimismus. Du hast natürlich Recht, es soll ja schon vorgekommen sein. Ich kann es mir nicht vorstellen, dass der Mörder unter den Bekannten der Familie Levante zu finden ist."

Noch bevor der Sarg in die Kammer geschoben wird verlassen die beiden Kommissare ihren Beobachtungsposten und gehen zu ihrem Fahrzeug zurück. Pedro fährt seine Kollegin, wie besprochen zum Essen. So wird es ein ganz entspannter Abend, der kurz nach Mitternacht sein Ende findet.

Kapitel 8
Donnerstag, 15. April

Der Einsatzwagen der Policia National fährt auf der Autopista, der mautpflichtigen Autobahn nach Sevilla. Die Fahrt dauert eine gute Stunde, dann stehen die Ermittler vor dem Grundstück der Familie Valor. Eine hohe Mauer umgibt das Gelände, man kann nur erahnen, dass es sich um ein sehr großes Anwesen handeln muss. Pedro stellt den Wagen am Rande der Straße ab und läutet. Aus der Gegensprechanlage ertönt eine weibliche Stimme, die nur ein kurzes Si von sich gibt. Nachdem Juana sich zu erkennen gegeben hat, öffnet sich das Tor automatisch. Der Blick auf eine von Palmen gesäumte, alleeähnliche Zufahrt wird frei gegeben. Am Ende steht eine Villa, der Eingang von zwei großen Säulen umrahmt. Die Eingangstür steht offen, darin wartet vermutlich die Hausherrin, da sie in Tiefschwarz gekleidet ist.

„Guten Tag, Señora Valor, ich darf Ihnen mein Beileid ausdrücken. Danke, dass Sie dennoch bereit sind, mit uns zu sprechen", beginnt Juana das Gespräch.

Luisa, Lisas Mutter, bittet die Kommissare in ihr Haus. Ein Blick auf schimmernde Marmorfliesen, in sanften Orangetönen gestrichene Wände und rustikale Möbel lassen einen guten Geschmack der Hausherrin vermuten. Im Eingang, gleich hinter der Tür, liegt ein großer zottiger Hund auf einem Teppich, der sich auch von fremden Besuchern nicht aus der Ruhe bringen lässt. Luisa bittet Juana und Pedro in einen an den Garten grenzenden Salon. Durch das bis zur Decke reichende Glas der Panoramascheiben blickt man auf einen zwischen zahlreichen Büschen und Sträuchern versteckten Pool, an dessen Rückseite zwei zum Verweilen einladende, mit dicken Auflagen bedeckte, Liegen stehen.

„Bitte, nehmen Sie doch Platz.“

Juana wird aus ihren Träumen gezogen, sie denkt an ihren Freund Ramon, der seit mehreren Wochen im Norden des Landes ist. Warum, weiß Juana immer noch nicht, daher haben die beiden sich längere Zeit nicht sehen können.

„Señora Valor, ich würde mich sehr gerne mit Ihnen über Ihre Tochter unterhalten. Erzählen Sie uns doch etwas über sie. Wie sie war, was sie so machte, was wissen Sie über ihre Freunde? Wir möchten uns ein umfangreiches Bild Ihrer Tochter machen, verstehen Sie?“

Es fällt Luisa nicht leicht, zu sprechen. Noch zu frisch sind die Schmerzen, noch zu frisch ist das Gefühl, Lisa nie wieder zu sehen.

„Was soll ich Ihnen erzählen? Lisa war immer ein sehr braves Kind. Sie hat nie geweint, keinen Unsinn fabriziert, brachte hervorragende Noten aus der Schule mit nach Hause. Sie war ein Kind, das einem wirklich Spaß machte. Überall war sie beliebt und wir konnten sie deshalb auch bei jeder Gelegenheit und zu jeder Einladung mitnehmen. Nach der Schule absolvierte sie eine Ausbildung bei der Bank, bei der mein Schwiegersohn arbeitet. Dort haben sich die beiden auch kennengelernt.“

Luisa unterbricht, sie sucht nach einem Taschentuch, um sich einige Tränen aus dem Gesicht zu wischen.

„Ende nächsten Monats hätten die beiden neun-jährigen Hochzeitstag. Sie wollten ein Wochenende hier in Sevilla verbringen."

Für einen kleinen Moment unterbricht die Mutter das Gespräch, sie entschuldigt sich und verlässt den Raum.

„Pedro, schau dich um, ein wunderschönes Haus. Der Garten ist so gepflegt und dennoch kann es den Schmerz um die tote Tochter nicht mindern."

„Ich würde gerne den Vater kennenlernen, ob er hier im Haus arbeitet?"

Mit einem Achselzucken beendet Juana die kurze Unterhaltung, als die Hausherrin den Salon erneut betritt. Sie hat eine Kanne Kaffee mitgebracht und Juana hilft ihr, die Tassen auf dem kleinen Tisch zu verteilen und den Kaffee einzuschenken.

„Entschuldigen Sie, aber es fällt mir schwer über Lisa zu sprechen. Ich verstehe, Sie sollen ja den Täter fassen. Also, wo waren wir stehen geblieben? Manolo und Lisa heirateten und Paulo ließ nicht lange auf sich warten. Sie hat sich so gefreut, als das erste Kind unterwegs war."

Nun kann Luisa die Tränen nicht mehr halten, sie sinkt auf dem Sofa in sich zusammen. Juana setzt sich neben die Frau und versucht sie zu beruhigen, was ihr nach einigen Momenten auch gelingt.

„Lisa ist es nicht schwer gefallen", fährt Señora Valor fort, „den Job aufzugeben. Obwohl meine Tochter sehr erfolgreich in der Bank war. Für eine Mutter ist der Platz aber eben an der Seite ihrer Familie, Manolo hat daran auch nie einen Zweifel gelassen. Nachdem Paulo aus dem Gröbsten raus war, kam dann Rico. Der Kleine ist ganz bezaubernd, aber es sind eigentlich alle Kinder, nicht wahr?"

Juana nickt der Frau zu, die sich zum Glück wieder gefasst hat. Ob Lisa einen großen Freundeskreis hatte, will Juana wissen. Die Mutter der Ermordeten antwortet, sie wüsste, es gebe eine Freundin, mit der ihre Tochter sich regelmäßig getroffen hätte. Ihr Name sei ihr aber nicht bekannt. Diese Frau hätte Lisa erst vor etwa zwei Jahren kennen gelernt, sie müsse ganz in der Nähe ihrer Tochter wohnen. Lisa hätte oft über sie berichtet, aber persönlich hätten sie sich noch nicht kennengelernt. Manolo würde hart arbeiten, mehr als man wohl annehmen würde, für einen Angestellten einer Bank. Aber er hätte Pläne gehabt aufzusteigen, mehr als nur ein Angestellter sein zu wollen. Dafür würde es wohl erforderlich sein.

„Aber, es ist doch nicht ungewöhnlich, wenn ein Mann in seinem Job erfolgreich sein will?", bemerkt Pedro, der ganz still auf dem gegenüberliegenden Sofa sitzt.

„Nein, es ist nicht ungewöhnlich, aber er hätte es doch gar nicht nötig gehabt. Die Kinder haben doch das Haus von uns bekommen. Es ist schuldenfrei, müssen Sie wissen. Uns geht es sehr gut, da mein Mann eine sehr gut laufende Kanzlei hat. Er hat genügend zu tun, wir haben genug Geld. Ich habe es daher auch nicht verstanden, dass Manolo unbedingt Karriere machen wollte. Auch ein Mann gehört doch zu seiner Familie."

„Aber Manolo war doch für seine Familie da, oder?"

„Sicher, er war immer daheim. Auffällig waren aber die häufigen Überstunden schon, oft kam er erst nach Hause, wenn die Kinder schon im Bett lagen. Lisa hat es mir berichtet. Sie hat sich nicht beklagt, ganz und gar nicht, aber immerhin schien es ihr so wichtig zu sein, dass sie es mir erzählt hat."

„Haben Sie sich denn auch mal mit Ihrem Schwiegersohn darüber unterhalten?"

„Natürlich. Ich habe immer gesagt: Manolo, wenn ihr Geldsorgen habt, sagt Bescheid. Ihr bekommt, was ihr braucht. Manolo hat immer abgewinkt, er könne selbst für seine Familie sorgen. Ich denke, es liegt in der Familie. Seine Eltern haben nicht so viel Geld, es geht ihnen nicht ganz so gut. Was man so weiß, von der Familie des Schwiegersohnes. So oft sehen wir uns nicht, man könnte sagen, die Levantes verstehen es immer wieder, einen Kontakt mit uns zu umgehen. Warum, weiß ich auch nicht. Wir sind doch keine Unmenschen, nur weil wir mehr besitzen, als die beiden."

Juana stellt noch einige Fragen, um das Thema wieder auf Lisa zu lenken, für heute hat sie aber genug gehört und auch gesehen. Einige abschließende Floskeln beenden den Besuch und der Wagen bringt sie zurück nach Chiclana.

Zahlreiche Informationen liegen auf Juanas Schreibtisch, in Form von großen und kleinen Zetteln, die sich bunt aneinander reihen. Der Versuch, die noch fehlenden Nachbarn der Familie Levante zu befragen, ist heute in den frühen Morgenstunden einem Einsatzwagen mit zwei Kollegen der Guardia Civil geglückt. Beide angetroffenen

Paare, berichtet der Kollege Juana am Telefon, seien berufstätig und hätte keinen Kontakt zu der Familie Levante gepflegt.

„Wir sollten uns für morgen bei der Familie Levante in Cádiz anmelden, ich möchte auf jeden Fall auch mit Manolos Eltern sprechen. Sei so nett, mache einen Termin aus, ich möchte nicht umsonst fahren", bittet Juana Pedro. Dem Hinweis der Nachbarin auf den sonntäglichen Besuch will Juana so schnell wie möglich nachgehen. Da die Befragung des Witwers keinen Hinweis ergeben hat, er ihr aber auch die Freundin aus der näheren Umgebung verschwieg, ruft Juana Manolo erneut an. Der Ehemann der ermordeten Lisa hat nicht sofort eine Antwort auf die Frage nach dem Namen und der Adresse der Freundin. Dann aber fällt es ihm doch ein: Rosa Tierra soll sie heißen. Die Adresse aber wäre ihm nicht bekannt, was bei Juana Unverständnis hervorruft. Doch sie hat andere Möglichkeiten, an die Adresse der jungen Frau zu gelangen. Sie wohnt tatsächlich nur eine Seitenstraße entfernt und war auch sofort bereit mit den Kommissaren zu sprechen. Am frühen Nachmittag erscheint sie im Büro in Chiclana. Fast hätte Pedro die Frau, die in der Tür steht, wieder gebeten, das Büro zu verlassen. Im letzten Moment geht Juana dazwischen und fragt die Frau nach ihren Wünschen. Anfang Vierzig, schätzt Juana, wobei es wirklich schwer ist, unter der ganzen Schminke ein echtes Alter festzustellen. Das Gesicht wird von einer hellblonden Perücke umrahmt, die Korkenzieherlocken fallen im Sitzen fast bis auf die Stuhllehne hinab. Unter der getigerten Sportjacke trägt sie ein überwiegend durchsichtiges,

64

hautenges, schwarzes und mit Spitzen durchwirktes T-Shirt. Für den Besitz ihrer Schuhe sollte ein Waffenberechtigungsschein vorgeschrieben sein. Sie spricht mit feiner, fast weinerlicher Stimme und stellt sich vor: Rosa Tierra. Nun sind die Kommissare sicher, es handelt sich bei diesem exotischen Wesen tatsächlich um einen weiblichen Menschen, dazu noch um Lisas Freundin.

Unaufgefordert nimmt die Frau auf dem einzigen freien Stuhl zwischen den beiden Schreibtischen der Kommissare Platz, wobei sie ihre nicht enden wollenden Beine übereinander schlägt. Pedro kann seinen Blick kaum von ihr lassen.

„Rosa, ich darf Sie sicherlich Rosa nennen?", beginnt Juana das Gespräch, damit es nicht noch peinlicher wird.

Die Schönheit nickt.

„Danke, dass Sie zu uns gekommen sind. Sicherlich haben Sie es erfahren, es geht um Lisa. Sie wurde ermordet."

„Ja. Ich habe davon gehört. Im Supermarkt spricht man seit Montag nur noch über dieses eine Thema."

„Können Sie sich vorstellen, wer die Tat begangen hat? Haben Sie einen Verdacht?"

„Na, ich bin es jedenfalls nicht gewesen. Eine Frau auf so brutale Weise zu töten, noch dazu Lisa. Sie war immer nett, immer freundlich. Haben Sie schon mit Ihrem Mann gesprochen?"

„Selbstverständlich. Aber, wie meinen Sie das denn?"

„Nun, er hat Lisa doch gefunden. Man liest es oft in Krimis, dass die Täter im privaten Umfeld der Opfer zu finden sind."

„Rosa, wir haben es hier aber nicht mit einem Kriminalroman zu tun, es ist leider die Realität. Haben Sie denn einen begründeten Verdacht gegen den Ehemann?"

„Ich kenne ihn nicht persönlich. Tut mir leid."

Juana versucht es mit einer anderen Frage.

„Wann haben Sie Lisa zum letzten Mal gesehen oder gesprochen?"

Stirnfalten zeigen den Kommissaren, dass Rosa überlegt, dann fällt ihr ein, die beiden hätten sich in der letzten Woche auf einen Kaffee getroffen. Es wird wohl am Mittwoch gewesen sein.

„Wir haben uns regelmäßig mindestens einmal pro Woche getroffen. Lisa kam zu mir, wenn der Kleine im Kindergarten war. Mili brachte sie immer mit, sie schlief meist auf einer Decke am Boden. Wir haben uns unterhalten und Kaffee getrunken, was Frauen ebenso machen."

„Hat Ihnen Lisa etwas berichtet, was uns weiter helfen könnte? Hatte sie Angst, Sorgen, Probleme?"

„Ich glaube, nicht mehr als andere Frauen auch Sorgen mit ihren Männern haben."

„Lisa hatte Sorgen mit ihrem Mann, oder um ihren Mann?"

Rosa lacht auf, schüttelt den Kopf und erwidert:

„Sie sorgte sich nicht um ihn, weiß Gott nicht. Manchmal wohl eher umgekehrt. Manchmal ging er ihr ganz schön auf die Nerven, mit seinem ewigen Getue."

„Was meinen Sie damit? Was für Getue?", will Juana nun wissen.

„Er war ziemlich kleinlich, wenn Sie wissen, was ich meine. Sie durfte nicht anziehen, was sie wollte. Durfte nicht kochen, was sie wollte. Manolo bestimmte einfach alles im Haus und in ihrem Leben. Ein guter Grund für mich, auch weiterhin alleine zu bleiben. Wegen so einem Bisschen", dabei zeigt Rosa mit zwei Fingern einen Abstand von etwa fünf bis sechs Zentimetern, „muss man wirklich keinen Mann heiraten."

Pedro hustet, um das Lachen zu unterdrücken. Juana spricht schnell weiter und bemerkt:

„Nun, da soll es ja auch noch andere Dinge geben, die eine Grundlage für eine Ehe bilden. So etwas wie Liebe, Treue, Geborgenheit."

„Klar, aber glauben Sie, Lisa fühlte sich bei Manolo geborgen? Mich wundert nur, dass er sie nicht geschlagen hat. Aber vielleicht hat er ja?"

„Rosa, ich möchte Sie bitten, hier nichts zu erfinden. Man darf bei der Polizei nur die Wahrheit sagen, das wissen Sie doch sicherlich?"

„Natürlich weiß ich das Frau Kommissar. Lisa hat mir immer alles erzählt, ich erfinde nichts. Geschlagen hat Manolo sie wohl nicht, jedenfalls hat sie nichts davon gesagt. Aber so richtig gut, war er wohl auch nicht zu ihr."

„Waren Sie am Sonntag am Haus der Levantes?"

„Ich habe Lisa nicht umgebracht. Was soll denn das?"

„Also Lisa wurde am Montag ermordet. Es geht aber um den Sonntag davor. Eine Zeugin hat gegen Mittag, so etwa 12 Uhr, am Haus der Levantes eine Frau gesehen. Ich möchte nur wissen, ob sie das gewesen sind. Nicht mehr und nicht weniger."

„Ganz bestimmt nicht. Ich bin nie am Haus gewesen. Ich wollte auf keinen Fall in Manolos Nähe geraten. Er hätte sich an mir womöglich noch vergriffen. Nein, ich bin nie dort gewesen. Kann ich nun wieder gehen? Ich habe noch einen geschäftlichen Termin, in einer Stunde. Etwas muss ich mich dafür noch vorbereiten, wenn sie ver-stehen?"

An Pedro gerichtet, stellt Rosa fest:

„Wenn Sie mal wieder in der Nähe sind und ich Zeit habe, besuchen Sie mich doch mal, alleine natürlich. Ich denke, da gibt es bestimmt etwas bei mir, was Sie interes-siert."

Pedro bleibt die Spucke und die Stimme weg. Er nickt nur, ohne etwas zu erwidern.

„Sie können gehen. Sollte Ihnen noch etwas einfallen, rufen Sie uns an."

Nachdem die Frau das Büro verlassen hat, findet Pedro seine Sprache wieder.

„Wenn du so als Mann in einen gewissen Notstand kommst, bei der könnte es klappen. Ich meine, ohne Schwierigkeiten. Flotter Feger, nicht wahr?"

„Danke, Pedro. Mein Geschmack ist sie nicht gerade, aber ich suche solche Art von Damen ja auch nicht auf. Mir soll sie ja nicht gefallen."

„Entschuldige, so habe ich es ja auch nicht gemeint. Du bist mir natürlich viel lieber, Juana."

Kapitel 9
Freitag16. April

Die Fahrt nach Cádiz dauert nur etwa zwanzig Minuten, der Damm - die Straße, die von San Fernando nach Cádiz

68

führt - ist kaum befahren um diese Zeit. Der Hauptverkehr ist schon durch, Glück für die beiden Ermittler. Die Levantes wohnen in einer kleinen, sehr engen Seitenstraße in der Nähe des großen Kaufhauses gleich rechts der großen nicht enden wollenden Hauptstraße. Die Kommissare werden von den Eltern gemeinsam erwartet, da sie nicht mehr berufstätig sind. Manolos Vater Juan, ist Anfang Sechzig und Frührentner, seine Frau Carmen, etwas älter als ihr Mann, ist immer Hausfrau gewesen. Tiefe Betroffenheit schlägt den Polizisten entgegen, als sie das Haus betreten. Im Salon haben die Schwiegereltern ein Foto der verstorbenen Lisa aufgestellt und davor eine Kerze entzündet. Der Raum ist etwas abgedunkelt und es riecht nach Weihrauch. Auf dem Tisch hat die Hausfrau Tassen und Teller bereitgestellt, daneben eine Kanne Kaffee, Zucker und Milch.

„Nehmen Sie Platz, bitte. Wie können wir Ihnen helfen?" Gemeinsam sprechen die Kommissare den Trauernden ihr Mitgefühl aus und entschuldigt sich für ihr Auftauchen.

„Wir möchten uns ein Bild über Lisa machen, alle Freunde, Bekannte und die Familie werden dazu befragt. Haben Sie eine Idee, wer es getan haben könnte?"

„Nein, ganz bestimmt nicht. Lisa war ein so reizender Mensch. Es kann gar keine Erklärung für diese schreckliche Tat geben. Es muss ein Wahnsinniger gewesen sein. Am schlimmsten trifft es die Kinder. Was wohl aus ihnen wird? Wir haben uns schon überlegt, sie zu uns zu nehmen, aber so groß ist unser Haus auch nicht. Wir haben keinen Platz für drei Kinder. Aber auseinander reißen kann man sie schließlich auch nicht."

Juana erwidert nichts, sie möchte den Redefluss der Frau nicht unterbrechen. Als Carmen keine Antwort erhält, sprich sie weiter:

„Mein Sohn und Lisa waren ein wirklich glückliches Paar. Nie, wirklich nie gab es auch nur ein böses Wort. Auch heute noch gibt es diese wirklich glücklichen Ehen, man darf es gerne glauben. Mein Sohn hat sich so gefreut, als das erste Kind kam, bei den anderen zwei natürlich auch. Als Paulo geboren wurde war die Freude ganz besonders groß. Nun, sie haben ja auch ihr Auskommen, Manolo verdient recht gut bei der Bank, dort haben sich die beiden auch kennen gelernt. Lisa hat sofort mit ihrem Job aufgehört, als das Baby unterwegs war, eine Frau gehört an den Herd und zur Familie."

„Sagen Sie, was können Sie uns denn über gemeinsame Freunde der beiden sagen? Und Lisa, hatte sie eine gute Freundin? Wo haben sie ihren Urlaub verbracht und mit wem?"

„Wir sind nicht immer bei meinem Sohn ein und ausgegangen, über Freunde kann ich nicht viel sagen. Lisa hatte bestimmt eine Freundin, hat das nicht jede Frau? Aber Namen kann ich Ihnen nicht nennen. Das geht uns auch gar nichts an. Urlaub? In den letzten Jahren sind sie nicht verreist, wegen der Kleinen. Sie wollten ihnen das ersparen, verreisen bringt so viel Unruhe in das Leben der Kinder."

„Besuchen Sie Ihren Sohn zu Hause in Chiclana?"

„Natürlich, wir sehen uns regelmäßig. Mal kommen sie zu uns, mal fahren wir nach Chiclana. Aber während der

Semana Santa waren wir nicht dort. Der Verkehr ist entsetzlich, da bleiben wir lieber im Hause."

Das Gespräch geht noch eine ganze Weile so weiter. Juana und Pedro verständigen sich durch einen Blick und beenden die Unterhaltung dann. Wirklich Wissenswertes haben sie durch den Besuch in Cádiz nicht erfahren.

Zurück in ihrem Büro besprechen die Kommissare nochmals die durch die Eltern erhaltenen Informationen. Lisa war nett und freundlich. Ob es nähere Kontakte zu anderen gegeben hat, bleibt offen. Einzelheiten scheint keiner der Befragten über das Leben der Eheleute gewusst zu haben. Bis auf die Freundin, die doch recht deutlich über Manolo berichtet hatte.

„Wir sollten am Nachmittag noch mal zu Manolo fahren. Ich möchte unangemeldet hin, mal sehen, was er so treibt", erklärt Juana ihrem Kollegen Pedro.

So lassen sie ihren Dienstwagen in einer Seitenstraße stehen und gehen die letzten Meter zu Fuß bis zum Haus der Familie Levante. Es scheint still zu sein im Haus. Die Fenster sind geschlossen, es dringt kein Laut heraus auf die Straße. Juana öffnet das kleine Gartentor und betritt das Grundstück. Auf dem Weg zur Haustür entdeckt die Kommissarin einen Blumenstrauß, der vor der Haustür am Boden liegt. Juana klingelt. Einen kurzen Moment später öffnet sich langsam die Haustür und Manolo erscheint. Den Strauß Blumen sieht er nicht, bittet die Kommissare herein ins Haus.

„Die Blumen, Manolo, ich bringe sie mit. Sie lagen hier am Boden."

Manolo reagiert nicht. Er geht ins Haus und gleich durch in den Salon. Juana schaut sich um, wundert sich, dann fragt sie:

„Wohin soll ich die Blumen stellen? Sie brauchen dringend Wasser!"

„Ich weiß es auch nicht. Nehmen Sie die Blumen doch mit. Ich will sie nicht."

Kopfschüttelnd fragt Juana den Witwer, der sich auf das Sofa hat fallen lassen:

„Wie, Sie wollen die Blumen nicht? Sie sind wunderschön, schauen Sie doch. Dunkelrote Rosen, bestimmt zwanzig Stück. Der Strauß muss ein Vermögen gekostet haben."

„Trotzdem, sie sind nicht für mich. Ich will sie nicht."

„Aber, für wen sollen die Blumen denn sonst sein, wenn nicht für Sie, Manolo?"

Resignierend antwortet Manolo, während ihm einige Tränen über das Gesicht laufen:

„Für Lisa!"

Die Antwort kommt wie ein Vorwurf, der nun im Raum steht und die Unterhaltung abrupt unterbricht. Juana überlegt, wie sie nun die Stille durchbrechen soll. Pedro kommt ihr zuvor.

„Manolo, wissen Sie, wer den Strauß dort abgelegt hat?" Es folgt ein Kopfschütteln. Kein Wort, die Tränen laufen noch immer ungehindert über die Wangen auf den Kragen des Hemdes, das Manolo unter seinem Pulli trägt.

„Es ist nicht der erste Strauß, schauen Sie sich doch um. Überall stehen diese Rosen herum. Lisa meinte, sie wüsste nicht, wer der Spender sei. Ich bin es jedenfalls nicht gewesen. Lisa hat wohl einen Verehrer gehabt und wollte es nicht zugeben."

Juana will es genauer wissen und schaut sich in der Wohnung um. In der Küche, im Esszimmer, auf dem Flur und im Wohnzimmer stehen Sträuße mit dunkelroten Rosen.

„Sind die alle von diesem unbekannten Spender, Manolo?"

Ein Nicken ersetzt die Antwort.

„Hat Ihre Frau immer Blumen bekommen, auch schon früher? Oder besser gefragt, wann hat es angefangen, mit den Sträußen?"

„Den genauen Tag weiß ich nicht mehr. Letzte Woche jedenfalls. Als wir nach Hause kamen lag so ein Strauß vor der Tür, genau wie eben. Vielleicht hat sie ja schon früher Blumen als Geschenk bekommen und mir vorenthalten, ich weiß es nicht. Diese Sträuße jedenfalls lagen alle vor der Tür. Immer wenn wir nicht da sind, bringt der Unbekannte Blumen, sagte Lisa noch zu mir. Sie hat genau gewusst, von wem die Blumen sind. Keiner schenkt einfach so, dazu noch, wie Sie schon sagten, teure Blumen. Aber es ist nun auch egal. Lisa ist tot. Was scheren mich die Blumen."

Der Strauß von heute liegt noch in weißes Papier eingewickelt auf dem Tisch.

„Manolo, den Strauß nehmen wir mit ins Labor. Vielleicht können wir Spuren feststellen, es könnte ein Hinweis auf den Täter sein. Wie geht es Ihnen heute? Und wo sind die Kinder?"

„Meine Eltern haben die Drei abgeholt, damit sie sich etwas ausruhen können, in anderer Umgebung. Kindergarten und Schule müssen ausfallen, es ist besser so. Vielleicht erst mal für eine Woche. Wir werden sehen."

„Sie sind also ganz alleine hier? Brauchen Sie Hilfe?"

„Nein. Nur Ruhe. Ich brauche einfach nur Ruhe."

„Wir lassen Sie auch gleich alleine. Eine Frage noch. Haben Sie heute etwas beobachtet? Hat jemand vor dem Haus gestanden? Eine fremde Person? Ein Auto?"

„Nein. Ich bin nicht am Fenster gewesen, auch nicht auf der Straße. Ich gehe kaum raus, die Leute schauen mich alle so an."

Juana und Pedro verabschieden sich und fahren zurück aufs Kommissariat.

„Die Kollegen melden sich, wenn erste Ergebnisse der Untersuchung des Blumenstraußes vorliegen. Eine sonderbare Sache, finde ich. Da kauft jemand für viel Geld Rosen um sie dann ohne eine Karte oder eine Nachricht vor die Haustür zu legen. Wenn man so viel Geld ausgibt, möchte man doch auch, sagen wir mal, einen gewissen Dank für das Geschenk erhalten. Wer macht ein Geschenk, noch dazu für eine Tote?"

„Vielleicht weiß der edle Spender nicht, dass Lisa ermordet wurde?", stellt Pedro fest.

„Gut, das könnte natürlich sein. Aber ihr Bild war in der Tageszeitung, im Viertel spricht man darüber. Beim Kaufmann, auf der Tankstelle, einige Straßen weiter - ich habe es mit eigenen Ohren gehört - rätselt man auch über den Mord. Also, die ganze Stadt weiß, dass hier ein Mord an einer jungen Frau begangen wurde."

„Klar, Juana. Das kann bedeuten, der Rosenkavalier liest keine Zeitung, sieht kein Fernsehen und geht auch

74

sonst nirgends hin, wo über den Mord gesprochen wird. Es soll solche Leute geben. Es könnte jemand sein, der nicht lesen und nicht schreiben kann."

„Oder aber, der Strauß war ein Abschiedsgeschenk an Lisa. Vielleicht lebt, wie du ihn so nett nennst, der Rosenkavalier nicht in dieser Gegend. Deshalb konnte er nicht zur Beerdigung gehen.

„Das Papier hatte keinen Aufdruck eines Blumengeschäftes. Es gibt in Chiclana, ich glaube nur zwei oder drei Läden, die für einen solchen Strauß in Frage kommen. Wir werden hinfahren, die Inhaber befragen."

Juana und Pedro, die ihren Feierabend herbei gesehnt haben, verlassen pünktlich das gemeinsame Büro. Eine Verabschiedung findet auf dem Parkplatz statt, dann geht es auf direktem Wege nach Hause.

Kapitel 10
Sonnabend, 17. April

Den nächsten Morgen beginnt die Art der Polizeiarbeit, die den beiden nicht sonderlich viel Spaß bereitet. Juana und Pedro gehen durch die Fußgängerzone in Chiclanas Innenstadt. Eine kleine Einkaufsmeile, mit einigen Geschäften, die sich links und rechts der im Sommer neu gestalteten Straße säumen. Dort befindet sich auch die Markthalle der Stadt. Das erste Ziel dieses morgendlichen Ausfluges ist ein kleiner Laden in dem es frische Schnittblumen zu kaufen gibt. Juana und Pedro betreten das Geschäft, eine

Verkäuferin kommt auf sie zu und fragt nach ihren Wünschen.

„Dunkelrote Rosen hätte ich gerne", erwidert Pedro.
Die Verkäuferin schaut sich suchend im Laden um und schüttelt mit dem Kopf.

„Dürften es vielleicht auch gelbe Rosen sein? Rote habe ich leider nicht, es ist schwer um diese Zeit, wissen Sie."
Juana zieht ihren Dienstausweis aus der Jacke und zeigt ihn der Verkäuferin.

„Ich möchte wissen, ob Sie an den letzten Tagen dunkelrote Rosen verkauft haben?"

„Nein, wie gesagt, wir haben schon seit einigen Wochen keine dunkelroten Rosen mehr. Hellrosa, gelb, dunkelrosa, aber keine dunkelroten. Tut mir leid."

„Ich habe eine Bitte an Sie", spricht Juana weiter, „sollten Sie dunkelrote Rosen bekommen und jemand interessiert sich dafür, rufen Sie uns dann bitte an. Ich weiß, es klingt seltsam, aber wir suchen einen Rosenkavalier, den wir als Zeuge vernehmen möchten. Ein Strauß Rosen steht im Zusammenhang mit dem Mord an der jungen Frau von Anfang dieser Woche."
Die Verkäuferin nimmt die Visitenkarte entgegen und verspricht sich sofort zu melden, sollte jemand nach dunkelroten Rosen fragen. Auch in der Markthalle werden Schnittblumen verkauft, aber auch hier keine dunkelroten Rosen. Eine weitere Adresse steht noch auf dem Plan der Kommissare. Das Geschäft liegt etwas abseits von anderen Geschäften, es muss ein Geheimtipp sein, denn der Laden ist voller frischer Blumen, die alle auf einen Käufer warten. Auch dunkelrote Rosen! Die Verkäuferin wird befragt,

erinnert sich aber an keine Person, die in den letzten Tagen einen so großen Strauß gekauft hätte. Ein Herr, berichtet sie, hätte drei Rosen mit etwas Grün gekauft. Eine ältere Damen fünf Rosen, ein junger Mann sogar nur eine Einzelne. Ein großer Strauß war nicht dabei. Die Blumenbinderin verspricht, sich bei einer Nachfrage zu melden.

„Juana, ich habe den Bericht der Kriminaltechnik. Die Kollegen haben den Strauß auf Fingerabdrücke untersucht. Auf den Rosen ist es nicht möglich, es wurden auch keine anderen Stoffe wie Hautpartikel oder Stofffetzen gefunden. Auf dem Papier waren Abdrücke, aber leider so verwischt, dass wir nichts damit anfangen konnten. Leider."

„So etwas habe ich mir schon gedacht. Der Strauß wird aber vermutlich nicht aus einem dieser Läden stammen, in denen wir heute am Morgen waren. Buntes Papier mit Aufdruck, in allen Läden. Alle haben Name, Anschrift und Telefonnummer auf das Papier aufgedruckt. Unser Strauß war aber lediglich in schlichtes Seidenpapier gewickelt. Es erinnert mich an das Papier, was oft zwischen teuren Blusen und Pullovern liegt, wenn man in einer entsprechenden Boutique einkauft."

„Womit du dich so beschäftigst, ich habe noch nie zwischen meinen Hemden Seidenpapier vorgefunden!" Juana und Pedro beschließen erneut einen Streifenwagen in die Straße der Familie Levante zu schicken. Vielleicht hat nun, aufgeschreckt durch die Befragungen, zufällig jemand den Blumenboten gesehen oder beobachtet.

Am Vortag wurde der Bruder des Witwers eingeladen, um seine Aussage im Kommissariat zu machen. Pünktlich erscheint Albert Levante in Juanas Büro. Anscheinend kommt der Bruder direkt von der Arbeit, denn sein Äußeres deutet eindeutig darauf hin. Freundlich begrüßt Albert die Kommissare. Er hat auf dem freien Stuhl neben Juanas Schreibtisch Platz genommen und schaut erwartungsvoll wie es wohl nun weiter geht.

„Albert, ich darf doch Albert sagen?", beginnt Juana die Befragung, ohne eine Antwort zu erwarten.

„Wir möchten gerne, dass Sie uns etwas über die Ehe Ihres Bruders berichten."

Alberts Gesichtsausdruck verändert sich schlagartig.

„Ich bin kein Spitzel, was denken Sie denn?"

„Albert, keiner behauptet es. Wir müssen uns doch ein genaues Bild machen von Lisa, von ihrer Umgebung, den Nachbarn. Wen sollen wir denn fragen, wer weiß denn um die Ehe, wenn nicht Sie? Sie helfen uns bei der Ermittlungsarbeit."

Glücklich schaut Albert zwar immer noch nicht, aber immerhin, er beginnt zu reden.

„Lisa war eine klasse Frau. Ich habe meinen Bruder immer beneidet. Sie war sehr attraktiv und hatte trotz der Geburten eine tolle Figur. Sie hat drei fantastische Kinder auf die Welt gebracht, was will man mehr als Mann? Zu Hause soll sie auch gut gewesen sein, sie wissen schon, was ich meine. Mein Bruder hat sich nie beklagt."

„Albert, hatten die beiden Streit? War es eine harmonische Ehe?"

„Ich kann es mir nicht vorstellen, aber ich weiß es nicht. Wenn ich dabei war, haben sie sich nie gestritten. Warum auch? Eine Frau muss sowieso machen, was der Mann will. Und Lisa machte immer das, was Manolo wollte. Sie war eben sehr intelligent."

„Albert, wir leben doch nicht mehr im Mittelalter. Auch eine Frau hat das Recht, auch innerhalb einer Ehe, ihr eigenes Leben zu leben. Deshalb muss es doch nicht schlecht sein für den Mann. Wo leben Sie denn? Sind sie eigentlich verheiratet?"

„Nein, bisher noch nicht. Aber das wird noch kommen. Die Richtige ist mir halt noch nicht über den Weg gelaufen." Juana wirft einen Blick zu Pedro, der sich wieder sehr bei der Befragung zurückhält.

„Wäre Lisa die Richtige für sie gewesen, Albert?"

„Ja, schon. Aber Lisa war halt mit meinem Bruder verheiratet. Was soll die Frage?"

„Können Sie sich die zahlreichen Rosensträuße im Haus Ihres Bruders erklären?"

„Nein, wirklich nicht. Lisa wird wohl einen Verehrer gehabt haben. Warum auch nicht. Sie hätte es aber nicht gewagt, eine Beziehung einzugehen. Niemals, wenn Sie das denken."

„Sie wollen mir also damit sagen, Lisa war ihrem Mann immer treu. Haben Sie es mal versucht, etwas mit Lisa anzufangen? Oder woher wissen Sie so genau, dass Lisa treu war?"

Albert wirkt sehr verärgert und verunsichert. Juana hat vermutlich genau den Nagel auf den Kopf getroffen, daher hakt sie nach.

„Albert, haben Sie versucht mit Ihrer Schwägerin ins Bett zu gehen?"

„Nein, natürlich nicht. Das hätte ich meinem Bruder nie angetan. Aber geflirtet habe ich schon mal mit ihr, das macht ja auch nicht wirklich etwas aus. Mein Bruder ist auch dabei gewesen, wissen Sie, so eine Art Spiel."

„So, eine Art Spiel war es also für sie mit Lisa zu flirten? Nun gut. Haben Sie eine Idee, wer Lisa ermordet haben könnte?"

Albert schüttelt den Kopf, während er ihn langsam auf seine Brust absenkt. Juana wartet einen Moment, wartet Alberts Regung ab. Der aber schaut wieder hoch, in Juanas Gesicht und wartet ebenfalls, was nun wohl passiert.

„Eine Frage habe ich noch, Albert. Wo sind sie am letzten Montag gegen Mittag gewesen?"

„Sie fragen mich wohl nach meinem Alibi? Ich habe gearbeitet, wie jeden Tag. Ich fange morgens um zehn an und arbeite durchgehend bis etwa zehn Uhr. Gegessen wird in der Firma. Wir machen alle zusammen Pause."

„Wir könnten also Ihre Kollegen befragen, die würden uns Ihre Anwesenheit bestätigen?"

Albert bejaht die Frage und Juana bittet ihn, auf einem Zettel die Adresse seiner Firma und die Namen der Arbeitskollegen zu notieren. Etwas später im Büro.

„Pedro, bitte veranlasse, dass eine Streife die Angestellten befragt, ich möchte das Alibi gerne bestätigt wissen. Immerhin hat Albert zugegeben, Lisa wäre auch für ihn die Richtige gewesen, wie er sich ausdrückte. Eifersucht ist schon immer ein gutes Tatmotiv gewesen."

Mit diesen Worten reicht sie ihrem Kollegen den Zettel, den Albert beschrieben hat. Pedro wirft einen Blick darauf und hebt die Augenbrauen. An Juana gerichtet, sagt er dann:

„Hast du gesehen, wo Albert arbeitet?"

Seine Kollegin schüttelt den Kopf, schaut erwartungsvoll.

„Bei der großen Gärtnerei, an der Straße nach Conil."

Kapitel 11
Montag, 19. April

Den freien Tag haben Juana und Pedro genossen, man kann es an ihren fröhlichen Gesichtern ablesen, als sie rein zufällig gemeinsam das Büro betreten.

„Ich genieße es immer, einen Tag ohne Telefon und PC. Was hast du gestern so getrieben?", fragt Juana ihren Kollegen.

„Nach langer Zeit habe ich mich mal wieder mit José getroffen, obwohl es ein Sonntag war, der ja eigentlich seiner Frau gehört. In Cádiz hat man auch schon von unserem Mord gehört, José wollte alle Einzelheiten wissen. Es war zwar ein freier Tag, aber ganz ohne Polizeiarbeit und Job geht es eben nicht."

José arbeitet als Kommissar in Cádiz. Er leitet dort, genauso wie Juana in Chiclana, eine Abteilung des Kommissariats. Pedro und José sind schon ganz lange befreundet, doch lässt es ihr Dienst viel zu selten zu, dass sie sich treffen können.

„Gibt es denn Neuigkeiten?", fragt Juana, mehr in den Raum, als an Pedro gerichtet, der ja auch im selben Moment das Büro betreten hatte.

81

Sie durchforstet die Zettel, die Kollegen der Nacht- und Wochenendschicht für sie hinterlassen haben. Die Befragung der Nachbarn durch einen Streifenwagen der Guardia Civil war erfolglos. Keiner der befragten Nachbarn, es waren ausnahmslos alle angetroffen worden am Sonntag, hatten den Blumenspender oder wie Pedro zu sagen pflegt, den Rosenkavalier, beobachten können. Aus der angelegten Akte, auf dessen Deckblatt der Name: „LISA" steht, zieht Juana die von Manolo angefertigte Aufstellung.

„Pedro, du kannst dich mal um die anderen Namen auf der Liste kümmern. Die Eltern und den Bruder habe ich schon abgehakt, aber es stehen noch weitere Personen zur Vernehmung an. Wir benötigen die Fingerabdrücke, zum Abgleich mit denen, die durch die Kollegen der Spurensicherung im Haus der Levantes sichergestellt wurden."

Pedro nickt, diese Art Arbeit mag er nicht so gerne, dennoch auch sie muss gemacht werden.

Kurz nach dem Mittag, so gegen drei Uhr klopft es an der Tür des Büros. Eine junge Frau betritt den Raum.

„Guten Tag, mein Name ist Doktora Lozano. Ich betreue den kleinen Rico Levante, er ist mein Patient."

Juana bittet die Ärztin ins Büro und bietet ihr einen Stuhl an.

„Schön, dass Sie es einrichten konnten, zu uns zu kommen. Ein persönliches Gespräch ist immer besser, als ein Bericht, für mich jedenfalls. Was können Sie über den kleinen Rico berichten?"

Es folgt ein mehr oder weniger medizinisches Gutachten, das Juana eigentlich nicht hören wollte.

„Entschuldigen Sie, aber mich interessiert viel mehr, ob Sie etwas erfahren konnten, was den Täter oder die Tat betrifft?“

„Es ist schwierig bei einem so kleinen Kind, Sie können ja schließlich nicht fragen: Wer hat deine Mutter getötet? Rico ist vier Jahre alt, man muss sehr vorsichtig sein, damit man nicht mehr kaputt macht, als sowieso schon, sagen wir mal, gestört ist, durch das Gesehene. Rico muss ganz langsam an den Tag herangeführt werden. Man versucht den Kleinen spielerisch dazu zu animieren. Zum Beispiel durch Malen. Aber das dauert.“

„Meinen Sie es gibt eine Chance“, fragt Juana vorsichtig, „dass Rico sich in irgendeiner Form erinnern wird? Sich nicht nur erinnert, sondern uns auch mitteilen kann, was er gesehen hat? Und uns somit dabei hilft den Täter zu überführen?“

„Das ist eine sehr schwierige Frage, die ich Ihnen leider so nicht beantworten kann. Zumal es ist doch gar nicht sicher ist, dass der Kleine den Täter und die Tat beobachtet hat. Vielleicht hat er erst später das Zimmer betreten und seine tote Mutter auf dem Bett vorgefunden. Er konnte mit der Situation, dass sie sich nicht mehr bewegt und nicht mehr spricht, nicht fertig werden und ist erst dann in den Schrank gekrabbelt. Kinder stellen sich oft vor, sie wären an der Situation Schuld, auch wenn das natürlich aus der Sicht unsere Erwachsenenwelt irrational ist. Es sind eben Kinder.“

„Wie wird es denn nun mit Rico weitergehen, Frau Doktor?“

Die Psychologin erklärt, sie wird versuchen zu dem kleinen Rico ein freundschaftliches Verhältnis aufzubauen, durch regelmäßige Treffen und Gespräche. Nach und nach sollen dann, ganz vorsichtig, immer wieder Fragen eingeflochten werden, die eventuell bei der Klärung des Mordes helfen können.

„Im Vordergrund aber steht die Psyche des Kleinen, nicht die Klärung des Mordes. Dafür sind Sie zuständig. Das darf ich hier mit aller Deutlichkeit sagen", beendet die Ärztin das Gespräch und erhebt sich von ihrem Platz.

„Ich kann ja verstehen, dass Frau Dr. Lozano um den kleinen Rico besorgt ist. Aber wir sollen einen Mörder fassen."

„Juana, sie wird uns schon helfen. Auch eine Ärztin ist ein Mensch und dass sie sich so um den kleinen Rico sorgt, ist doch normal, es ist ihr Beruf. Die Frau ist Kinderpsychologin, keine Kommissarin! Lass ihr etwas Zeit, dann wird sie uns schon weiterhelfen, ich bin mir da ganz sicher. Ich hole uns schnell einen Kaffee und danach kein Wort mehr über diese Seelenklempnerin, einverstanden?"

Juana lächelt ihren Kollegen an, er hat es wieder geschafft, sie auf den richtigen Weg zu führen, runter von ihrem selbst inszenierten Aufregungstrip. Der Kaffee wird ihr dabei helfen. Einige Zeit und einige Telefonate später berichtet Pedro seiner Vorgesetzten, dass er drei Kandidaten für das am nächsten Tag geplantes Verhör erreicht hat. Es sind Bekannte der Familie Levante, die Manolo auf seine Liste geschrieben hatte.

Der späte Nachmittag und frühe Abend verläuft so ruhig, dass die beiden Ermittler beschließen, noch vor Dunkelwerden nach Hause zu fahren, was nicht oft geschieht.

Kapitel 12
Dienstag, 20.April

Unter ihrem Arm trägt Juana die Tageszeitung, die sie sich jeden Morgen auf dem Weg ins Büro am Kiosk um die Ecke besorgt. Die Bürotür ist noch verschlossen, Pedro ist selten vor ihr im Kommissariat, das kennt man schon. Die Zeitung fliegt mit einem Schwung auf den Schreibtisch, dann entledigt sich Juana Ihrer Jacke. Im gleichen Moment erscheint auch Kollege Pedro.

„Guten Morgen, hast du das gesehen?", begrüßt er sie und deutet dabei auf die Zeitung auf ihrem Schreibtisch.

„Guten Morgen, nein, was denn?"

„Auf der Titelseite ist ein Artikel über unsere Lisa. Der Journalist muss wohl mit Manolo gesprochen haben, sonst kann ich mir nicht erklären, woher er diese Details wissen kann."

Juana hat wie immer - es ist eine Eigenart von ihr - ihre Handtasche auf den Boden neben ihren Stuhl geschmissen. Sie schnappt sich die Zeitung und schlägt sie in ganzer Größe auf.

„Sogar die Geschichte mit dem Blumenstrauß. Ob das gut ist, weiß ich auch nicht! Wenn die Blumen in unseren Mordfall verwickelt sind, ist der Überbringer also vielleicht auch der Täter, jetzt gewarnt. Noch einen Strauß wird er vermutlich nicht vor die Tür legen. Schade. Scheiß Presse. Ich hatte gleich so ein ungutes Gefühl, als ich den Wagen des Journalisten vor Manolos Haustür gesehen habe."

„Sicher, du hast Recht, aber es hilft uns jetzt auch nicht mehr. Eine Chance haben wir aber dadurch: vielleicht meldet sich jemand, der uns etwas über den Strauß Rosen sagen kann. Alles im Leben hat zwei Seiten."

„Wau, so viel Weisheit am frühen Morgen. Was hast du gestern Abend gemacht, solltest du vielleicht öfter mal machen?"

„Ich werde es dir lieber nicht erzählen, es hat mit dir zu tun, aber nein, ich sage es nicht."

Juana kennt diese Anspielungen ihres Kollegen. Er schwärmt von ihr, sie sei seine große Liebe. Aber er weiß auch, aus Juana und Pedro kann nichts werden. Schnell sucht Juana nach einem neuen Thema um Pedro abzulenken. Sie sieht seinen Augen an, woran er denkt, sie kennt diesen Gesichtsausdruck genau.

„Wen hast du für heute vorgeladen? Wann kommt der Erste?"

„Ist schon gut, Kollegin. Ein mit den Levantes befreundetes Ehepaar, das in der näheren Umgebung wohnt, erscheint so gegen elf Uhr. Heute Nachmittag soll ein Handwerker kommen, er stand auf der Liste der Personen, die im Haus der Levantes eventuell Fingerabdrücke hinterlassen haben könnten."

Womit die Kommissare jedoch nicht gerechnet hatten: Aufgrund des Zeitungsartikels steht das Telefon im Kommissariat nun nicht mehr still. Anscheinend haben alle

Menschen in Chiclana einen Unbekannten mit einem Rosenstrauß gesehen.

„Ich hasse die Presse, dieser Artikel bringt uns jede Menge Mehrarbeit, vermutlich ohne Erfolg. Wir kennen es doch schon und trotzdem kann man es einfach nicht verhindern", ärgert sich Juana, die ihren Hörer schon neben das Telefon gelegt hat, um einen klaren Gedanken fassen zu können.

„Wenn alle diese Menschen mit riesigen Rosensträußen durch unsere Stadt laufen würden, wie diese Zeugen am Telefon behaupten, wäre für Autos kein Platz mehr!"

„Juana, du kennst es doch, es ist immer dasselbe", beruhigt Pedro.

Im gleichen Moment klopft es an der Tür des Büros. Manuel Alba und Marisol Tarifa sind seit einigen Jahren ein Paar, wenn auch nicht verheiratet. Manuel und Manolo haben sich auf einem Seminar in Sevilla kennengelernt, sie waren sich gleich sympathisch und so ist aus dieser zufälligen Bekanntschaft eine gute Freundschaft geworden. Die Paare trafen sich regelmäßig, mal in Chiclana, bei den Levantes und mal bei Manuel und Marisol in San Fernando.

„Vielen Dank", beginnt Juana das Gespräch, „dass Sie zu uns gekommen sind. Sie können sich vielleicht vorstellen, dass wir einige Fragen an Sie haben. Ein Kollege wird gleich zu uns stoßen und Ihnen die Fingerabdrücke abnehmen, keine Angst, wir benötigen sie zum Abgleich, da zahlreiche Fingerabdrücke, die wir nicht kennen, im

Haus der Levantes gefunden wurden. Seit wann kennen Sie sich, ich meine Lisa und Manolo?"

Manuel beginnt zu erzählen. Er berichtet über dieses Fortbildungsseminar in Sevilla, über den ersten Kontakt der beiden Männer. Die Frauen wurden mit einander bekannt gemacht, auch sie mochten sich von Anfang an. Man ging zusammen aus, mal Essen, mal ins Kino. Im Sommer traf man sich am Strand, oft waren auch die Kinder dabei, wenn Oma keine Zeit hatte.

„Sie würden also von sich behaupten, Sie waren gut mit Lisa und Manolo befreundet?"

„Ja, wir haben uns immer sehr gut verstanden und hatten auch gleiche Interessen. Wir haben zwar noch keine Kinder, aber was nicht ist, kann ja noch werden", antwortet Marisol und schaut dabei mit Dackelaugen zu ihrem Manuel.

„Haben Sie eine Idee, wer Lisa das angetan haben könnte?", fragt Juana die beiden Besucher.

„Nein, keine Idee. Die beiden haben unseres Wissens nur Freunde gehabt, keine Feinde. Lisa war immer gut gelaunt, hat nie schlecht über wen auch immer gesprochen. Feinde hat sie sich bestimmt nicht gemacht."

„Marisol, sagen Sie mir: wie war die Ehe der beiden? Ist Ihnen da mal etwas aufgefallen?"

„Ich weiß nicht, wie Sie das meinen? Sie haben einen sehr glücklichen Eindruck auf mich gemacht. Klar, es gab auch mal Streit, aber wo gibt es keinen?"

Juana hakt nach:

„Wann war das, und worum ging es in dem Streit?"

„So genau kann ich das auch nicht sagen. Worum es eben in solchen Streits geht. Nichts Weltbewegendes, Kleinkram."

„Sie hatten also nicht den Eindruck, dass es zwischen den Eheleuten öfter zu Streitigkeiten kam? Oder zu Handgreiflichkeiten?"

Manuel und Marisol weisen das ganz entschieden zurück, die beiden waren immer gut zueinander, wie in einer glücklichen Ehe.

Juana erkundigt sich nach dem weiteren Freundeskreis. Bei den regelmäßigen Zusammenkünften war aber niemals eine andere Person anwesend, bei keinem der Treffen. Auch auf die Frage des Rosenkavaliers haben die beiden keine Antwort, sie hinterlegten die Sträuße nicht vor dem Haus. So dürfen die Freunde der Familie Levante das Kommissariat wieder verlassen.

Kaum sind die beiden Ermittler wieder alleine, läutet das Telefon. Pedro, der näher am Schreibtisch steht, nimmt den Anruf entgegen. Wieder ein Anrufer, der einen Blumenboten gesehen hat, deutet Pedro seiner Kollegin mit Zeichen an.

„Sicherlich, ich notiere mir Ihre Adresse. Sollten wir bei unseren Ermittlungen noch Fragen haben, werden wir uns bei Ihnen melden. Ich danke Ihnen für Ihre Mithilfe."

Dann schaut Pedro zu Juana, die ein Lächeln auf den Lippen zeigt, denn nun endlich hat auch ihr Kollege einen solchen Anruf entgegennehmen dürfen.

„Juana, der Anrufer, ein Taxifahrer aus Chiclana, hat eine interessante Aussage gemacht. Ich glaube, wir sollten den Fahrer ernst nehmen."

Juana unterbricht ihre Absicht, den Raum zu ver-lassen um einen Kaffee zu organisieren. Sie schließt die Bürotür und geht zurück zu ihrem Schreibtisch.

„Wieso? Was hat der Taxifahrer denn ausgesagt?"

„Er berichtet, an dem bewussten 12.April eine Frau mit einem großen Strauß Blumen in die Nähe der Levantes gefahren zu haben."

Juana schaut Pedro fragend an, dann setzt sie sich an ihren Schreibtisch.

„Was heißt in die Nähe?", fragt Juana.

„Genau genommen, so der Fahrer, hat er die Frau in der Parallelstraße abgesetzt. Es soll so gegen 12.30 Uhr gewesen sein."

„Kannst du den Fahrer herbestellen? Ich denke, wir sollten ihn genauer befragen."

Pedro erledigt es sofort, Juana, die nun doch für einen Kaffee den Raum verlässt, kann sich da ganz auf ihren Mitstreiter verlassen. Wenige Minuten später betritt sie mit zwei dampfenden Bechern das Büro, als Pedro gerade den Hörer des Telefons wieder auflegt.

„Ich habe ihn über die Taxizentrale zu uns bestellt, er ist zur Zeit mit einem Fahrgast unterwegs, aber danach, hat die nette Dame versprochen, schickt sie ihn zu uns. Danke für den Kaffee, Juana."

Bis zu seinem Eintreffen vergeht dann aber doch mehr als eine Stunde, aber er erscheint im Büro.

„Mein Name ist Joaquin Toledo, ich bin der Taxifahrer, Sie wollten mich sprechen?"

Nachdem die üblichen Fragen nach Name, Adresse und Ausweis abgeschlossen sind, kann Juana ihre Neugier kaum noch bremsen. Es scheint eine erste Spur zu sein, auf die sie stoßen.

„Berichten Sie uns bitte von diesem Montag, an dem Sie die Frau gefahren haben."

„Ich hatte gerade eine Fuhre in die Stadt, alle wollten ins Zentrum, wegen der Semana Santa, da sah ich sie an der Straße stehen. Am Kreisel, wo es zur Autobahn geht, an der N 340. Sie stand mit einem großen Strauß Blumen und hielt nach etwas Ausschau, ich dachte natürlich, die Frau sucht eine Taxe. Ich fuhr rechts an und hupte kurz. Sie winkte mir zu und deutete an, ich solle doch zurücksetzten, ich war einige Meter an ihr vorbei gefahren, weil ein hinter mir fahrendes Fahrzeug ein sofortiges Anhalten unmöglich machte. Sie kam mir auch nicht einen Schritt entgegen, ich musste noch weitere Autos abwarten, erst dann konnte ich rückwärts zu ihr fahren. Dann stieg sie ein und bat mich in Richtung Calle del Capote zu fahren, kurz davor, an der Kreuzung Calle de la Octava und Calle de Torres forderte sie plötzlich, ich solle sofort anhalten. Was ich auch tat. Es war gar kein Verkehr hier, die Straße war leer, ich hielt. Sie bezahlte und stieg aus. Das ist die ganze Geschichte."

„Konnten Sie sehen, wohin die Frau ging?"

„Ich habe nicht darauf geachtet, ich konnte ja nicht wissen, dass das noch einmal wichtig sein könnte. Außerdem hat es mich auch nicht sonderlich interessiert, so schön war die Frau nicht."

„Sie könnten die Frau also beschreiben? Sie würden sie wiedererkennen?"
Der Taxifahrer überlegt einen Moment, dann nickt er.

„Beschreiben, nun, sie war vielleicht knapp einen Meter siebzig groß, hatte dunkle, sehr volle Haare. Sie trug einen langen Mantel und Stiefel."

„Vielleicht geht es noch etwas genauer? Wie alt schätzen sie die Frau? Gewicht, Statur? Kurze oder lange Haare? Brille?"

„Was Sie alles wissen wollen. Brille, ich weiß nicht, kann sein. Die Haare waren, glaube ich, so schulterlang. Das Alter, das ist eine ziemlich gefährliche Sache, sie könnte zwischen Mitte Dreißig und Mitte Fünfzig gewesen sein. Ich habe sie mir nicht so genau angesehen. Ganz jung war sie nicht mehr, sie hatte einen eher verhaltenen Gang."

Juana schaut etwas erstaunt, fragt dann vorsichtig:

„Wieso können Sie das Alter der Frauen am Gang einschätzen? Wie geht denn eine Frau die Mitte Fünfzig ist und wie eine Frau, die Mitte Dreißig ist?"

„Ich will damit sagen, sie war kein junges Ding mehr, sie ging sehr bewusst. Man könnte auch sagen, sie schreitet über die Straße. Das tun die jungen Dinger eher selten. So habe ich das gemeint. Sie wissen schon, außerdem so genau haben ich eben auch nicht hingesehen."

„Sie können sich aber daran erinnern, dass die Frau nicht so gut aussah? Das waren doch eben ihre Worte", bemerkt Juana.

„Ja, ich habe während der Fahrt in den Rückspiegel geschaut, dabei fiel mir auf, sie war nicht gerade eine Schönheit."

„Trauen Sie sich zu, ein Phantombild anzufertigen, mit einem Kollegen von uns zusammen?"

„Wir können es versuchen, ich kann Ihnen aber wirklich nichts versprechen."

„Na, dann mal los."

Juana informiert den zuständigen Kollegen, der den Taxifahrer wenige Minuten später aus ihrem Büro abholt.

„Und? Pedro, was sagst du?"

„Vielleicht haben wir Glück! Eine Frau in einem Mantel mit einem Blumenstrauß, die sollte sich doch finden lassen!"

Kurz nach fünf Uhr, die Kommissare arbeiten beide still vor sich hin, was relativ selten vorkommt, klopft es erneut an der Tür. Durch den Spalt kann Juana einen Mann mit vollem Bart und mürrischem Gesicht erkennen.

„Was können wir tun für Sie?"

„Ich sollte mich bei Ihnen melden. Mein Name ist Paco, ich bin der Schlosser."

Der Handwerker, auf dessen Aussage und Finger-abdrücke die Ermittler noch warten, zieht sich einen Stuhl an den Schreibtisch und beginnt unaufgefordert zu berichten.

„Ich soll Ihnen erzählen, dass ich bei Manolo im Haus gearbeitet habe. Schrecklich, was da mit seiner Frau passiert ist. Sie war eine tolle Frau, die hätte, ach, Ent-schuldigung, das sollte ich wohl besser nicht sagen. Jedenfalls ich war im Haus und habe das Schloss an der Haustür repariert."

„Ich muss Sie unterbrechen. Was war mit dem Schloss? Wann haben Sie bei den Levantes gearbeitet?"

„Nun es muss in der Woche vor der Semana Santa gewesen sein. Die Tür ließ sich nicht richtig schließen. Ich habe den Zylinder auseinander gebaut, gereinigt und mit Graphit wieder gangbar gemacht. Das war alles."

„Ein normaler Vorgang, würden Sie sagen? Oder kann es sein, dass sich jemand an dem Schloss zu schaffen gemacht hat?"

„Ach so, sie meinen, wegen des Mordes? Nein, das Schloss war durch Staub und Dreck einfach fest, es hatte sich richtig zugesetzt. Da war niemand dran, das hätte ich gesehen. Die Schrauben waren total fest, ich brauchte schon richtig Kraft, um sie zu lösen."

Pedro, der zwischenzeitlich einige Daten in seinen Computer eingegeben hat, schaut hoch.

„Es kann nicht sein, dass Sie das Schloss, sagen wir mal vorsichtig, ein wenig zu gangbar gemacht haben. Vielleicht um selbst zu einem späteren Zeitpunkt unerkannt in das Haus zu gelangen?"

„Was soll die Frage?"

„Paco, wie ich unschwer erkennen kann, wäre es nicht das erste Mal, dass Sie in ein Haus einsteigen, in dem Sie vorher gearbeitet haben. Ich muss Sie wohl nicht daran erinnern, warum Sie auf Staatskosten für längere Zeit untergebracht waren!"

„Nein, Herr Kommissar, so nicht. Ich bin sauber, schon ganz lange. Ja, Sie haben Recht, ich habe gesessen wegen Einbruch. Aber Mord? Nein, das können Sie mir nicht anhängen."

„Gut, Paco, Sie haben also das Schloss nur repariert und sind dann wieder verschwunden. Sie sind auch zu keinem späteren Zeitpunkt im Haus der Familie Levante gewesen?"

Paco nickt, er bekräftigt seine soeben gemachte Aussage, nie wieder im Haus der Levantes gewesen zu sein.

„Es finden sich also auch keine Fingerabdrücke im Haus, nur an der Haustür? Oder?"

„Nee, nee, im Haus schon. Ich bin in der Küche gewesen. Die Frau hat mir ein Bier ausgegeben, nachdem ich mit der Arbeit fertig war. Und dann hat sie Geld geholt und mich bezahlt, für meine Arbeit. Also, an der Haustür und in der Küche, ich habe an der Arbeitsplatte an der rechten Seite der Küche gestanden", erklärt Paco den Kommissaren.

Auf die Abnahme der Fingerabdrücke können die Ermittler verzichten, sie liegen ihnen aufgrund der Vorstrafe bereits vor.

Kapitel 13

Mittwoch, 21. April

Auf dem Schreibtisch der Kommissare haben die Kollegen der Kriminaltechnik das Ergebnis der abgeschlossenen Untersuchungen der Fingerabdrücke hinterlassen. Juana, die als erste das Büro betritt, schlägt die Akte auf noch bevor sie sich auszieht und beginnt zu lesen. Pedro, erscheint kurz später pfeifend im Büro.

„Hallo, meine Lieblingskollegin ist ja auch schon da. Schön dass es dich gibt!"

„Was ist denn mit dir los? Hast du irgendetwas einge- nommen? Stehst du unter Drogen?"

„Nur weil ich gut gelaunt bin, muss ich doch keine Fixer sein! Was liest du da?"

Juana berichtet ihrem Kollegen über das eben Gelesene. Paco hat die Wahrheit gesagt, seine Fingerabdrücke wurden an der Haustür, nicht aber im Schlafzimmer gefunden. Die Abdrücke des befreundeten Ehepaares finden sich fast im ganzen Haus: Küche, Gäste - Bad, Salon und Esszimmer. Aber auch im Schlafzimmer und in den Kinderzimmern sind die Spuren des Manuel zu finden.

„Ich denke, darüber sollten wir mit Manuel noch mal sprechen. Wieso war er im Schlafzimmer der Eheleute? Ich rufe gleich an und lade ihn vor."

Nachdem sie das Telefonat beendet hat, blättert sie in der Akte mit der Aufschrift: Lisa.

„Ich möchte wissen, wer die unbekannte Frau mit dem langen Mantel ist?"

„Heute haben wir noch keine Anrufe, aufgrund des Artikels von gestern, in der Nacht war es anscheinend auch ruhig, ich habe jedenfalls keine Zettel hier vorgefunden."

„Nein, Pedro, du hast Recht. Keine weiteren Anrufe. Aber alle anderen Anrufer haben doch von Männern mit Rosen gesprochen, die aus Blumenläden kamen. Im Bus soll auch ein unbekannter Rosenkavalier gesichtet worden sein, steht hier in der Akte. Aber nur unser Taxifahrer hat eine Frau beobachtet, seltsam. Hat sich in dem langen Mantel vielleicht ein Mann versteckt?"

„Juana, sollten wir nicht unseren Journalisten um einen Gefallen bitten?"

„Du meist, das Phantombild?"

Juana und Pedro überlegen einen Augenblick, welche Auswirkungen die Veröffentlichung des Phantombildes dieser unbekannten Frau haben könnte.

„Wir suchen sie als Zeugin, was soll passieren? Sie ist ja vielleicht auch gar nicht die gesuchte Person? Aber es ist ein Versuch."

Pedro erwidert, er kümmere sich um den Artikel und um die Weiterleitung des Bildes, das der Taxifahrer mit viel Geduld hat erstellen lassen.

Eine Stunde später erscheint im Büro der Kommissare ein Kollege der Guardia Civil, im Arm einen Strauß Blumen.

„Na? Wer kommt denn da?", fragt Juana, die den jungen Mann natürlich kennt.

„Hallo, Juana. Den Strauß soll ich dir überreichen. Ich komme gerade aus der Gärtnerei in Colorado. Wir haben die Aussage des Bruders überprüft. Die Kollegen haben sein Alibi bestätigt, der Chef allerdings meinte, Albert hätte gegen Mittag die Gärtnerei verlassen. Vier der fünf Kollegen haben ausgesagt, sie hätten zusammen an einem Tisch gesessen und ihr Mittagessen zu sich genommen. Es gab Bocadillos, dazu Bier, Albert hätte sogar nur Wasser getrunken. Es sei ganz sicher nicht mit dem Auto fortgefahren. Die Kollegen haben auch ausgesagt, der Chef hätte schon länger ein Auge auf Albert geworfen, soll heißen, er möchte ihn gerne loswerden. Vielleicht deshalb die Falschaussage. Als ich ihn mit den Aussagen seiner Angestellten konfrontierte, meinte er, es könne auch an einem anderen Tag gewesen sein, dass Albert mit dem Auto los sei. Also, ich sage, der Mann hat absichtlich gelogen, um Albert zu belasten."

Juana steht noch immer vor dem Kollegen, den Strauß Blumen in der Hand.

„Und, woher sind nun die Blumen?", fragt sie den Kollegen.

„Von Albert. Er hat ihn mir für dich mitgegeben. Als Gruß, mehr nicht. Macht es gut, die Aussagen lasse ich euch zukommen, sobald sie geschrieben sind."

Damit verlässt der Kollege das Büro und Juana steht, wie bestellt und nicht abgeholt, mit dem Blumenstrauß in der Hand mitten im Büro.

„Wie wäre es, du würdest diesen armen Dingern etwas Wasser geben?", fragt Pedro seine Chefin, die leicht zusammenzuckt, als sie sich beim Träumen ertappt fühlt. Schnell hat sie sich wieder im Griff. Sie schaut schweigend auf den Strauß in ihrem Arm.

„Pedro, was fällt dir auf, wenn du den Strauß betrachtest?"

„Nun, ich hätte dir auch schon längst mal wieder einen Strauß schenken können. Außerdem, es sind keine Rosen, zum Glück, etwas abergläubisch sind wir wohl alle. Mehr eigentlich nicht. Was meinst du? Ich sehe es deinem Blick an, da stimmt etwas nicht!"

„Pedro, schaue dir doch mal das Papier an, ich gebe zu, es ist schon recht zerknittert, aber es ist unschwer zu erkennen, kein Aufdruck mit dem Namen der Gärtnerei!"

„Stimmt. Was ist so besonders daran?", fragt Pedro, der noch immer nicht erkannt hat, warum seine Chefin ihn danach fragt.

Juana schüttelt ihren Kopf, manchmal ist Pedro nicht so schnell, wie sie es sich wünschen würde.

„Pedro, denk doch mal an den Strauß Rosen den wir aus dem Haus der Levantes mitgenommen haben. Es fiel uns auf, besser gesagt, mir fiel auf, das Papier hatte keinen Aufdruck! Dieses Papier hat auch keinen Aufdruck, es könnte ein Hinweis darauf sein, woher die Blumen stammen, die Lisa als Todespräsent nach Hause bekam."

„Ich bin beeindruckt. Immer wieder wird mir klar, warum du meine Chefin bist, und nicht ich dein Chef! Glückwunsch. Also, wir fahren wohl noch mal in die Gärtnerin, wollen mal sehen, ob wir dort rote Rosen bekommen."
Eine Kaffeekanne dient Juana nun zuerst einmal als Blumenvase, danach machen sich die beiden Kommissare auf direktem Weg nach Colorado, in die Gärtnerei.

„Ist Albert Levante hier? Wir möchten gerne mit ihm sprechen, Policia National."
Der etwas mürrisch blickende Gärtner schlurft davon, um seinen Kollegen Albert zu suchen. Juana und Pedro schauen sich inzwischen ein wenig um, einen richtigen Laden, wie in Chiclana, gibt es hier nicht. Das Haus, in dem die Inhaber der Gärtnerei anscheinend wohnen, dient auch als Büro und der Porche, in dem ein großer Steintisch mit Bänken steht, als Kassenraum. Einige Kunden haben Töpfe mit Blühpflanzen dort deponiert, andere kaufen Blumenerde und leere Tontöpfe. Endlich kommt Albert mit einem großen Zitronenbaum im Arm, um die Ecke. Der Baum ist für die Kunden bestimmt, die wartend am Rande des Parkplatzes stehen.

„Ich bin gleich bei Ihnen, einen Moment bitte", erklärt Albert, während er versucht, den etwa einen Meter fünfzig großen Baum in einen kleinen Fiat einzuladen. Fast unbeschadet gelingt es ihm auch, nur einige Blätter fallen auf den Boden neben das Auto.

„Was kann ich für Sie tun? Möchten Sie etwas kaufen?"

„Nein Albert, wir möchten nichts kaufen. Danke für die Blumen, die Sie mir mitschicken ließen. Sie stehen in meinem Büro. Ich habe eine Frage dazu, verkaufen Sie hier immer Schnittblumen?"

„Nein, wir verkaufen gar keine Schnittblumen. Wir sind nur Gärtnerei. Schauen Sie sich doch um."

„Das haben wir schon, dennoch, woher stammen denn die Blumen, die Sie mir geschenkt haben?"

„Ich habe versucht, auf einem unbenutzten Teil der Gärtnerei Schnittblumen zu züchten. Aber, es ist nicht so richtig geglückt."

„Können wir uns das mal ansehen, Albert?"

„Sicher, aber so spannend ist es wirklich nicht. Kommen Sie mit", erklärt Albert und winkt mit der Hand, sie sollen ihm folgen.

Es geht entlang des Geländes der Gärtnerei, die sich einige tausend Quadratmeter groß erstreckt. Je weiter sie kommen, je größer werden die Bäume, die hier auf ihren Verkauf warten. Links stehen Palmen, gut und gerne zehn Meter hoch.

„Hier, sehen Sie selbst, auf diesem Stück habe ich es ausprobiert."

Die Kommissare schauen auf ein Beet, etwa einhundert Quadratmeter groß, auf dem unterschiedliche Blumen wachsen. Rosen befinden sich nicht darunter. Es sieht ziemlich verwahrlost aus, was aber vermutlich mit der Witterung zu tun hat.

„Es klappt nicht im Freien, die Sonne ruiniert alles. Man muss ein Zelt aufbauen, dann gelingt es vielleicht. Es war auch nur so eine Idee, ich wollte mal etwas Neues probieren."

Enttäuscht gehen Juana und Pedro, Albert ist schon vorgegangen, zurück zu ihrem Auto. Am Ausgang verabschieden sie sich mit einem Kopfnicken, dann geht es zurück ins Kommissariat.

Juana erhält eine Information ihres Kollegen. Der Journalist Antonio Saber bringt das Phantombild der Frau, die angeblich den Rosenstrauß vor das Haus der Familie Levante legte, in der nächsten Ausgabe der Tageszeitung. Juana bemerkt, dass damit für die nächsten Tage genügend Arbeit vorhanden sein wird. Die Bevölkerung ist an der Aufklärung des Mordes natürlich stark interessiert, immerhin wurde eine junge Mutter von drei kleinen Kindern ermordet.

Kapitel 14
Donnerstag, 22.April

„Es war mir klar, noch bevor die erste Stunde um ist, werden wir Anrufe erhalten haben, dass uns nur so die Sinne rauschen! Schau dir bloß mal die Zettel an, die alleine von heute Morgen stammen. Das sind doch mindestens zwanzig Aussagen. Na dann, Ärmel hoch und los."

Juana und Pedro, die nun an ihren Schreibtischen sitzen, führen ein Telefonat nach dem anderen. Jeder Informant -

in der Regel handelt es sich um Bürger Chiclanas - wird mit der gleichen Sorgfalt behandelt. Eine Anruferin sagt aus, die Frau auf dem Foto in der Zeitung sehe aus wie die Frau, die abends immer bei ihrem Nachbarn zu Besuch ist. Ein Busfahrer erklärt, genau diese Frau sei vor einer halben Stunde an der Plaza de España in seinen Bus eingestiegen, aber leider in Pago del Humo hätte sie den Bus wieder verlassen. In der Markthalle wird die Frau erkannt, die aber gleichzeitig auch in der Post am Schalter steht. Kurz nach elf Uhr legt Juana den Hörer ihres Telefons daneben, um einen Moment Luft zu holen. Sie verlässt das Büro und erscheint wenig später, nachdem sie sich etwas frisch gemacht hat. Pedro, der sein Telefon ebenfalls für Anrufe gesperrt hat, legt seine Füße auf den Schreibtisch.

„Ich sage dir, Juana, so ein Tag ist wesentlich anstrengender als unterwegs zu sein. Hast du brauchbare Aussagen erhalten?"

„Schwer zu sagen. Meine Nachbarin, die Frau des Bäckers, die Freundin von dem, ein Fahrgast und so weiter. Eine Aussage erscheint mir interessant. Eine Frau sagte, unsere Gesuchte würde regelmäßig bei ihrem Nachbarn zu Besuch kommen. Dort sollten wir hin und den Mann befragen. Und bei dir, Pedro?"

„Ich habe Aussagen, die Unbekannte würde in Cádiz in dem kleinen Blumenkiosk arbeiten. Das werden wir auch überprüfen müssen. Sonst nur das übliche Geschwafel."
Die beiden gönnen sich eine halbe Stunde Ruhe, verlassen dann das Kommissariat um in dem Haus den Mann aufzusuchen, der angeblich regelmäßig Besuch der unbekannten Frau erhält.

Das Haus am Rande der Stadt liegt in einem Viertel, welches überwiegend von Ausländern der spanisch sprechenden Länder Südamerikas bewohnt wird. Es lädt nicht gerade zu einem Aufenthalt ein. Der Eingang ist schmutzig, gelbe Spuren, deren Geruch keinen Zweifel zulässt, ausgekippter Müll und überall leere Bierdosen. Die Anruferin wohnt im Erdgeschoß, sie scheint genau über alle Personen informiert zu sein, die das Haus betreten. So hat sie ihre Wohnungstür bereits weit geöffnet und schaut erwartungsvoll Juana und Pedro entgegen, kaum dass diese die Tür zum Treppenhaus aufgestoßen haben.

„Sie wollen doch bestimmt zu mir? Sie sind doch von der...", mit einer vor den Mund gehaltenen Hand ergänzt sie flüsternd und lang gezogen das Wort, „ ...Polizei?"

„Ja, wir sind von der Policia National. Haben wir mit einander telefoniert?"

„Ja, kommen Sie doch rein, besser es sieht uns niemand zusammen."

Juana versteht den Sinn nicht, aber gemeinsam mit Pedro betritt sie die Wohnung der Frau, die sie in einem schmutzigen Hausmantel empfängt. Im Flur, den die Kommissare betreten, stehen aneinander gereiht zahlreiche Mülltüten. Der Geruch dringt in die Nase, Juana sucht schnell nach einem Taschentuch in Ihrer Jacke.

„Was wollen Sie uns erzählen, bitte fassen Sie sich kurz", drängt Pedro, der seiner Kollegin die aufsteigende Übelkeit schon ansehen kann.

„Sie wollten doch von der Frau wissen, die hier im Haus immer ein und aus geht. Sie besucht regelmäßig den Mieter, der über mir wohnt. Gestern war Sie wieder hier, das man so etwas mit ansehen muss. Was die beiden da oben in der Wohnung treiben, möchte ich lieber nicht wissen."

„Können Sie die Frau beschreiben? Wie groß ist sie, was trug sie gestern, welche Farbe haben ihre Haare? Erzählen Sie doch einfach mal, an was Sie sich erinnern können."

„Nun, sie ist ziemlich groß, größer als ich. Was sie trug, ich würde damit bestimmt nicht auf die Straße gehen. Es ist weniger als ein Rock, vielleicht ein Gürtel, unter uns gesagt, wenn sie die Treppe hoch geht, kann man sogar erkennen, was sie drunter trägt."

Während sie die Einzelheiten beschreibt, schüttelt sie immer wieder den Kopf, als würde sie sich sehr ekeln.

„Ich glaube, sie hatte dunkle Haare, aber so genau kann ich das eigentlich gar nicht sagen."

„Sie haben uns doch angerufen, weil sie die Frau auf dem Bild in der Zeitung identifiziert haben, Sie haben sie hier im Haus öfter gesehen, das waren ihre Worte!"

„Habe ich? Ich kann mich gar nicht mehr daran erinnern. Aber, da ist ganz bestimmt etwas faul! Sie müssen es unbedingt untersuchen. Man hat ja Angst um sein Leben."

Pedro bedankt sich, ganz schnell verlassen die beiden die Wohnung der völlig desorientierten Frau. Auf den Besuch des Nachbarn verzichten die Kommissare, sie fahren auf direktem Weg nach Cádiz, um die Verkäuferin des Blumenkiosks zu befragen.

Am Ende der Avenida de Andalucia fahren sie links ab um in der Tiefgarage unter dem Zentrum der Stadt ihren Wagen abzustellen. Durch die Einfahrt ganz in der Nähe der Kathedrale, dem Wahrzeichen der Stadt Cádiz, geht es hinab auf zwei unterirdischen Etagen. Hier stehen die Fahrzeuge aufgereiht wie Dominosteine. Zu Fuß sind es nur wenige Minuten bis zur Plaza de las Flores, wo die Blumen in kleinen Kiosken verkauft werden. Vor dem kleinen Brunnen spielen Kinder mit einem Hund, das Wasser plätschert vom oberen Abschluss des Brunnen hinab. Im Sommer ein beliebter Ort sich einige Minuten auszuruhen, bevor man in das Labyrinth der kleinen Straßen eintaucht. Genau gegenüber der Cafeteria Andalucia befindet sich der Stand, an dem die gesuchte Frau arbeiten soll.

„Ich versuche dunkelrote Rosen zu kaufen, vielleicht gibt es hier ja welche."

Pedro stellt sich an, eine kleine Schlange wartender Menschen vor dem Kiosk. Juana hat sich etwas abseits gestellt, sie beobachtet das quirlige Treiben auf dem Platz. Verträumt betrachtet sie ein junges Pärchen, das eng umschlungen über den Platz flaniert. Ihre Gedanken entgleiten ihr, sie sieht sich in den Armen ihres Freundes, bis plötzlich ein Duft sie weckt, der ihr in die Nase steigt. Pedro, er hat Blumen gekauft und sie seiner Kollegin direkt vor das Gesicht gehalten.

„Oh, sind die für mich?"

„Klar, schau sie dir mal an! Was fällt dir auf?"

„Fragst du mich als Frau oder als Kommissarin? Als Frau würde ich ihren bezaubernden Duft erwähnen, die Farbe, samtrot, ein traumhafter Strauß. Als Kommissarin betrachte ich die Blumen etwas abgeklärter. Rote Rosen, etwas zu hell um sie dunkelrot zu nennen. Aber mir fällt auf, dass das Blumenpapier schlicht ist, ohne Aufdruck, genau wie bei den Blumen im Haus der Familie Levante."

„Sehr gut, Juana. Die Verkäuferin ist allerdings nicht dunkel, sie ist blond. Sonst passt die Beschreibung, etwa 165 groß, schulterlange Haare, zurzeit allerdings zu einem Zopf zusammen gebunden. Nur die Haarfarbe stimmt eben nicht, aber das kann man bekanntlich ändern."

„Hast du mit ihr gesprochen? Hast du sie auf Chiclana angesprochen?"

„Noch nicht, ich wollte es mit dir absprechen. Wie gehen wir vor?"

Juana schlägt vor, die Blumenverkäuferin zu Hause aufzusuchen. Eine Vernehmung wäre hier am Stand nicht möglich, zu viele Kunden drängen sich um Blumen zu kaufen.

Als Grund für die Vernehmung gibt Juana eine Zeugenbefragung an.

„Sie sind damit einverstanden, dass wir Sie besuchen, nach Dienstschluss? Es dauert auch nicht lange, wir haben nur einige Frage, die wir Ihnen stellen möchten. Aber, hier ist es zu unruhig."

„Ich habe in einer halben Stunde Pause, wir könnten uns doch im Café treffen. Bis zum Feierabend ist es noch lange hin. Ich komme zu Ihnen, drüben im Café, einverstanden?"

Juana stimmt zu. Pedro und seine Kollegin bestellen sich einen Eisbecher, der hier besonders gut schmeckt und warten auf das Erscheinen der Blumenverkäuferin.

„Wie kann ich Ihnen helfen?", fragt die junge Frau, während sie am Tisch neben den Kommissaren Platz nimmt.

„Mein Name ist Juana, mein Kollege Pedro, wir sind von der Policia National aus Chiclana. Wir ermitteln in einem Mordfall und hätten Ihnen dazu gerne einige Fragen gestellt. Zuerst darf ich aber bitten, dass Sie sich ausweisen."

Aus Ihrer Tasche entnimmt die junge Frau eine Art Brieftasche und reicht Juana ihren Ausweis. Pedro notiert sich die Personalien für eine spätere Überprüfung. Das Dokument lautet auf den Namen Martha Rosaria, sie ist 32 Jahre jung und wohnt in Cádiz.

„Martha, wir suchen eine Person die einen großen Strauß dunkelrote Rosen gekauft hat. Haben Sie in den letzten Wochen dunkelrote Rosen verkauft?"

„Das kann schon sein. Wir hatten welche im Angebot. Heute leider nicht, dass haben Sie ja selber festgestellt. Ich kann mich aber nicht erinnern, ob es da einen bestimmten Kunden gegeben hat. Wie soll der Kunde aussehen?"

„Das ist unser Problem. Wir wissen es nicht. Wir hatten die Hoffnung, Sie könnten uns helfen. Denken Sie bitte noch mal nach, vielleicht fällt Ihnen etwas dazu ein."

Martha hat sich zwischenzeitlich einen Tinto de Verano bestellt, mit extra viel Eis, der sehr schnell am Tisch serviert wird. Gierig nimmt sie den ersten Schluck.

„Ich kann mich da leider an keinen bestimmten Kunden erinnern der nur Rosen gekauft hat. Es waren immer gemischte Sträuße, oder eine ältere Dame, die eine einzelne Rose für den Friedhof kaufte. Aber an jemand, der nur dunkelrote Rosen wollte, kann ich mich nicht entsinnen.

„Sollte Ihnen dennoch etwas auffallen, rufen Sie uns bitte an", mit diesen Worten reicht Juana ihre Visitenkarte über den Tisch.

Danach verabschieden sich die Kommissare von Martha und gehen zurück zu ihrem geparkten Fahrzeug.

„Hast du dir den Ausweis angesehen?", will Juana von ihrem Kollegen wissen.

„Muss ich wohl, sonst hätte ich die Personalien nicht notieren können. Was soll die Frage?"

„Dann sollte dir aber etwas ganz Entscheidendes aufgefallen sein!"

„Nicht wirklich. Aber dafür habe ich ja dich. Was gibt es denn so Besonderes an diesem Ausweis?"

„Hast du dir denn das Foto nicht angeschaut?"

Pedro schüttelt den Kopf, er kann sich beim besten Willen nicht erklären, was Juana von ihm will.

„Die Frau hatte auf dem Foto dunkle Haare!"

Pedros Stirn legt sich in Falten, er überlegt. Plötzlich kann man an seiner Reaktion erkennen, dass der Knoten geplatzt ist.

„Du meinst, sie selber könnte die Überbringerin der Sträuße sein? Was sollte Martha denn für einen Grund haben Lisa zu ermorden?"

„Ich weiß es nicht. Vamos a ver!"

Zurück im Kommissariat findet Juana auf ihrem Schreibtisch eine Vase mit einem Blumenstrauß vor. Wie vom Blitz getroffen steht sie vor ihrem Schreibtisch und starrt auf das Bukett. Pedro betritt nur einen kurzen Moment später das gemeinsame Büro. Er erschrickt als er seine Chefin stehen sieht, die Augen starr auf das Präsent gerichtet. Langsam nähert er sich, greift vorsichtig das Blumenpapier und öffnet es. Der Blick fällt auf einen Strauß dunkelroter Rosen!

Juana hat sich auf ihren Stuhl am Schreibtisch gesetzt. Sie ist blass geworden. Pedro findet zuerst die gewohnte Gelassenheit wieder. Aus einer Schublade entnimmt er ein Paar Latexhandschuhe und streift sie sich über seine Hände. Erst danach untersucht Pedro den Blumenstrauß.

„Es ist ein kleiner Umschlag an dem Strauß befestigt." Er löst ihn vorsichtig vom Papier und entnimmt eine weiße Karte. Mit einem schwarzen Stift wurde eine Nachricht auf die Karte geschrieben.

„Juana, hier steht ein Termin auf der Karte!"

„Was steht auf der Karte?"

Pedro reicht Juana die Karte, auf der folgender Text steht:

Ich erwarte dich heute am 22. April um 22.00 Uhr an der Steinbank vor dem Cruz Roja in Sancti Petri! Komme aber in jedem Falle alleine!

„Kannst du dir vorstellen wer das war?", fragt Pedro.

Juana schüttelt ihren Kopf und die langen Haare streifen Pedros Gesicht, da er so dicht neben ihr steht.

„Wir müssen feststellen woher der Strauß kommt. Irgendwer muss ihn hier ja schließlich gebracht haben. Ruf am Empfang an und erkundige dich bitte Pedro."

Juana selbst verlässt für einen kurzen Moment das Büro ohne weitere Erklärung. Pedro kann jedoch an ihrem Shirt erkennen, wo sie war. Nasse Flecken verraten: sie hat sich das Gesicht erfrischt.

„Der Kollege am Empfang erzählt, ein Bote hat den Strauß abgegeben. Es soll ein Jugendlicher gewesen sein. Höchstens fünfzehn Jahre alt. Mehr weiß er nicht", berichtet Pedro, nachdem er das Gespräch beendet hat.

„Ich möchte, dass der Film aus der Überwachungskamera am Eingang entnommen wird. Ich möchte mir den Jungen gerne ansehen. Vielleicht haben wir Glück und können sein Moto, sofern er mit einem gekommen ist, erkennen. Beeil dich bitte. Die Zeit rennt uns davon. Es ist schon nach Sechs."

Pedro verlässt das Büro und geht selber nach unten an den Empfang, wo in einem hinteren Raum die Aufnahmegeräte lagern. Juana informiert währenddessen die Kollegen der Guardia Civil, da sie sich spontan entschlossen hat, Hilfe anzufordern. Auf keinen Fall möchte sie bei dem Treffen ein Risiko eingehen. Das Leben aller steht immer an erster Stelle. Aber, die Kommissarin rechnet damit, bei diesem Treffen Hinweise auf den Täter zu erhalten. Warum sonst hätte man sie an diesen Ort bestellt? Eine knappe halbe Stunde später erscheint Pedro wieder im Büro.

„Ich habe eine Kopie der Aufnahme gezogen, die Originalkassette haben die Kameraden unten gleich sichergestellt."

Paco, er hatte Dienst, entschuldigt sich bei dir. Er sah keinerlei Veranlassung die Personalien des Jungen festzuhalten. Immerhin, sagt er, hat er nur einen Blumenstrauß abgegeben. Pedro legt die Videokassette in den Recorder ein und startet die Wiedergabe. Man kann den

Eingang des Kommissariats mit dem Empfang erkennen. Dann fährt ein Junge auf einem Fahrrad vor, steigt ab und überreicht den Blumenstrauß an den Pförtner. Er besteigt erneut das Rad und fährt davon. Das Ganze hat gerade mal eine Minute gedauert. Das Gesicht des Jungen kann man nicht erkennen, da er eine Schlägermütze mit dem Vereinslogo Real Madrid trägt. Juana ist enttäuscht.

„Glaubst du nicht auch, dass es sich nur um einen Boten eines Blumengeschäftes handelt? Wie ein Mörder sah der Junge nun wirklich nicht aus."

„Du hast Recht, es ist nur ein Bote. Sicherlich ein Schüler, der sich etwas Taschengeld dazu verdient. Was mich aber stutzig macht, ist die Tatsache, dass es dunkelrote Rosen sind! In den Läden in Chiclana gab es doch angeblich keine dunkelroten Rosen! Wo also kommen die Blumen her? Alle Verkäuferinnen haben uns versprochen anzurufen, wenn ein Kunde Rosen verlangt. Und was ist passiert? Keine hat angerufen. Soviel zu den Versprechungen. Schöner Mist."

„Was willst du machen, Juana?", fragt Pedro.

„Ich gehe heute Abend da hin. Was sonst? Wir wollen doch mal sehen, wer uns da was zu sagen hat."

„Das ist viel zu gefährlich. Du darfst da nicht hingehen", erklärt Pedro ganz aufgeregt.

„Doch. Ich gehe heute Abend zum vereinbarten Treffpunkt. Aber ich gehe nicht allein. Die Kollegen der Guardia sind schon informiert. Wir werden dem Unbekannten einen schönen Empfang bereiten. Darauf freue ich mich jetzt schon. Alles klar?"

„Ich bin froh, dass du dich entschieden hast, Hilfe in Anspruch zu nehmen. Vielleicht sollten wir jetzt sofort hinfahren. Mal sehen, wo wir die Uniformierten verstecken, Tatortbesichtigung sozusagen."

Der vor einigen Jahren neu erbaute Yachthafen in Sancti Petri lädt immer viele Touristen zum Verweilen ein. Neue Restaurants wurden eröffnet und haben ihr Publikum gefunden. Auf der Promenade, die sich entlang der Mole erstreckt, sind Palmen gepflanzt worden. Dazwischen wurden Bänke aufgestellt. Man hat einen Blick auf die Bucht und die vielen kleinen Yachten und Fischerboote, die hier vor Anker liegen. Große Schiffe können hier nicht liegen, da das Wasser nicht tief genug ist. Juana und Pedro parken ihren Wagen am Anfang der Mole, in der Nähe der kleinen Bootswerft. Am Kiosk kaufen sie sich ein Eis und schlendern so die Promenade entlang. Ganz so, als wären sie hier nur zum Vergnügen.

„Hier können sich die Kollegen hervorragend verstecken. Es gibt genügend Ecken und Winkel. Wir müssen nur rechtzeitig und lange vor dir hier sein, damit es nicht auffällt. Auf jeden Fall darf keine Uniform zu sehen sein", erläutert Pedro.

Juana schweigt, sie schaut sich sehr genau an, wo das Treffen am Abend stattfinden wird. Vor der entscheidenden Bank bleibt sie kurz stehen und schaut in den Himmel, so als wolle sie sich das Blau ansehen.

„Komm, ich habe genug gesehen. Wir fahren zurück ins Kommissariat."

Juana hakt sich bei Pedro unter, dann gehen sie zurück zu ihrem Fahrzeug.

Es ist schon kurz nach acht Uhr bei ihrer Rückkehr. Der Einsatzleiter wartet bereits vor ihrem Büro.

„Wo warst du denn? Ich versuche schon die ganze Zeit dich anzurufen. Aber das Telefon liegt wohl auf deinem Schreibtisch", empfängt sie der Kollege.

„Entschuldige Manuel, ich bin wohl ein bisschen durch den Wind! Es tut mir Leid. Danke, dass du auf mich gewartet hast."

„Ich möchte den Einsatz mit dir besprechen. Wir müssen uns genau überlegen, wie wir es koordinieren. Damit dir nichts passiert. Du bist uns zu wichtig!"

„Genug, genug. Wir waren eben am Hafen und haben uns ein wenig umgesehen. Es gibt genügend Möglichkeiten, die Beamten zu postieren. Wie viele Kollegen sind im Einsatz?"

„Ich dachte an sechs zusätzliche Kräfte. Pedro wird sicherlich auch dabei sein wollen und ich natürlich auch", erläutert Manuel.

Juana nickt, erwidert dann aber:

„Ob es glücklich ist, wenn Pedro dabei ist? Er ist immerhin sonst auch immer an meiner Seite, der Täter wird ihn kennen."

„Ich bleibe im Hintergrund. Keine Angst Juana. Ich lasse dich doch nicht bei einem solchen gefährlichen Einsatz ohne meinen Schutz! So gut solltest du mich aber kennen", kommt wie aus der Pistole geschossen von Pedro.

Alle Beteiligten sind sich einig, dass die Ermittler der Guardia Civil gegen halb zehn in Zivil am Einsatzort eingetroffen sein müssen. Juana wird in ihrem eigenen Auto zum Treffen fahren. Zur Sicherheit, haben die Männer beschlossen, wird Juana einen Sender bei sich tragen. Alles ist besprochen, der Termin kann kommen.

„Es bleiben jetzt noch etwa dreißig Minuten, in denen Juana und   Pedro mit Manuel gemeinsam einen Kaffee trinken. Dann machen sich die beiden Kommissare auf den Weg nach Sancti Petri.

Der kleine Hafen von Sancti Petri liegt auf einer Landzunge. Es gibt nur eine Straße, einseitig befahrbar, die um diese Landzunge herumführt. Einige Einsatzkräfte parken ihren Wagen am Anfang der Straße, auf einem angrenzenden freien Platz. Andere fahren zum anderen Ende um dort zu parken. Alle haben dann aber ein Ziel: die Niederlassung des Cruz Roja. Dort verteilen sich die Polizisten. Eine weibliche Polizistin ist mit im Einsatz, sie hat sich mit einem Kollegen zusammen auf eine etwas entfernte Bank gesetzt und beide spielen ein Liebespaar. Pedro ist in das Büro des Cruz Roja gegangen und schaut dort aus   durch eine Jalousie direkt auf die Bank, auf die sich in wenigen Minuten seine Kollegin setzten wird. Alle Beteiligten sind über Sprechfunk mit einander verbunden. Jetzt heißt es warten.

Kurz bevor Juana den Parkpunkt erreicht hat, informiert sie per Handy ihren Kollegen Pedro über ihre Ankunft. Er wünscht ihr alles Gute, dann steigt sie aus und macht sich auf den Weg zu der Steinbank. Noch ist niemand zu sehen. Langsam nähert sich Juana der Bank, schaut sich suchend um, nimmt dann aber Platz. Ihr Herz schlägt bis zum Hals. Die Hände werden schweißnass. Juana ist total angespannt und rechnet mit allem. Sie kann nicht sehen, wenn sich ihr von hinten eine Person nähert. Aus Sicherheitsgründen haben die Kommissare darauf verzichtet, Juana einen kleinen Empfänger ins Ohr zu geben. Sie ist in dieser Beziehung ganz alleine auf sich gestellt. Ein Blick auf die Uhr bestätigt ihr Gefühl, es ist eine Minute nach zehn!

Am liebsten würde sie aufstehen und wegrennen. Aber das geht nicht. Sie hört Schritte, die näher kommen. Sie schaut sich um und entdeckt einen jungen Mann, der mit seinem Hund spazieren geht. Er schaut sie an, geht aber weiter. Fehlalarm. Wieder vergehen einige Minuten. Plötzlich spürt Juana, dass jemand hinter ihr steht. Sie wagt nicht sich umzudrehen. Dann spürt sie eine Hand auf ihrer Schulter. Ein Schauer durchläuft ihren Körper, sie ist total erstarrt und kann sich nicht bewegen. Vor ihren Augen wird ein Strauß dunkelroter Rosen sichtbar. Eine Hand legt ihn auf ihren Schoß! Blitzartig kommen aus allen Winkeln die Kollegen hervor und überwältigen den Verdächtigen. Er spricht nicht, ist total überrascht. Erst als er in Handschellen von vier Kollegen gehalten dreht sie sich um. Was nun passiert, verblüfft alle: Juana beginnt lauthals zu lachen. Sie kann sich gar nicht beruhigen und zeigt immer wieder mit dem Zeigefinger auf den festgenommenen Mann, der ihr jetzt gegenübersteht. Es ist Ramon Rodrigues, Juanas Freund!

„Wo kommst du denn her?", will Juana wissen.

Sie kann kaum sprechen, da sie immer noch laut lacht. Mittlerweile stehen einige Schaulustige in der Nähe. Sie erwarten sicherlich, dass noch etwas Spannendes passiert. Juana winkt den Einsatz ab. Die Polizisten kommen aus allen Verstecken und der angebliche Verdächtige wurde auch schon von den Handschellen befreit.

„Ich wollte dich überraschen. Ich bin heute Morgen zurückgekommen. Machst du das immer so? Lässt du alle deine Freunde verhaften?", will nun Ramon wissen.

Er lächelt, wartet aber dennoch auf eine Erklärung.

„Ich erzähle es dir später. Warte bitte einen Moment, setzt dich doch auf die Bank!", mehr kann Juana nicht sagen, denn sie muss erneut lachen.

Die Kollegen verabschieden sich, teils froh, teils auch etwas sauer. Aber wer konnte denn so etwas auch ahnen? Nun legt Juana zärtlich ihre Arme um Ramons Hals. Sie küssen sich und vergessen beide, wie dieser Abend begonnen hat.

„Ich habe ein Essen für uns arrangiert. Juana, mein Liebling, endlich bin ich wieder bei dir. Es war eine endlos lange Zeit. Ich hasse Seminare, aber was soll man machen. Die Pflicht. Komm, jetzt gehen wir ein Stücken. Der Tisch ist zu um halb elf bestellt."

Juana und Ramon fassen sich an den Händen und schlendern die Mole entlang. Ab und an kann man ein Lächeln auf Juanas Gesicht erkennen, der Einsatz war einfach zu komisch.

Kapitel 15
Freitag, 23.April

Pedro arbeitet bereits als Juana etwas später als üblich das Büro betritt.

„Du musst nicht so grinsen. Ich weiß was gestern passiert ist. Ich konnte es doch nicht ahnen. Ich habe mich

116

bis auf die Knochen blamiert. Glaube mir, wenn ich könnte, ich würde den Einsatz ungeschehen machen."

„Du musst dich nicht entschuldigen. Du kannst nichts dafür. Ich habe dich außerdem auch noch bestätigt, diesen Einsatz zu koordinieren. Eigentlich müsste Ramon es wiedergutmachen. Immerhin ist dein Freund dafür verantwortlich. Wobei, wenn ich ganz ehrlich bin, Ramon konnte nicht wissen, dass wir gerade in einem Fall ermitteln, in dem ein Strauß dunkelroter Rosen eine so wichtige Rolle spielt", meint Pedro.

„Wir sollten die Sache lieber vergessen. Und bitte keine Bemerkungen mehr. Pedro!" ruft Juana energisch, da ihr Kollege bereits wieder sein Grinsen aufgesetzt hat.

„Wir sollten uns lieber um die Blumenverkäuferin aus Cádiz kümmern. Bitte überprüfe mal ihre Personalien. Mir geht das Passbild nicht aus dem Kopf."

Juanas Telefon klingelt. Der Pförtner meldet einen jungen Mann, der einen Strauß bunter Blumen abgeben möchte. Er sichert sich ab, nicht noch einmal möchte er einen Fehler begehen. Wenig später klopft es auch schon an der Tür der Kommissare und ein Kollege reicht den Blumenstrauß hinein.

„Oh!"

Pedro hält sich schnell die Hand vor den Mund, als Juana ihn anschaut. Er verstummt.

„Ist eine Karte befestigt? Ach, der ist ja bestimmt von Ramon. Und die Blumen sind aus einem anderen Laden! Buntes Papier. Dabei fällt mir etwas ein. Ich muss Ramon unbedingt fragen, wo er den Strauß erworben hat. Das Papier war ohne Aufdruck. Ich rufe ihn gleich an."

117

Pedro hat zwischenzeitlich seinen Computer mit den Daten der Martha Rosaria gefüttert. Lediglich einen Hinweis auf ein altes Verkehrsdelikt hat die Recherche ergeben.

„Pedro, stell dir vor: Ramon hat die Blumen in Chiclana gekauft, in einem Blumengeschäft, das wir nicht kannten. Es soll relativ neu sein und erst vor zwei Monaten eröffnet haben. Wir werden es uns auch noch ansehen. Immerhin gibt es dort dunkelrote Rosen. Und, was hat deine Suche ergeben?", informiert sich Juana.

Pedro berichtet kurz, dass es keine nennenswerten Einträge über diese Martha gibt. Kopfschüttelnd nimmt sie die Information auf, ihre Gedanken kreisen dennoch um diese Frau. Immer wieder stellt sie sich vor, wie diese Frau an der Tür der Levantes steht.

„Ich kann es mir nicht erklären. Ich möchte meinem Bauchgefühl aber folgen."

„Was sagt dir denn dein Bauch?", will Pedro wissen.

„Ich muss dieser Sache mit der Haarfarbe nachgehen. Vielleicht ist sie doch die Gesuchte. Folgender Vorschlag: Wir fahren heute Abend nach Cádiz, zur Wohnung der Martha. Ich möchte sehen, wie sie reagiert, wenn wir plötzlich bei ihr auftauchen."

„Kein Problem. Hast du denn heute Zeit? Bist du nicht mit Ramon verabredet?"

Pedro fragt ganz ohne Ironie, er hat es gut gemeint. Juana allerdings reagiert sehr gereizt.

„Das lasse man meine Sorge sein!"

Damit lässt sie ihn im Büro alleine. Pedro nutzt die Zeit, in der alleine ist, um sich die Akte der Lisa erneut anzusehen. Es ist wirklich hilfreich, die Notizen ab und zu wieder durchzulesen. So geht es dem Ermittler auch heute, er stolpert über eine Aussage der Mutter des Manolo. Pedro macht sich eine kleine Notiz, damit er auf keinen Fall vergisst davon zu beichten. Er fragt sich mittlerweile, wo Juana so lange geblieben ist. Da öffnet sich auch schon die Bürotür und sie erscheint lächelnd im Zimmer.

„Hast du mich auch schon vermisst?", fragt sie Pedro.

„Eigentlich gar nicht!", antwortet er trotzig.

Und dann:

„Ich habe gearbeitet, da merkt man nicht wie die Zeit vergeht. Ich habe die Akte nochmals gelesen. Hier steht … - bist du schon wieder einsatzbereit?"

„Sicher. Was steht in der Akte?"

Juana nimmt an ihrem Schreibtisch Platz.

„Hier steht, Manolos Mutter hat ausgesagt, ihr Sohn muss immer so viele Überstunden machen. Das haben wir noch nicht überprüft. Ich wusste nicht, dass man in einer Bank Überstunden machen muss."

„Ruf doch den Chef an. Nichts leichter als das."

Anscheinend ist Juana doch etwas verärgert, denn sonst ist sie nicht so kurz angebunden. Pedro schüttelt den Kopf und greift sofort zum Hörer des Telefons um in der Bank anzurufen, in der Manolo arbeitet. Ein erneuter Telefonanruf schreckt Juana aus ihren Gedanken. Die Nachbarin der Familie Levante ist am anderen Ende der Leitung. Sie berichtet, sie würde auf der gegenüberliegenden Straßenseite eine Frau in einem langen Mantel beobachten. Gerade in diesem Moment würde die Frau vor dem Haus der Levantes stehen bleiben. Zwar, berichtet die Frau weiter, hätte sie keinen Strauß Blumen in der Hand, dennoch wolle sie der Polizei ihre Beobachtung mitteilen. Juana bedankt sich, legt den Hörer auf und greift ihre Handtasche. An Pedro gerichtet sagt sie:

„Komm schnell, wir müssen los."

Bis zur Kreuzung der Levantes dauert die Fahrt allerdings zehn Minuten. Ob die Frau dann noch in der Straße zu finden ist? Der Einsatzwagen hält an der Ecke der Straße, zuerst wollen die Kommissare schauen, ob sie die Frau noch entdecken. Aber, keine Person ist zu erkennen. Erst danach lenkt Pedro den Wagen bis vor die Haustür der Levantes. Juana steigt aus. Blumen liegen nicht vor der Haustür.

„Wir gehen zur Nachbarin, mal sehen, was sie uns noch berichten kann", schlägt Juana vor.

Vor dem bellenden Hund haben die Kommissare heute keine Angst mehr. Sie werden schon erwartet.

„Vielen Dank für ihren Anruf. Bitte berichten sie uns doch noch mal genau, was sie beobachtet haben!", bitte Juana die junge Mutter.

„Ich bin gerade nach Hause gekommen. Ich hatte einige Besorgungen gemacht. Zuerst habe ich die Frau gar nicht bemerkt. Als ich näher an unser Haus kam, fiel mir die Person auf, sie sah sich immer wieder nach mir um. Zuerst dachte ich, sie wolle zu uns. Dann aber beschleunigte sie ihre Schritte und entfernte sich weiter von mir. Nachdem ich im Haus verschwunden war, kam sie zurück und blieb vor Lisas Haus stehen. Etwa fünf Minuten."

„Und dann? Was geschah dann?"

„Ich konnte sehen, dass sie telefonierte. Es war kein langes Gespräch, nur einige Momente. Dann ging sie fort."

„Können Sie die Frau näher beschreiben?", will Juana wissen.

„Sie war groß und schlank. Sie trug einen langen Mantel, dunkel, vielleicht dunkelblau oder schwarz."

„Gut. Und ihre Haare?"

„Ich habe keine Haare gesehen, jedenfalls zuerst. Sie trug eine Kopfbedeckung. Ich glaube, ein Kopftuch. Sie hatte es ziemlich eng um den Kopf gewickelt. Aber einmal kam eine Windböe, da hat sich eine Haarsträhne gelockert. Das Haar war dunkelbraun oder schwarz. Jedenfalls dunkel."

Juana bedankt sich erneut und fragt dann weiter:

„Was ist Ihnen noch aufgefallen? Wie ging die Frau? Hatte sie eventuell eine Behinderung? Trug sie eine Brille? Und die Handtasche?"

„Eine Sonnenbrille. Groß und dunkel. Keine Handtasche. Sie ging ganz normal, nicht auffällig. Mehr weiß ich nun wirklich nicht."

Juana streichelt den Hund, der sich an ihre Beine gesetzt hat. Die Kommissare verabschieden sich und verlassen das Haus der aufmerksamen Nachbarin. Nachdem sie wieder in ihren Wagen gestiegen sind, schlägt Juana einen Besuch der Freundin der Ermordeten vor. Sie wohnt ganz in der Nähe. Pedro spaßt, es wäre besser sich einen Termin geben zu lassen.

„Stell dir vor, sie hat gerade einen Mann zu Besuch. Und wir schneien unangemeldet dazwischen. Dann ist doch der ganze Spaß vorbei."

„Woran du schon wieder denkst! Es geht um einen Mord. Pedro, da ist es mir eigentlich ziemlich egal, ob ich einem geilen Kerl den Spaß verderbe."

Rosa ist im Haus, schaut aber beim Öffnen der etwas verwundert auf die ihre Gäste!

„Was wollen Sie denn? Unangemeldet? Noch dazu um diese Zeit?"

„Dürfen wir rein? Oder müssen wir uns hier auf der Straße unterhalten?", erwidert Juana bissig.

Rosa trägt eine langhaarige dunkelrote Perücke. Die Füße stecken in rosa Pantöffelchen. Ob sie etwas unter dem hellrosa Negligé trägt, kann man nicht erkennen. Juana erkundigt sich, was Rosa in der letzten halben Stunden gemacht hat.

„Frau Kommissarin, wollen Sie Einzelheiten? Vielleicht eine Anregung für Ihre nächste Nacht? Also, nachdem ich mich ganz langsam ausgezogen hatte, der wilde Kerl lag bereits in meinem Bett ..."

„Halt! Das will ich nicht wissen. Wenn Sie meine Frage nicht augenblicklich korrekt und sachlich beantworten, kann ich sie auch offiziell vorladen. Wenn Ihnen das lieber ist?"

Rosa erklärt, sie könne nur an einem Ort sein. Gleichzeitig vor Lisas Haus und im Bett mit einem Freier, das sei ihr nicht möglich. Die Kommissare glauben Rosa, auch ohne den Beweis, den sie angeblich aus dem Badezimmer holen wollte.

Im Büro angekommen besprechen Juana und Pedro wie sie weiter vorgehen wollen.

„Ich möchte meinen Entschluss die Blumenverkäuferin zu Hause zu überraschen gerne in die Tat umsetzten. Bist du dabei heute Abend?"

Seine Antwort wird von einem eingehenden Anruf unterbrochen. Pedro kann am Verlauf des Gesprächs erkennen, dass es Ramon ist, Juanas Freund. Sie beendet das Gespräch mit den Worten: na dann bis heute Abend.

„Ich dachte, wir wollen nach Cádiz? Nun hast du dich verabredet?"

„Ja, ja. Aber zuerst fahren wir nach Cádiz. Ramon kommt erst danach dran."

Erneut läutet das Telefon. Diesmal nimmt Pedro den Anruf entgegen. Es ist die Psychologin Dr. Lozano. Sie möchte die Kommissare gerne mit Neuigkeiten vertraut machen und kündigt ihren Besuch für die nächste halbe Stunde an

„Ich habe in der Zwischenzeit auch den Chef der Bank angerufen. Du weißt doch, wo Manolo arbeitet. Die angeblichen Überstunden, von denen die Mutter gesprochen hat, gab es wirklich. Der Chef hat es bestätigt. Es ging wohl um die Einführung eines neuen Produktes der Bank. Ich verstehe es zwar nicht, ist aber ja auch egal. Und gleich kommt dieser Seelendoktor, sie hat wohl Neuigkeiten für uns."

Wie angekündigt erscheint die Ärztin kurze Zeit später im Büro der Ermittler.

„Es tut mir Leid, dass ich sie bei der Arbeit nach den wahren Tätern stören muss. Ich dachte mir, Sie sollten dieses Bild hier sehen."

Doktora Lozano legt ein von einem Kind gemaltes Bild auf den Schreibtisch.

„Es ist das Ergebnis langer Gespräche mit dem kleinen Kind der Ermordeten. Rico ist verschlossen, ich bin daher froh, dass er dieses Bild gemalt hat. Es zeigt, vielleicht kann ich es Ihnen erläutern, das Schlafzimmer seiner Eltern. Das hier, " dabei zeigt sie auf einen Kasten in der Mitte des Bildes, „soll das Bett sein. Nun, Sie werden es sich denken können, dieser Balken mit den Haaren, das ist Lisa. Rico hat gesagt, sie habe sich nicht bewegt. Na ja, bleiben wir bei der Wahrheit. Er sagte, seine Mutter hätte geschlafen."

„Wollen Sie sagen, Rico hat nur seine tote Mutter gesehen? Oder, hat er den Mord gesehen? Kann man das überhaupt anhand eines solchen Bildes genau sagen?", fragt Juana die Psychologin.

„Ich bin mir absolut sicher, Rico hat den Mord nicht mit angesehen. Sonst hätte er eindeutig bei den Fragen anders reagiert. Für ihn stand fest, dass seine Mutter schläft - wenn man das so bei einem kleinen Kind sagen kann. Es war auch kein Blut zu sehen, Lisa war äußerlich nicht verletzt. Zum Glück, für den kleinen Rico. Ich wollte Ihnen das nur mitteilen, ich werde noch etwas mit dem Kind arbeiten, aber nicht mehr lange. Denn es scheinen keine Schäden entstanden zu sein."

Juana fragt nach:

„Warum hat sich denn der Kleine im Schrank versteckt? Wenn ein Kind seine Mutter schlafend im Bett vorfindet, hat es doch keine Angst und versteckt sich. Das verstehe ich nicht. Können Sie mir das erklären?"

„Nun, Frau Kommissarin, ich war nicht dabei. Aber, stellen Sie sich die Situation vor und versuchen Sie sich in ein so kleines Kind hineinzuversetzen. Sie kommen in das Schlafzimmer. Es ist Tag. Normalerweise schläft die Mutter am Tag nicht. Sie ist bekleidet. Das ist sie sonst im Bett auch nicht. Sie reagiert nicht. Rico wird versucht haben seine Mutter zu wecken. Aber auch ohne Erfolg. Er hat sie vermutlich geschüttelt. Aber sie reagiert nicht und wacht nicht auf. Das hat ihn erschreckt. Vielleicht hat er auch Geräusche gehört, die seine Angst ausgelöst oder sie verstärkt haben. Das sind aber Spekulationen. Abschließend darf ich Ihnen also mitteilen, Rico hat den Mörder seiner Mutter nicht gesehen. Sie bekommen noch einen Bericht von mir. Ich dachte, es wäre aber gut, wenn sie den Inhalt von mir persönlich bekommen würden. Ich halte das eigentlich immer so. Und nun entschuldigen Sie mich bitte. Ich habe sehr viel zu tun."

Dr. Lozano steht auf, verabschiedet sich von den beiden Kommissaren und verlässt das Büro.

„Auf der einen Seite bin ich sehr froh über diese Neuigkeit. Der Kleine hat den Mord nicht mit angesehen. Aber auf der anderen Seite hätten wir immerhin eine Spur Hoffnung gehabt. Was hilft es, Rico wird uns nicht zum Mörder seiner Mutter bringen."

Gegen neun Uhr klingeln die Ermittler an der Tür der Blumenverkäuferin Martha Rosaria in Cádiz. Sie haben Glück, die Tür öffnet sich.

„Sie? Was wollen Sie denn hier?"

Juana erwidert:

„Guten Abend. Nun, wir möchten zuerst einmal eintreten. Dann haben wir noch einige Fragen an Sie."

Martha bittet die Kommissare in den Salon. Nachdem alle Platz genommen haben, beginnt Juana das Verhör.

„Was uns interessiert, Ihre Haarfarbe! Sie sind blond, das kann ich erkennen. Aber das Foto in Ihrem Ausweis zeigte eine andere Haarfarbe."

Martha schaut, als würde gerade ein Elefant durch ihr Zimmer laufen.

„Ich kann es nicht glauben. Die Policia National besucht mich zu Hause und fragt mich nach meiner Haarfarbe. Wenn ich das meinen Freundinnen erzähle, vermutlich glaubt es mir keine!"

„Und? Wie ist es denn nun mit der Farbe? Blond? Braun?"

„Gut, ich will es Ihnen erklären. Anscheinend ist die Frage ja wirklich von Bedeutung. Geboren bin ich mit ganz wenigen Haaren auf dem Kopf. Auf Babyfotos kann man erkennen, ich war sehr blond. Später dunkelten meine Haare nach. Man könnte sagen, sie waren dunkelblond. Es langweilte mich. Dann habe ich sie blondiert. Immer mal wieder. Frauen wechseln die Haarfarbe. Das sollte doch auch Ihnen bekannt sein."

„Gut, Frau Rosaria. Mich interessiert, seit wann Ihre Haare wieder blond sind? Können Sie mir auch noch den Salon nennen, wo dieser Farbwechsel vollzogen wurde?"

„Gerne. Genau gegenüber. Dort gehe ich schon seit Jahren hin. Man kennt mich. Es ist vielleicht sieben oder acht Wochen her. Ich habe es mir nicht notiert. Das erledigt der Salon. Haben Sie noch weitere Fragen?"

Juana bedankt sich und fragt Martha, ob sie kurz die Toilette besuchen dürfe. Nachdem Juana erneut im Salon steht, erhebt sich nun auch Pedro von seinem Stuhl und die beiden Kommissare gehen zur Haustür.

„Sie haben ja einen tollen Mantel! Wo haben sie den denn gekauft? Der könnte mir auch stehen", fragt Juana ganz beiläufig die Blumenverkäuferin.

„Der ist schon ganz alt. Drei oder vier Jahre. Ich weiß gar nicht mehr, wo ich den gekauft habe. Sie sind schon sonderbar, wenn Sie mir erlauben, das zu sagen. Zuerst erkundigen Sie sich nach meinen Haaren und nun auch noch nach meinem Mantel. So habe ich mir die Polizeiarbeit nie vorgestellt."

Juana und Pedro verlassen die Wohnung und das Haus der Martha Rosaria.

„Ich will jetzt nur noch nach Hause. Ramon holt mich ab. Wir wollen eine Kleinigkeit speisen. Etwas Totes und Schmackhaftes! Auf geht's, Kollege."

Ramon Rodrigues entführt seine Juana in ein kleines zauberhaftes Restaurant am Rande Chiclanas.

„Ich habe einen Tisch für uns Zwei reserviert. Wir haben uns lange nicht gesehen. Ich freue mich auf dich. Wie geht es dir?"

Juana schaut lange auf ihren Ramon, schweigend. Sie versucht in seinen Augen zu lesen. Sie haben sich wirklich lange nicht gesehen. Wenn Juana ganz ehrlich ist, an einigen Tagen hat sie schon nicht mal mehr an ihn gedacht. Ein Zeichen dafür, dass die Trennung zu lange gedauert hat. Sie denkt darüber nach, ob es wirklich Liebe ist, was sie beide verbindet. Kann man einen Menschen lieben und ihn einige Tage vergessen? Nicht an ihn voller Sehnsucht denken? Wie wird es Ramon ergangen sein?

„Wie es mir geht? Ich weiß es nicht so genau. Wie geht es dir? Hast du oft an mich gedacht? Aber bitte sei ehrlich!", erklärt Juana ihrem Ramon.

„Ich denke immer an dich. Jeden Tag, jede Stunde, jede schrecklich lange Sekunde des Tages. Wie kannst du das fragen? Ich hasse diesen Job. Warum muss ich ausgerechnet im Norden arbeiten?"

„Ramon, ich verstehe das sowieso nicht. Du hast eine eigene Kanzlei. Wer macht deine Arbeit während deiner Abwesenheit? Man kann doch so ein Büro nicht so lange alleine lassen? Wie geht das?"

Ramon erklärt, er hätte einen Freund engagiert, der sich während seiner Abwesenheit um die Klienten kümmerte. Er sei wirklich vertrauensvoll, sie hätten zusammen studiert.

„Wenn ich im nächsten Jahr wieder in Chiclana arbeite, haben wir wieder mehr Zeit für uns."

Nun ist es raus. Stille. Weder Juana noch Ramon sprechen ein Wort. Juana schaut in Ramons Gesicht. Sie denkt, er hat nur deshalb dieses Lokal gewählt. Hier werde ich ihm keine Szene machen. Warum macht er das? Wenn ich ihn bloß besser verstehen könnte?

„Warum?", fragt Juana.

„Warum ich arbeite? Juana, das ist doch nicht dein Ernst. Ich muss Geld verdienen. Meine Kanzlei bezahlen. Die Hypothek!"

„Nein, das meine ich nicht. Warum du nicht den Mut hast, es mir ganz in Ruhe zu erklären. Warum du es in diesem Lokal versuchst? Hast du Angst? Angst, auf die Reaktion von mir?"

„Nein. Ich dachte, ich mache dir eine Freude. So ein schönes Lokal. Vermutlich wirst du mit deinem Kollegen hier nicht zum Essen gehen. Ich biete dir gerne etwas Gutes!"

„Warum fährst du wieder in den Norden? Was machst Du eigentlich da? Für wen arbeitest du?"

„Juana, es tut mir leid. Darüber kann ich mit dir nicht sprechen. Es ist geheim! Weder über den Auftraggeber noch über den Auftrag darf ich sprechen. Bitte, du musst es doch verstehen. Als Polizistin."

„Ich verstehe es. Bitte lass uns gehen. Ich bin müde und möchte nach Hause."

Nun ist die gute Stimmung zwischen den beiden jungen Leuten gestört. Ramon begleicht die Rechnung für die Getränke, zum Essen ist es nicht mehr gekommen. Schweigend verlassen sie das Lokal. Erst als Ramons Wagen vor dem Haus seiner Freundin hält, spricht Juana wieder.

„Ich wünsche dir Erfolg bei deiner geheimen Arbeit. Ich hoffe, ich muss nie gegen dich ermitteln. Das täte mir wirklich sehr leid. Gute Nacht."

Ohne eine Reaktion Ramons abzuwarten steigt Juana aus. Sie öffnet schnell mit dem schon vorher ihrer Tasche entnommenen Schlüssel die Tür und verschwindet im Haus.

Die Stufen zur Wohnung nimmt sie nicht mehr wahr. Erst viel, viel später erwacht sie aus dem Traum. Sie findet sich im Dunkeln auf dem Sofa im Salon sitzend vor. Die Tasche noch in der Hand. Die Jacke trägt sie noch, obwohl es im Raum warm ist. Jetzt bleibt nur noch der Weg ins Bett.

Kapitel 16

Sonnabend, 24. April

„Hallo! Sie sind doch die Kindergärtnerin von den Levante-Kindern? Julia? Wenn ich mich richtig erinnere?"

Juana bleibt einen kurzen Augenblick stehen, sie wollte gerade das Kommissariat betreten.

„Ja, Sie haben aber ein gutes Personengedächtnis. Nun, das ist wohl berufsbedingt. Guten Morgen!"

„Wollten Sie zu uns? Kann ich Ihnen helfen?"

Julia Baja antwortet, sie sei auf dem Weg zu einem Geschäft, das nur wenige Meter vom Kommissariat entfernt liege. Es sei also Zufall, dass sich die beiden Frauen hier begegneten. Julia erkundigt sich, ob es bei den Ermittlungen zum Mordfall Lisa Levante schon Fortschritte gäbe. Der gleichzeitige Blick von Julia auf deren Armbanduhr zeigt Juana jedoch: die junge Kindergärtnerin ist nicht wirklich an einer Antwort interessiert.

Pedro sitzt an seinem Schreibtisch als Juana ihr Büro betritt. Er schaut nicht hoch, begrüßt Juana aber mit einem flotten Spruch, der sich auf den vergangenen Abend bezieht.

„Besser du sprichst mich nicht auf den Abend an, ich erzähle es dir, wenn ich dazu in der Lage bin. Aber nicht heute. Was liegt an? Gibt es Neuigkeiten?", will Juana wissen.

Pedro macht sich so seine Gedanken über seine Kollegin. Wenn sie so reagiert, hat es bestimmt Ärger mit Ramon gegeben, denkt er. Mut weiter nachzuhaken hat Pedro

130

nicht, die Erfahrung im Umgang mit Juana hat ihn gelehrt, abzuwarten.

„Wollten wir nicht den Blumenladen in Chiclana unter die Lupe nehmen? Den Laden mit dem schlichten Blumenpapier?", fragt Pedro.

Juana nickt schweigend. Sie bleibt angezogen an der Tür stehen und wartet auf Pedro. Gemeinsam fahren sie in die Innenstadt.

Der erste vor einigen Wochen eröffnete Blumenladen wirkt einladend. Zwei große Schaufenster, voll mit zahlreichen Blumenvasen und Topfpflanzen. Sie betreten das Geschäft in dem sich kein Kunde befindet. Die Verkäuferin, eine gutaussehende junge Frau wendet sich sofort an ihre Kunden.

„Hallo! Wie kann ich Ihnen helfen?"

Juana, die auf lockere Konversation heute Morgen keine Lust hat, zieht ihren Dienstausweis aus der Tasche. Freundliche aber kurz und bestimmt erklärt sie der jungen Frau den Grund ihres Besuches.

„Ein großer Strauß dunkelroter Rosen? Klar, ein total gutaussehender junger Mann hat einen gekauft .Der Typ war etwa vierzig Jahre alt, sehr sportlich. Er hatte dunkle volle Haare, sehr seriös."

„Danke. Wir suchen aber andere Käufer. Um diesen Mann geht es nicht. Hat vielleicht in den letzten Wochen eine Frau bei Ihnen dunkelrote Rosen gekauft? Mehrfach?"

Die Verkäuferin überlegt, schüttelt den Kopf und verneint. An eine Frau könne sie sich nicht erinnern. Der Hinweis, dass es noch eine Kollegin gibt, die zurzeit Urlaub habe, nehmen die Kommissare zur Kenntnis. Pedro notiert sich den Termin ihrer Rückkehr. Dann fahren Juana und Pedro im Auto Richtung Kommissariat.

„Ich möchte erneut zur Freundin der Verstorbenen. Vielleicht hat sie doch vergessen uns etwas Wichtiges mitzuteilen. Versuch macht klug."

„Ich weiß zwar nicht, was du meinst. Aber ich bin noch nie abgeneigt gewesen, einer schönen Frau einen Besuch zu machen. Also los."

Pedro parkt den Wagen einige Meter entfernt vor dem Eingang zur Wohnung der Prostituierten. Etwa zwanzig Minuten beobachten die Kommissare den Hauseingang und die Fenster der Wohnung. Dann greift Juana zum Telefon und ruft bei Rosa Tierra an.

„Wir können rein, sie ist alleine", erklärt Juana ihrem Kollegen.

Sie steigen aus und betreten das Haus.

„Was wollen Sie denn schon wieder? Die Polizei hat wohl nichts anderes zu tun, als mich immer wieder von der Arbeit abzuhalten?"

„Wir wollen sie nicht lange aufhalten. Danke, für die Zeit. Ich habe da noch eine Frage. Hatte Lisa eigentlich einen Freund? Hatte sie vielleicht einen Geliebten?"

„Lisa? Wie kommen Sie denn darauf? Die hätte nicht mal hingesehen, wenn ein Mann ihr schöne Augen gemacht hätte. Nie!"

Juana geht auf und ab. Sie versucht Zeit zu gewinnen. Wofür, weiß sie eigentlich nicht. Es ist nur so ein Gefühl. Das Telefon bei Rosa läutet.

„Sie entschuldigen mich, ich bin gleich wieder da."

„Was willst du? Kannst du mich nicht einweihen?",
erklärt Pedro seiner Chefin verärgert.

„Ich weiß es doch auch nicht. Warten wir ab. Vielleicht
hilft uns dieser Kerl."

Pedro schaut fragend.

„Du weißt doch, Kommissar Zufall!", erwidert Juana mit
einem Augenzwinkern.

„Rosa, dürfte ich wohl mal Ihre Toilette benutzen?"

„Gerne. Die letzte Tür links", erklärt Rosa und zeigt mit
der Hand in die Richtung zur Toilette.

Juana verschwindet dahinter. Sie schaut sich um, ihr Blick
geht entlang der Regale und Schränke, die sich an den
Wänden des Bades befinden. Und sie hat Glück!

„Ich danke Ihnen. Ich habe zufällig gesehen, Sie haben
ja eine Perücke. Dunkle und schulterlange Haare. Tragen
Sie die oft? Oder nur wenn Sie zu Manolo gehen?", fragt
Juana provokativ.

„Zu Manolo? Nein, da trage ich keine Perücke", erklärt
Rosa.

Es ist still im Zimmer. Keiner spricht, niemand scheint zu
atmen …

„Ich möchte Sie bitten aufs Kommissariat zu kommen.
Heute noch. Ich benötige Fingerabdrücke und eine
Speichelprobe von Ihnen. Außerdem möchte ich wissen,
woher Sie Manolo kennen?", fragt Juana.

„Manolo. Ich kenne Manolo nicht. Wie kommen Sie
darauf?"

„Sie haben doch eben gesagt: wenn Sie Manolo
besuchen gehen Sie ohne Perücke. Diese Aussage genügt

mir. Woher kennen Sie ihn? Haben Sie Kontakt mit ihm? Sie wissen, was ich meine? Schlafen Sie mit ihm?"

„Nein!", erklärt Rosa erbost.

„Niemals würde ich mit dem Mann meiner Freundin schlafen."

„Vielleicht wussten Sie es nicht. Er könnte doch als Kunde zu Ihnen gekommen sein."

„Nein. Manolo war nicht als Kunde bei mir. Was soll das?"

„Die Perücke passt genau zu der Beschreibung, die uns Zeugen gemacht haben. Wir suchen eine Frau mit dunklen und schulterlangen Haaren."

„Ich habe auch künstliche Haare in rot und blond. Kurz und lang. Alles was Sie wollen, die Männer können es sich aussuchen. Männer reagieren auf solche Sachen. Das muss ich Ihnen doch nicht erklären."

„Es bleibt dabei. Sie kommen heute ins Kommissariat. Freiwillig. Wenn nicht, lasse ich Sie abführen, mit einem Einsatzwagen! Sie können es sich aussuchen."
Juana und Pedro verlassen die Wohnung.

„Ich bin tief beeindruckt. Dein Bauch hatte wieder den richtigen Gedanken!"

„Pedro! So ein Quatsch. Ein Bauch kann nicht denken! Wir fahren jetzt zu Manolo. Ich will wissen, was er dazu sagt."
Es ist nur ein Steinwurf entfernt, dann stehen die Kommissare vor dem Haus der Familie Levante.
Manolo öffnet die Tür. Er trägt einen zerschlissenen Jogginganzug. Aus dem Haus dröhnt laute Musik. Eine CD

mit Klängen der Semana Santa. Der Witwer tritt zur Seite und winkt die Kommissare wortlos ins Haus.

„Wie geht es Ihnen, Manolo? Und den Kindern?", will Juana wissen, um einen Einstieg in das Gespräch zu finden.

Manolo zuckt nur mit den Schultern. Im Salon setzt er sich auf einen Sessel, auf dem eine alte Decke liegt. Er schaut zu Juana ohne jedoch eine Regung zu zeigen und ohne ein Wort zu sagen.

„Wir haben die Freundin Ihrer Frau vernommen. Rosa Tierra. Sie kennen sie doch?"

Manolo schweigt. Erneut versucht Juana einen Zugang zu Manolo zu erhalten.

„Manolo. Darf ich Sie daran erinnern, wir versuchen den Mord an Ihrer Frau aufzuklären! Ich denke, Sie haben ein Interesse daran, uns zu helfen. Also beantworten Sie meine Fragen. Wann haben Sie Rosa Tierra zum letzten Mal gesehen?"

„Ich weiß es nicht", flüstert Manolo.

„Ich habe Sie nicht verstanden. Wann war es?", hinterfragt Juana Manolos Antwort, die sie schon verstanden hat.

Der gebrochene Mann schrickt zusammen. Er ist erwacht aus seiner Dämmerung.

„Rosa? Ich kenne Rosa nicht persönlich. Ich habe sie noch nie gesehen."

„Was denn nun? Eben sagten Sie, Sie wüssten den Zeitpunkt nicht mehr. Nun erklären Sie, Rosa gar nicht zu kennen. Sie wissen, dass   eine Falschaussage bestraft wird. Lügen Sie uns nicht an. Rosa erklärte, Sie seien als Kunde bei ihr gewesen. Wann war das?"

Juana spielt mit dem Feuer.

„Ich kenne Rosa nicht. Ich bin nie bei ihr gewesen. Wenn sie das sagt, dann lügt sie. Gehen Sie. Ich will Sie nicht mehr sehen."

Juana und Pedro gehen langsam zu ihrem Auto. Kurz bevor Pedro die Tür öffnen will, bleibt Juana stehen. An ihrem Blick kann Pedro erkennen, dass Juana sich mit einem Gedanken auseinandersetzt.

„Wir fahren jetzt noch mal zu Rosa", erklärt sie und setzt sich in den Wagen.

Rosa ist sehr erstaunt als sie Juana und Pedro erneut vor Ihrer Tür stehen sieht.

„Ich glaube es nicht. Sie fühlen sich hier an-scheinend sehr wohl. Was ist denn nun schon wieder? Kommen Sie ins Haus. Wenn das die Leute sehen, dass hier jetzt auch Paare zu mir kommen. Mein Ruf ist in Gefahr!"

Pedro lächelt und Juana ignoriert den Ausspruch.

„Ich möchte gerne Ihren Terminplaner sehen. Sie tragen doch alle Termin ein, ich habe es beobachtet."

„Gerne. Aber was wollen Sie denn wissen? Ich kann es Ihnen vielleicht so sagen."

„Nein. Ich will den Planer sehen."

Juanas Antwort lässt keine Zweifel zu. Rosa ver-lässt den Salon und kommt mit einem roten Kalenderbuch zurück.

„Danke. Einen Moment bitte."

Juana beginnt zu blättern. Pedro sitzt direkt neben ihr. Auf einen kleinen mitgebrachten Block notiert der Kommissar einige Termine, die Juana ihm vorliest.

„So Rosa. Ich habe genug gesehen. Fast jede Woche taucht hier der Name MANOLO auf. Wie kommt das, wenn Sie ihn doch nicht kennen?"

Rosa stutzt. Dann lacht sie.

„Es gibt in Spanien nicht nur einen Manolo. Das hätte ich Ihnen gleich sagen können. Das ist nicht der Manolo, also nicht Lisas Manolo."

„Besitzen sie eine Kundendatei? Ein Register, in das alle Kunden eingetragen werden?"

„Nein. Das tut mir leid. Es gibt in meinem Beruf so etwas wie Diskretion. Ich habe keine Kartei. Das wäre viel zu gefährlich. Stellen Sie sich vor, hier bricht jemand ein und klaut die Daten. Es wäre nicht auszudenken. Einige Köpfe in der Politik würden rollen."

„Wir sprechen uns wieder, Rosa. Das Thema ist noch nicht vom Tisch."

Im Büro angekommen erteilt Juana ihrem Kollegen den Auftrag für alle Telefonanschlüsse der Familie Levante Nachweislisten erstellen zu lassen.

„Ich denke, vier Wochen zurück, also vielleicht ab 15.März, sollte langen. Oder besser ab Anfang März. Da wollen wir doch mal sehen, wer da lügt."

Die Chefin selbst ruft bei dem Arbeitgeber Manolos in der Bank an. Umständlich erklärt sie dem Chef, sie benötige eine Aufstellung der geleisteten Überstunden Manolos. Die Gegenfrage, wozu die Polizei diese Angaben benötige, lässt die Kommissarin offen. Der Banker verspricht die geforderten Unterlagen an Juana zu faxen. Vielleicht liegt den Kommissaren am nächsten Tag die Liste vor.

Kapitel 17
Sonntag, 25. April

Ein freies Wochenende gibt es nur ganz selten bei den Kommissaren in Chiclana. Der Sonntag ohne Arbeit ist daher ein Geschenk. Juana hat sich vorgenommen nichts zu tun. Ausspannen, lesen und vielleicht am Nachmittag etwas am Meer spazieren gehen. Alleine. Es kommt aber anders.

Kurz nach dreizehn Uhr klingelt das Telefon. Die Zentrale bittet Juana unverzüglich in den Club an der N 340 bei El Colorado zu kommen. Es gibt eine Leiche! Ohne auch nur nachzudenken, schnappt sich Juana ihre Tasche. Das Radio wird im Vorbeigehen ausgeschaltet. Ein letzter Blick durch die Wohnung, dann läuft sie auch schon die Treppe hinunter zu ihrem Auto.

Vor dem Club stehen schon zahlreiche Fahr-zeuge der Polizei. Die Kollegen der Spurensicherung sind bereits vor Ort, auch Pedros Auto kann sie erkennen.

„Was gibt es?", fragt sie den vor dem Eingang des Clubs stehenden Uniformierten.

„Eine Prostituierte wurde tot aufgefunden. Pedro ist schon drinnen."

Juana bedankt sich mit einem Kopfnicken. Dann betritt sie das Etablissement. Gedämpftes rotes Licht, Plüschsessel und ein Duft von Moschus dringt ihr entgegen. Zum Glück entdeckt sie Pedro an der linken Seite an einer Bar stehend mit einer Bedienung.

„Hallo Pedro. Erzähl bitte", folgt die kurze Anweisung.

Es ist immer dasselbe. Ein neuer Fall und die dazu gehörende Distanz.

„Gestern Abend war hier die Hölle los. Mehr Männer als Frauen. Das kommt wohl nicht so oft vor, sagt Esmeralda. Sie ist die Chefin des Clubs. Gegen vier Uhr heute Morgen sind dann die ersten Mädchen nach Hause gefahren. Einige wohnen hier im Club, andere haben in der Umgebung eine eigene Unterkunft. Daher kann Esmeralda auch keine genauen Angaben machen, wer wann gegangen ist. Die Tote, sie heißt Penelope, wurde zuerst auch nicht vermisst. Sie wohnt hier im Puff. Gefunden hat sie eine Angestellte, heute Morgen. Die beiden Frauen waren nach ihrer Aussage verabredet und wollten gemeinsam ans Meer."

Pedro macht eine Pause um Juana die Möglichkeit zu geben, eine Frage zu stellen.

„Lass uns zur Leiche gehen. Ich will sie sehen", erklärt Juana.

Pedro geht vor, da er das Zimmer bereits gesehen hat.

„Wir müssen aufpassen, die Spurensicherung ist noch nicht fertig. Hier ist es", zeigt Pedro und bleibt vor einer Tür stehen.

Juana stellt sich in den Eingang zum Zimmer. Sie blickt auf ein Bett. Klein, nichts Außergewöhnliches. Ein Schrank an der Wand, in der Mitte des Raum ein kleiner Tisch mit zwei einfachen Stühlen.

„Nicht gerade das, wofür es sich lohnt, diese Arbeit zu verrichten", bemerkt Juana.

„Da sind wir uns wohl mal einig. Hallo Juana."

Der diensthabende Arzt begrüßt seine langjährige Kollegin.

„Hast du schon was für uns?"

„Die Frau ist etwa fünf bis sechs Stunden tot. Sie lag hier auf dem Bett. Genauso, wie du sie jetzt sehen kannst. Nur den Strauß Blumen habe ich schon ans Labor gegeben, zur Untersuchung. Es gibt keine äußeren Verletzungen. Außer diese Einstiche hier. Vermutlich hing sie an der Nadel. Vielleicht ist das auch die Todesursache. Wir haben hier allerdings kein Spritzbesteck auf dem Tisch oder dem Bett gefunden. Entweder sie hat es vorher noch weggepackt oder der Täter, wenn es einen gibt, hat es entfernt. Mehr habe ich nicht. Den Rest nach der Obduktion. Ich denke morgen früh."

„Ich möchte gerne die Tatortfotos sehen. Wer hat die gerade?", fragt Juana in die Runde.

Ein Uniformierter reicht ihr einige Polaroid Fotos.

„Schau dir das an! Pedro. Ich hoffe, es ist nur ein Zufall. Ich nehme die Fotos mit. Vielen Dank. Bis später."

Juana und Pedro verlassen das kleine Zimmer der Toten.

„Ich möchte mit der Chefin und dem Mädel sprechen, die die Tote gefunden hat. Kannst du das veranlassen?" fragt sie ihren Kollegen Pedro.

Er nickt und geht vor in die Lounge des Clubs, zurück zu den roten Plüschsesseln. Esmeralda hat sich in eine Ecke zurückgezogen. Sie sitzt dort in einem dieser Sessel und weint still vor sich her. Auch das Taschentuch hat die zum Rest des Raumes passende Farbe, rosarot!

„Guten Tag. Mein Name ist Juana Gadi. Ich bin von der Policia National. Können wir uns unterhalten?"

Esmeralda nickt. Sie schnäuzt sich und ist dann offen und klar für die Fragen der Kommissarin.

„Was ist gestern passiert? Wie war der Abend? Gab es Besonderheiten? Auffallende Gäste?"

„Nein. Wir hatten viel zu tun, als hätte es gestern Geld gegeben! Alle wollten plötzlich ein Mädchen. Ich war natürlich froh über diesen Andrang. Aber die Koordination verlangt schon die volle Konzentration, das können Sie mir glauben. Penelope hatte Dienst, wie immer. Ich weiß, sie hatte zwei Stammfreier gestern. Der letzte, an den ich mich erinnere, ging so gegen zwei Uhr aufs Zimmer. Danach wurde es auch etwas ruhiger. Einige Mädchen haben Feierabend gemacht. Andere waren noch auf den Separees. Da Penelope hier wohnt, macht sie immer Schluss wenn kein Freier mehr auf sie wartet. Sie ist so zuverlässig. Sie arbeitet schon ganz lange für mich. Nie würde sie etwas Unrechtes tun. Auf sie kann ich mich einhundertprozentig verlassen."

„Sie können also nicht genau sagen, wann Penelope Feierabend gemacht hat und auf ihr Zimmer gegangen ist?", will Juana wissen.

„Nein. Leider nicht. Wie gesagt, um zwei Uhr hat sie sich noch einen Schampus geholt und ist dann wieder zurück zum Freier. Danach habe ich sie nicht mehr gesehen."

„Ich benötige noch die Personalien der Toten. Verwahren sie die Ausweise Ihrer Mädchen?", fragt Pedro nun die Chefin.

„Nein. Wo denken Sie hin. Wir sind ein ganz legaler Laden. Hier wird kein Mädchen gegen seinen Willen festgehalten. Sie werden die Papiere sicherlich in ihrem Schreibtisch finden."

Pedro bedankt sich und geht auf direktem Weg zurück zu Penelopes Räumen. Die Kollegen der Spurensicherung haben mittlerweile ihre Arbeit beendet. Pedro begegnet ihnen auf dem Flur.

„Hier sind der Ausweis, das Tagebuch und noch einige Kleinigkeiten. Ihr werdet es sicherlich benötigen. Schönen Tag noch. Hasta luego!"

Auf dem Parkplatz vor dem Etablissement treffen Juana und Pedro wieder aufeinander. Die beiden sehen geschafft aus.

„Das ist ja wieder ein toller Sonntag. Wir machen irgendetwas falsch, warum sonst können wir nicht mal einen freien Tag genießen? Reicht nicht eine Tote? Muss es nun auch noch eine Prostituierte sein?", beschwert sich Juana.

„Ob die beiden Fälle zusammenhängen? Ich sehe zwar keinen Bezug, aber wer weiß?", fragt Pedro seine Chefin.

„Wir fahren ins Kommissariat. Lass uns überlegen. Aber nicht den ganzen Tag, nur eine Stunde. Dann ist Schluss für heute."

„Der Mord an Lisa Levante. Was haben wir? Den Strauß dunkelrote Rosen. Eine Frau mit schulterlangen Haaren und einem langen Mantel, die keiner kennt. Auf der anderen Seite haben wir zwei Frauen, die so einen Mantel besitzen. Eine hat zumindest eine Perücke, die auf die Beschreibung passt. Aber mal ehrlich: ein Motiv haben die Frauen nicht. Viel ist das nicht gerade. Nun die zweite Tote! Aber warten wir den Bericht der Kriminaltechnik und der Obduktion ab. Vielleicht ist Penelope nicht ermordet worden."

142

„Du hast wie immer Recht, Juana. Wenn es um die Nutte geht. Aber glaubst du wirklich, dass Lisa Levante von einer Frau ermordet wurde? Könntest du dir vorstellen, dass die Freundin, diese Rosa, Lisa ermordet hat?", stellt Pedro seiner Chefin entgegen.

„Nein. Ich glaube es auch nicht. Vielleicht denken wir aber total falsch. Vielleicht gibt es doch einen Zusammenhang zwischen den beiden Fällen. Penelope und Rosa üben immerhin denselben Beruf aus. Nur wie Lisa da rein passt, weiß ich nicht."

Während Juana überlegt, geht sie in ihrem Büro auf und ab. Plötzlich bleibt sie stehen, zieht die Stirn in Falten und sagt dann:

„Wir machen jetzt Schluss. Lass uns den Bericht abwarten. Ab nach Hause."

Pedro und Juana gehen Arm in Arm und lachend aus dem Büro. Sie diskutieren das Outfit der Esmeralda im Club. Pedro stellt sich immer wieder vor, wie Juana mit diesem Dress wohl aussehen würde. Als die beiden Kommissare am Auto angelangt sind, erklärt er ihr, dass sie viel, viel besser darin ausgesehen hätte als diese Puffmutter!

Kapitel 18
Montag, 26. April

Bereits beim Betreten des Kommissariats bekommt Juana eine Nachricht überreicht. Auf dem Zettel steht, sie solle unbedingt sofort eine Nummer in Chiclana anrufen. Pedro ist auch noch nicht im Büro, als sie die Tür öffnet. Also, denkt sich die Kommissarin, rufe ich halt an, mal sehen wer was von mir will. Das Gespräch ist kurz, dennoch macht es Juana sehr nervös. Sie schaut zur Tür. Immer wenn man Pedro braucht, denkt sie, kommt er spät. Dann aber endlich öffnet sich die Tür des gemeinsamen Büros.

„Na endlich!", begrüßt sie ihren Kollegen. „Wir müssen weg. Sofort. Komm. Zieh dich gar nicht erst aus."

Pedro schüttelt seinen Kopf. Er ist überrascht. Juana erscheint ihm total aufgeregt.

„Was ist denn los? Du kannst mich auch gerne teilhaben lassen an deinen Informationen."

„Ich hatte eben ein Gespräch mit der Verkäuferin im Blumenladen. Gestern hat ein Mann einen Strauß dunkelroter Rosen verlangt. Und gekauft!"

„Wir fahren hin? Zum Blumenladen?"

„Du bist ganz schon clever! Auf so einen Hinweis haben wir seit Wochen gewartet. Endlich."

Die Verkäuferin wartet bereits im Laden. Sie scheint auch sehr aufgeregt zu sein. Juana und Pedro betreten das Blumengeschäft.

„Endlich. Ich habe schon gedacht, Sie kommen gar nicht mehr", werden sie empfangen.

„Nun beruhigen Sie sich doch. Der Mann ist sowieso nicht mehr hier, nun kommt es auf fünf Minuten nicht mehr an. Können Sie uns den Käufer der Blumen, es waren dunkelrote Rosen, sagten Sie, denn beschreiben?", fragt Juana.

„Er hat einen großen Strauß Rosen gekauft."

„Gut. Und wie sah der Mann aus? Oder besser, kannten Sie den Kunden vielleicht sogar?"

Die Verkäuferin atmet schwer. Auf Ihrer Stirn haben sich einige Schweißperlen gebildet. Juana bemerkt es und fragt daher besorgt:

„Geht es Ihnen nicht gut? Können wir Ihnen helfen?"

„Nein, es ist alles in Ordnung. Es ist nur, der Mann, mit den Blumen ..."

Sie stockt und spricht nicht weiter.

„Was ist mit dem Mann mit den Blumen? Nun reden Sie doch bitte", fordert Juana die junge Frau auf.

„Er, er wohnt gegenüber."

Juana und Pedro schauen sich an. Dann blicken sie beide auf die junge Verkäuferin.

„Und das sagen Sie erst jetzt? Wo?"

„Genau gegenüber in dem Haus."

Dabei zeigt sie mit der rechten Hand aus dem Fenster.

„In dem gelben Einfamilienhaus? Mit dem Metallzaun?", will Pedro wissen, der das große Ermittlerglück noch gar nicht fassen kann.

„Genau", bestätigt die Verkäuferin.

„Gut. Wir gehen jetzt. Wir kommen noch mal zu Ihnen. Später. Vielen Dank."

Vor dem Blumengeschäft überlegen Juana und Pedro ob sie einfach klingeln sollen.

„Ich glaube, es ist besser, wenn wir uns zuerst ein Bild über den Mann machen. Geh doch mal nach drüben, schau ob ein Name an der Tür steht. Ich setzt mich ins Auto und warte auf dich."

„Der Mann heiß Antonio Pazo", berichtet Pedro, der sich den Namen in sein kleines Notizbuch geschrieben hat.

„Gut. Fahren wir ins Kommissariat. Halt. Schau mal. Die Haustür geht auf. Dieser Antonio verlässt seine Wohnung. Fahren wir ihm doch mal hinterher. Mal sehen, was unser Rosenkavalier so vorhat."

Antonio Pazo, er trägt eine dunkle Hose, einen weinroten Rolli und eine dunkle Jacke, besteigt den vor dem Haus parkenden BMW. Nachdem er sich davon überzeugt hat, dass die Straße frei ist, fährt er den Wagen aus der Parklücke und die Straße entlang. Juana und Pedro folgen im sicheren Abstand. Über Funk informiert Juana ihre Kollegen im Kommissariat und bittet um Überprüfung des Kennzeichens. Das Auto fährt ohne besondere Eile aber flott und verlässt die Innenstadt. Am großen Kreisel an der Plaza de Andalucia biegt er in die Calle Ancha ein.

„Wir verlassen Chiclana", bemerkt Pedro, „und fahren in Richtung Medina Sidonia."

„Gut, dass ich dich habe", erklärt Juana lächelnd.

„Alleine hätte ich das nie gewusst!"

Beide lachen, denn Pedro hat schon öfter solche eigentlich völlig unnötigen Erklärungen abgegeben.

„Pass lieber auf, dass dich unser Antonio nicht bemerkt." Die Zentrale hat Juana zwischenzeitlich bestätigt, dass der BWM auf den Namen Antonio Pazo zu-gelassen ist. Der Verdächtige fährt nun mit ziemlicher Geschwindigkeit weiter.

„Ob er uns bemerkt hat? Warum rast er denn so?", fragt Pedro, ohne eine Antwort zu erwarten.

So bleibt es im Auto der Ermittler still.

„Nun fahren wir schon über dreißig Minuten hinter dem BMW her. Wir haben Medina Sidonia erreicht. Was er hier wohl will?"

„Ach, Pedro. Wir werden es sicherlich erleben. Wenn du es schaffst, ihm unbemerkt zu folgen. Schau. Er parkt den Wagen. Auf dem Parkplatz an dem kleinen Pavillon. Warte. Fahr langsam. Wenn er uns gesehen hat, dürfen wir nicht neben ihm anhalten. Fahr doch einfach weiter und halte hinter dem Parkplatz auf der rechten Seite an", schlägt Juana vor."

Antonio Pazo steigt aus seinem Fahrzeug aus und geht die wenigen Schritte zu dem kleinen Aussichtspunkt, der sich am Ende des Parkplatzes befindet. Einige Stufen führen hinauf. Von dort aus hat man einen überwältigen Blick auf das umliegende Land. Die Sonne scheint. Antonio zieht seine Jacke aus und legt sie auf eine der aufgestellten Bänke und nimmt Platz.

„Ich denke, wir beide sollten Arm in Arm etwas bummeln gehen. Von dort oben hat man eine traumhafte Sicht. Wenn er uns bemerkt hat, dann doch nur den Wagen. Komm Pedro."

Pedro ist dankbar. Eine unverhoffte Gelegenheit seiner Kollegin ganz nah zu sein. Mehr als erforderlich drückt er sie an sich.

Juana lässt ihn gewähren. Ist sein übertriebener Einsatz doch für den Erfolg der Observation nützlich. Die beiden schlendern also in Richtung des Pavillons. Antonio sitzt noch immer auf seiner Jacke auf der Bank. Sein Blick ist auf den Horizont gerichtet. Bewegungslos schaut er ins Leere. Pedro bleibt stehen und nimmt Juana in beide Arme.

Während er seinen Kopf auf ihre Schulter legt, kann sie Antonio etwas genauer betrachten, wenn auch mit Abstand.

„Ich finde, er sieht traurig aus. Wenn wir dichter heran könnten, ich glaube, er weint", flüstert Juana Pedro ins Ohr.

„Lass uns weiter gehen, sonst fällt es doch noch auf." Während Pedro seine Arme nur zögerlich löst, geht Juana schon wieder in Richtung ihres geparkten Wagens. Die Kommissare halten sich bei den Händen. Erst als Pedro mit der Fernbedienung den Wagen öffnet bemerkt Juana, dass sie sich immer noch an Pedro festhält. Sie zieht ihre Hand zurück.

„Darf ich dir in den Wagen helfen?", fragt Pedro. Sie reagiert nicht. Sie steigt wortlos ein und schweigt einen Moment zu lang.

„Geht es dir nicht gut? Ist was?", will darauf Pedro von ihr wissen.

„Nein. Es ist alles in Ordnung. Am besten, du fährst ein Stück die Straße entlang und drehst am Ende der Kurve um. Dann fahren wir an einen Punkt, von dem aus wir den parkenden BWM sehen können, ohne dass Antonio uns bemerkt."

Über eine Stunde bleibt der Mann auf der Bank regungslos sitzen. Plötzlich steht er auf, nimmt seine Jacke, geht zum Auto zurück und fährt ab. Die gleiche Strecke zurück nach Chiclana, bis vor die Haustür seines Hauses.

„Was machen wir jetzt? Wollen wir klingeln?"

„Nein. Wir fahren ins Kommissariat. Die Tatsache, dass sich Antonio gestern einen Strauß dunkelroter Rosen gekauft hat langt nicht um seine Wohnung zu durchsuchen. Sollte er etwas mit den Morden zu tun haben, wäre er nur gewarnt. Ich denke, wenn er unser Mann ist, stellen wir ihn auch noch etwas später. Ab nach Hause."

Pedro nickt und folgt den Anweisungen seiner Chefin.

Nun erst kommt Juana dazu auf ihrem Schreibtisch aktuelle Nachrichten zu suchen. Sie wird fündig. Der Chef der Sparkasse hat die Liste mit den geleisteten Überstunden des Manolo Levante gefaxt. Die beiden Kommissare beginnen, die Zeiten mit den Terminen in Rosas Planer, die den Namen Manolo tragen, abzugleichen. Teilweise gibt es Übereinstimmungen, teilweise aber auch nicht.

„Das bringt uns auch nicht weiter. Vielleicht handelt es sich um einen anderen Manolo", stellt Pedro fest.

„Ist dir sonst nichts aufgefallen, Pedro?"
Der Kollege verneint.

„Schau dir doch mal die Termine an!"
Pedro überfliegt die notierten Daten. Immer und immer wieder.

„Ich bin eben nur der blöde Pedro. Ich weiß nicht, was du meinst. Sag es mir."

„Wir haben die Zeiten vom Februar bis Anfang April abgeglichen. In den ersten Monaten erscheint fast regelmäßig jede Woche der Name Manolo in Rosas Planer. Aber dann, der letzte Termin am 9. April. Das war der Karfreitag. Danach gibt es keine weiteren Eintragungen. Am Montag den 12. April wurde Lisa ermordet. Das ist mir aufgefallen."

Pedro schaut beeindruckt auf seine Chefin und sagt:

„Ich kann mich nur verbeugen und voller Lob anerkennen, dass du nicht ohne Grund meine über alles geliebte Chefin bist."

149

Während dieser Aussage führt Pedro übertrieben eine Verbeugung aus. Genau in diesem Moment öffnet sich die Bürotür und ein Kollege betritt das Büro. Völlig überrascht von dem Gesehenen bleibt er vor der noch geöffneten Tür stehen, blickt mit heruntergeklapptem Unterkiefer auf Pedro, beginnt dann laut zu lachen und verlässt das Büro wieder.

„Was war das?", fragt Juana.

„Es ist doch völlig normal, dass meine Untertanen mir so huldigen. Es gibt hier keinen Respekt mehr."

Pedro ist sprachlos und hat sich sicherheitshalber an seinen Schreibtisch gesetzt. Er versucht möglichst ohne Juana anzusehen an seinem Computer zu arbeiten, nur für den Fall, dass sich die Bürotür ein weiteres Mal öffnet. Das geschieht dann auch tatsächlich nur wenige Augenblicke später. Fünf Kollegen erscheinen, sie lugen vorsichtig durch die nur einen Spalt geöffnete Tür. Voller Neugier, alle Köpfe übereinander angeordnet, wie die Perlen auf einer Kette.

Juana schaut zur Tür und hebt die rechte Hand mit den Worten:

„Tretet ein meine Untertanen. Was kann ich für euch tun?"

Die Gesichter im Türrahmen beginnen laut zu lachen und die Tür schließt sich wieder.

„Was machen wir mit Manolo? Wollen wir ihn nun mal besuchen? Was meinst du?"

„Ich denke, wir sollten ihn noch mal mit den „Manolo-Terminen" der Rosa konfrontieren. Mal sehen, wie er reagiert. Hast du schon so etwas wie einen Obduktionsbericht auf dem Schreibtisch gefunden? Ich meine den der ermordeten Prostituierten."

„Nein Juana. Ich habe hier auch nichts gefunden. Soll ich mich gleich darum kümmern? Ich kann ja mal anrufen".

Juana jedoch möchte zuerst zu Manolo Levante fahren.

Wieder erscheint das Haus der Familie Levante wie verlassen. Alle Fenster sind geschlossen. Es ist ganz still. Unkraut nimmt langsam die Überhand im Vorgarten. Lisas Aufgabe war es, sich um den Garten zu kümmern, das wird jetzt ganz deutlich sichtbar. Die Tür öffnet sich, Manolo schaut durch einen Türschlitz nach draußen.

„Was wollen Sie denn schon wieder?"

„Wir möchten gerne mit Ihnen sprechen. Immerhin haben wir einen Mord aufzuklären! Haben Sie das vergessen?", gibt Juana zur Antwort.

Manolo, der die Tür bereits weit geöffnet hatte, bleibt stehen. Röte steigt in sein Gesicht. Dann beginnt er zu schreien.

„Was denken Sie sich eigentlich? Was glauben Sie, wer Sie sind? Ob ich den Mord an meiner Frau vergessen habe? Sie fehlt mir. Sie fehlt meinen Kindern. An jedem gottverdammten Tag. In jeder Stunde, jeder Minute und Sekunde. Am Tag und erst recht in der Nacht. Sie fehlt in der Küche, im Salon, sie fehlt im Garten und ja, verdammt, sie fehlt mir auch im Bett. Sie können es sich gar nicht vorstellen, wie es ist. Also kommen Sie nicht daher und fragen mich, ob ich es vergessen habe!"

Juana und Pedro schweigen, sie betreten das Haus und folgen Manolo in den Salon.

„Ich wollte Ihnen nicht wehtun. Sie haben Recht. Ihnen fehlen die Frau und die Mutter. Daran gibt es keinen Zweifel. Wir möchten aber den Täter finden, Manolo. Dazu brauchen wir ihre Hilfe. Auch wenn es Ihnen auf die Nerven geht, dass wir Sie immer wieder stören."

Juana spricht ganz ruhig auf den Witwer ein. Manolo hat auf dem Sofa Platz genommen. Er weint. Die Tränen laufen ihm die Wangen herab. Er blickt auf den Boden, um es zu verbergen.

„Manolo. Wir müssen Ihnen noch einige Fragen stellen. Es geht um die Freundin Ihrer Frau. Um Rosa Tierra. Wann haben sie Rosa kennengelernt? Können Sie sich daran noch erinnern?", fragt Juana nun den trauernden Mann.

Kopfschütteln ist seine Antwort. Juana nimmt einen neuen Anlauf.

„Manolo. Sie haben in den letzten Monaten regelmäßig Überstunden in der Bank geleistet. Ihr Chef hat uns freundlicherweise eine Aufstellung angefertigt. Das ist doch richtig? Sie arbeiten häufig länger in der Bank?"

Erneut reagiert Manolo nur indem er den Kopf bewegt, jetzt ist es ein Nicken.

„Wir haben festgestellt, dass an den Tagen, an denen Sie länger gearbeitet haben, Rosa immer einen Kunden in den Abendstunden hatte. Dieser Kunde hieß Manolo."

Juana wartet auf eine Reaktion. Manolo hebt langsam den Kopf und schaut zu der Kommissarin auf.

„Sie wollen doch wohl nicht schon wieder behaupten, ich wäre bei dieser Nutte gewesen?"

„Können Sie mir denn sagen, wie lange Sie immer arbeiten? Ich meine, wenn Sie Überstunden machen?"

„Das ist immer unterschiedlich. Mal bis um Acht, mal nur bis um Sieben. Je nach dem. Was soll das?"

„Wir haben Ihre Telefonanschlüsse überprüft. Es wurden immer wieder Anrufe von hier aus an Rosa getätigt. Können Sie mir das erklären?", will Juana wissen.

„Meine Frau wird es gewesen sein. Ich habe nie bei Rosa angerufen. Ich kenne sie nicht. Ich habe sie nie gesehen. Glauben Sie mir doch. Ich wäre schon sehr blöd, würde ich die Freundin meiner Frau für gewisse Dienste in Anspruch nehmen. Wäre es da nicht einfacher, eine andere, eine fremde Nutte zu besuchen?"
Manolos Stimme wird lauter.

„Sie geben also zu, dass Sie eine andere Prostituierte aufgesucht haben?", fragt nun Pedro.

„NEIN." Manolo schreit. Pedro hebt die Hände und will damit andeuten, ist ja gut.

„Entschuldigen Sie unseren Besuch. Wir gehen wieder. Aber ich denke, wir werden nicht umhin kommen, Sie zu einem späteren Zeitpunkt erneut zu befragen. Grüßen Sie Ihre Kinder von uns."
Im Auto hinterfragt Pedro das Gespräch mit Manolo etwas genauer.

„Wir haben doch nur Anrufe vom Festsetzt der Manolos bei Rosa festgestellt, die getätigt wurden, als Lisa noch lebte? Von Manolos Handy wurde die Nummer nicht gewählt."

„Richtig. Ich wollte sehen, wie er reagiert. Sollte er lügen, macht er seine Sache sehr gut. Ich habe da aber noch eine andere Idee. Lass uns ins Kommissariat fahren."

„Bitte veranlass, dass wir eine Telefonliste der letzten Monate bekommen. Von Rosas Telefon. Ich weiß, es ist etwas heikel. Aber wir werden sie benötigen. Nur so können wir ausschließen, dass Manolo bei ihr war. Denn irgendwie muss er ja Kontakt mit ihr aufgenommen haben." Pedro macht, wie ihm befohlen. Die Tür öffnet sich, eine Kollegin betritt das Büro.

„Ich bringe euch den Bericht der Kriminaltechnik im Fall der ermordeten Penelope."

„Schau mal, ob etwas über den Blumenstrauß im Bericht steht", drängt Pedro seine Chefin.

„Nun, dunkelrote Rosen. Das wissen wir, immerhin haben wir den Strauß gesehen. Der Todeszeitpunkt wird mit ca. fünf Uhr angegeben. Jetzt kommt es. Todesursache: Überdosis. Sie hatte die unterschiedlichsten Drogen im Blut. Todesursächlich aber war eine Überdosis Kokain." Juana liest den Bericht weiter. Leise, für sich. Dann spricht sie zu Pedro.

„Diese Mädchen stehen unter so starker Belastung. Ertragen kann man einen solchen Job wohl nur unter Drogen. Das ist Penelope zum Verhängnis geworden. Aber damit fällt sie raus aus unserem Fall. Was bleibt ist der Strauß dunkelroter Rosen. Die Puffmutter hatte keine Angaben gemacht, woher der Strauß kam. Die Freundin auch nicht. Bleiben zwei Möglichkeiten. Entweder, der letzte Freier hat ihn mitgebracht. Oder, sie hat ihn sich selbst gekauft. Vielleicht wollte sie aus dem Leben gehen. Vielleicht war es Selbstmord. Wir werde es wohl nicht erfahren."

„Wollen wir diesen jungen Mann noch dazu befragen? Diesen Antonio Pazo? Wir sollten ihn doch zumindest befragen, was mit den Rosen geschehen ist, die er in dem Blumengeschäft erworben hat."

„Genau. Das ist deine Aufgabe. Ruf an und hör mal, ob er im Haus ist. Es liegt nichts über ihn vor. Er ist sauber. Vielleicht spricht er ja mit dir. Immerhin, wenn ich darüber nachdenke, der Besuch in Medina Sidonia könnte ja auch so etwas wie ein Abschied gewesen sein", erklärt Juana ihrem Kollegen.

Dann fügt sie noch hinzu, dass der nächste Tag anstrengend genüg sein würde. Daher schlage sie vor, rechtzeitig Feierabend zu machen. Pedro telefoniert mit Antonio Pazo. Seine Reaktionen am Telefon lassen Juana aufhören. Scheinbar ist der Angerufene nicht kooperativ.

„Gut. Dann kommen Sie ins Kommissariat. Am besten sofort. Dann können wir weiter reden. Wann können Sie hier sein? Einverstanden."

Juana fragt, was denn passiert ist.

„Der Mann ist frech geworden. Das gehe mich nichts an. Er können Blumen kaufen, wann und wo er wolle. Er würde uns nicht in die Wohnung lassen. Nicht ohne einen Durchsuchungsbeschluss. Und so weiter. Da habe ich mir gedacht, ich lade ihn vor. Dann kann er uns hier berichten, was mit den Blumen passiert ist. Er kommt in einer halben Stunde."

Juana lässt die Schultern hängen.

„Das zum Thema Feierabend. Ich besorge uns einen Kaffee. Dann sehen wir weiter."

Pedro beschäftigt sich mit einem noch zu schreibenden Bericht, als es an der Tür klopft. Nach einem -herein- öffnet sich die Tür langsam und ein junger Mann schaut in das Büro.

„Sie wollten mich sprechen. Antonio Pazo."
Pedro bittet den Mann ins Zimmer. Er nimmt unaufgefordert auf dem freien Stuhl vor Pedros Schreibtisch Platz.

„Was wollen Sie von mir? Habe ich mich strafbar gemacht? Vielleicht, weil ich Blumen gekauft habe?"

„Langsam. Wir haben Sie nicht verhaftet. Sie haben sich nicht strafbar gemacht. Wir haben nur einige Fragen an Sie. Sie sollen nur als eventueller Zeuge befragt werden. Ich verstehe nicht, warum Sie das so erregt, wenn Sie denn unschuldig sind? Kommen wir gleich zur Sache. Ich möchte Ihre Zeit nicht unnötig verschwenden. Sie haben einen Strauß dunkelroter Rosen im Blumenladen gegenüber Ihrer Wohnung gekauft? Ist das richtig?"

„Ja. Ich sagte es bereits", antwortet Antonio gereizt.

„Für wen haben Sie die Blumen gekauft? Wo ist der Strauß jetzt?"

„Das geht Sie gar nichts an. Und wo sich der Strauß jetzt befindet, weiß ich nicht. Schließlich bin ich nicht James Bond und habe nicht die nötigen Utensilien um das zu überwachen."

„Ich möchte Ihnen etwas auf die Sprünge helfen. Wir haben Sie überwacht. Sie sind nach Medina Sidonia gefahren. Warum?"
Der junge Mann schaut sehr überrascht.

156

„Ich verstehe nicht. Ich kaufe einen Strauß Blumen. Danach überwachen Sie mich und fahren sogar die weite Strecke nach Medina hinter mir her? Warum?"

„Wir ermitteln in einem Mordfall. Darum. Reden Sie endlich."

Antonio schluckt. Er ist sichtlich erschrocken. Die Tür öffnet sich und Juana betritt das gemeinsame Büro. In der Hand ein Tablett mit drei Tassen.

„Guten Tag. Mein Name ist Juana Gadi. Ich denke, Sie sind Antonio Pazo. Trinken Sie einen Kaffee mit uns?"

Sie stellt die Tasse unaufgefordert vor Antonio auf den Schreibtisch. Die zweite Tasse reicht sie an Pedro weiter. Danach nimmt sie hinter ihrem Schreibtisch Platz.

„Ich möchte dich nicht unterbrechen, Pedro. Mach weiter."

„Noch einmal die Frage. Wer hat den Blumenstrauß bekommen?", führt Pedro die Befragung weiter fort.

„Es fällt mir schwer darüber zu sprechen. Es ist nicht so einfach für mich. Sie waren für eine Frau bestimmt. Die Frau, die ich liebe. Die Frau, die aber nichts von mir wissen will."

„Wie heißt die Frau? Ist der Name vielleicht Penelope?" Antonio schrickt zusammen. Die Augen sind weit geöffnet während er Pedro anschaut.

„Woher wissen Sie das?", stammelt er.

„Erzählen Sie doch bitte. Was ist mit Penelope? Wann haben Sie ihr den Strauß geschenkt? Am Sonntag. Aber wann am Sonntag?", fragt Pedro erneut.

„Am Nachmittag. Wir waren verabredet. Wir haben uns am Strand getroffen. Ich habe den Strauß mitgenommen und ihn Peno überreicht. Ich wollte sie heiraten. Aber sie hat mir einen Korb gegeben."

Juana mischt sich ein in das Gespräch.

„Hat sie Ihnen das erklärt? Hat sie gesagt, warum sie nicht Ihre Frau werden wollte?"

„Nein. Sie hat nur gesagt, es wäre für mich besser, wenn ich sie vergessen würde. Ich solle mir eine andere Frau suchen, die besser zu mir passen würde. Ich habe es nicht verstanden. Peno war immer etwas sonderbar. Daran hatte ich mich gewöhnt. Aber, ich war mir sicher, sie würde mich lieben. Wir haben so schöne Stunden verbracht."

„Was hat Peno, wie sie Penelope nennen, beruflich gemacht? Wissen Sie, womit sie ihr Geld verdient hat?", fragt Juana.

„Sicher. Sie war Beraterin für ein Unternehmen, das für den Tourismus gearbeitet hat. Sie hatte daher auch immer wenig Zeit. Es war schwierig, immer wenn sie frei hatte, musste ich arbeiten. Gerade in den Abendstunden. Wir haben es aber eingerichtet, wir haben es immer geschafft uns zu treffen. Ich dachte, wenn wir erst zusammen wohnen würden, wäre es einfacher. Aber sie wollte es nicht."

„Kannten Sie Penelopes Wohnung? Wo war das?", fragt Pedro.

Antonio schaut hoch und erschrickt.

„Sie sagten gerade: wo das war. Wieso? Was ist mit Peno? Wo ist sie? Warum fragen Sie mich das alles? Und wieso Mordfall?"

„Penelope ist tot. Sie starb an einer Überdosis Rauschgift. Sie wurde nicht ermordet. Als wir sie fanden lag ein großer Strauß dunkelroter Rosen auf ihrem Körper. Es war ihr Strauß Rosen."

Antonio bricht weinend zusammen. Er springt auf und stellt sich vor das Fenster im Büro, damit die Kommissare seine Tränen nicht sehen müssen.

„Setzten Sie sich. Wir haben noch einige Fragen an Sie. Bitte setzten Sie sich. Warum sind Sie nach Medina gefahren? Es sah aus, als würden Sie trauern?"

„Ich war traurig. Weil Peno mich verlassen hatte. Wir sind so oft nach Medina gefahren. Dort war sie unbeschwert und irgendwie frei. Ich kann es nicht erklären. Wir sind spazieren gegangen, waren im Lokal essen. Oder wir haben einfach nur auf dieser Bank im Pavillon gesessen und in die Ferne geschaut. Darum bin ich gerade an diesen Ort gefahren."

„Sie war nicht als Beraterin tätig. Antonio. Penelope hat als Prostituierte in einem Club gearbeitet."

Juana schweigt und gibt Antonio die Chance, die neue Nachricht zu begreifen.

„Sie war eine Nutte? Das kann ich nicht glauben. Wo hat sie gearbeitet? In Chiclana?"

„Im Club an der N 340 bei El Colorado. Dort wurde sie auch tot aufgefunden. Sie hat eine Überdosis eingenommen. Freiwillig, wie es scheint. Haben Sie denn nie bemerkt, dass sie Drogen konsumierte?"

„Nein. Ich habe es ja auch nicht annehmen müssen. Warum auch? Eine so schöne Frau. Sie strahlte immer, wenn wir uns trafen. Sie war fröhlich und ungezwungen. Voller Lebensfreude. Ich kann es nicht verstehen."

„Wir denken, sie hat es nicht mehr ertragen. Der Job ist nicht einfach. Wenn Sie sich geliebt haben, war es doppelt schwer. Sie wollte es Ihnen wohl nicht sagen. Daher auch kein Besuch zu Hause. Penelope hatte ein Zimmer im Club. Dort lebte sie und dort ist sie auch gestorben. In der Nacht von Sonntag auf Montag."

Antonio steht immer noch, er dreht sich herum zu Juana und fragt:

„Darf ich gehen? Oder brauchen Sie mich noch?"

Juana verabschiedet den trauernden Mann und die Kommissare sind sichtlich geschockt. Nicht über die Tatsache, dass eine Prostituierte gestorben ist. Vielmehr über diese Liebe, die sicherlich eine Chance gehabt hätte, wenn Penelope zu ihrer Geschichte gestanden hätte.

Kapitel 19

Dienstag, 27.April

Chaotisch geht es bei der Arbeit der Kommissare fast täglich zu, aber es muss ja nicht auch noch auf dem Schreibtisch so aussehen, denkt sich Juana. Stück für Stück werden nun die Schriften und Schmierzettel, die Akten und die Berichte sortiert. Hier findet sie auch die zwischenzeitlich eingetroffene Telefonliste wieder, die Manolos Chef ihr zugefaxte. Mit den Daten der Liste, die alle Telefonate der Prostituierten Rosa Tierra beinhalten, wollen die Ermittler nun Überschneidungen, also gemeinsame Gespräche, feststellen.

Zur Überraschung der beiden, werden sie fündig.

„Pedro, schau dir das mal an. Zahlreiche Anrufe, die bei Rosa eingegangen sind, kamen zwar aus der Bank, aber von einem anderen Anschluss. Es ist eindeutig nicht Manolos Dienstnummer. Bitte erkundige dich, zum wem dieser Anschluss gehört."

Mit Hilfe einer List will Pedro zum Ziel gelangen. Er wählt die Nummer aus der Liste und erreicht einen Diego Santana. Geschickt verwickelt Pedro den Mann in ein Gespräch. So erfährt der Ermittler, dass es sich bei dem Angestellten der Bank um den unmittelbaren Kollegen von Manolo handelt. Die beiden Männer sitzen sich sogar in einem Büro gegenüber.

„Ich habe diesen Diego vorgeladen. Bin gespannt, was er uns zu sagen hat. Er kommt in etwa einer Stunde."

Juana, die noch immer mit dem Aufräumen ihres Schreibtisches beschäftigt ist, macht noch eine weitere Entdeckung. In einem nicht beschrifteten Umschlag entdeckt sie die Fotos, die Pedro am Tag der Beerdigung der Ermordeten gemacht hat.

„Die habe ich total vergessen", beichtet sie ihrem Kollegen.

„Wir wollten uns die Fotos doch gleich am nächsten Tag ansehen!

„Bei der Ordnung auf deinem Schreibtisch wundert mich das nicht", erwidert Pedro.

„Zuerst kommt jetzt dieser Diego, danach die Fotos."

Klein, unscheinbar und übergewichtig erscheint Diego Santana im Büro der Kommissare. Blonde, ungepflegte Haare, die dringend eines neuen Schnittes bedürften, eine viel zu enge Hose und ein aus der Mode gekommenes Hemd vervollständigen das Bild des Bankers.

„Wir haben Sie heute vorgeladen, weil wir uns gerne mit Ihnen über Ihre Telefonate, die Sie in der Bank getätigt haben, unterhalten möchten", beginnt Juana das Gespräch.

„Ich verstehe nicht. Die fallen unter das Bankgeheimnis. Was wollen Sie von mir?"

„Señor Santana, es geht nicht um die Gespräche mit Ihren Kunden. Die interessieren uns nicht. Wir möchten nur über Ihre Anrufe bei Rosa Tierra sprechen."
Der Verdächtige schaut Juana ungläubig an.

„Das ist ja sehr schön. Ich kenne aber keine Rosa. Ich habe auch nie diese Rosa Irgendwas angerufen. Was soll das?"
Juana zeigt dem verunsicherten Mann die Liste mit den Telefonaten, die von seinem Anschluss aus getätigt wurden.

„Ich kenne leider nicht alle Telefonnummern aus dem Kopf. Sie sehen ja, ich telefoniere zig Mal am Tag. Das wäre nun wirklich zu viel von mir verlangt. Ich kann mich nur wiederholen. Ich kenne keine Frau, die Rosa heißt, die ich angerufen hätte."

„Ich habe eine Bitte an Sie: Wählen Sie doch bitte diese Nummer und sprechen mit der Frau. Wir werden ja sehen!"
Diego schüttelt seinen Kopf. Er nimmt den Hörer entgegen, der zu dem Diensttelefon Juanas gehört und wählt die Nummer, die ihm von Pedro angesagt wird. Nach zweimaligem Läuten meldet sich Rosa Tierra.

„Hallo. Ich heiße Diego. Ich soll Sie anrufen. Ich weiß aber ehrlich gesagt nicht, warum. Erklären Sie doch bitte mal, ob Sie mich kennen. Ich sitze hier bei der Polizei in Chiclana."

Rosa Tierra stellt Diego einige Fragen. Schnell hat sie erkannt, worum es in diesem Gespräch geht. Sie bittet Diego, er solle den Hörer doch mal an die Kommissarin weitergeben. Juana übernimmt das Gespräch.

„Rosa Tierra hat ausgesagt ", erklärt sie nun Diego und ihrem Kollegen Pedro, „sie hätte noch nie mit diesem Mann gesprochen. Er sei kein Kunde!"

„Warum glauben Sie mir nicht. Wer ist denn diese Rosa eigentlich?", will der inzwischen ziemlich sauer gewordene Mann wissen.

„Da Sie die Person nicht kennen, spielt es ja auch keine Rolle. Sie können wieder gehen. Danke", erwidert Juana.

„Moment. Es interessiert mich schon. Immerhin hat ja jemand von meinem Telefon aus mit dieser Person gesprochen. Wann soll das gewesen sein? An welchem Tag, um welche Zeit?"

Pedro blättert in der Liste und teilt Diego die Daten mit. Der wiederum zieht einen Notizkalender aus seiner Hosentasche und beginnt darin zu blättern.

„Das ist ja seltsam. Wissen Sie was? An all diesen Tag hatte ich frei. Hier schauen Sie selbst. Ich bin gar nicht im Büro gewesen. Dann wird es wohl Manolo gewesen sein. Mein Kollege", stellt Diego fest.

„Danke. Darum kümmern wir uns. Sie können jetzt wirklich gehen", erklärt Juana und öffnet die Tür ihres Büros um den Mann aus dem Zimmer zu entlassen.

„Nun bin ich aber platt. Hat Manolo also doch mit der Nutte telefoniert. Wir werden ihn unbedingt nochmals befragen müssen."

Pedro notiert sich den Verlauf der Vernehmung und seine Kollegin hat nun auf ihrem Schreibtisch alle Fotos der Beisetzung der Lisa ausgebreitet.

„Schwer zu sagen, wer hier nicht dazu gehört. Schau mal, Pedro. Diese Frau, die kenne ich nicht. Da bin ich mir ganz sicher. Außerdem steht hier, allerdings halb verdeckt, ein mir unbekannter Mann. Kannst du mit den Gesichtern etwas anfangen?"

Pedro beendet seine Arbeit und geht um den gemeinsamen Schreibtisch herum zu seiner Kollegin.

„Ich werde diese Abzüge vergrößern, dann ist es einfacher. Moment nur, die Bilder habe ich alle in meinem Computer gespeichert."

Juana erwidert, dass sie die moderne Technik schon alleine deshalb so liebe.

Kurze Zeit später starren die beiden auf die vergrößerten, neu ausgedruckten Bilder.

„Das ist Julia Baja, die Kindergärtnerin des Kleinen. Aber der Mann daneben? Nie gesehen. Die große dunkelhaarige Frau hier, gleich neben Rosa Tierra kenne ich auch nicht. Sonst eben nur Familie und die Nachbarn, die wir auch alle schon befragt haben. Sogar der Chef aus der Gärtnerei ist gekommen. Gut. Kümmern wir uns um die beiden Fremden. Willst du vielleicht mal Manolo fragen, um wen es sich dabei handelt?"

Pedro stimmt zu und macht sich bewaffnet mit den Vergrößerungen auf den Weg zu dem Witwer.

Juana nutzt die Gelegenheit, allein im Büro zu sein, um ihren Freund anzurufen. Es ist schon wieder so lange her, dass sie sich gesehen haben. Eine Beziehung, die noch relativ frisch ist, sollte nicht durch den Beruf so hart geprüft werden. Juana sehnt sich nach ihrem Ramon. Leider erreicht sie jetzt auch nur wieder die Mailbox. Eine weitere Nachricht für ihn, warum nur meldet er sich nicht? Juana wird sie sich immer öfter bewusst, dass sie überlegt, ob die Beziehung wohl noch eine Chance hat. Ob er wohl noch in Chiclana ist, oder vielleicht schon wieder im Norden des Landes? Wenn er schon so weit entfernt ist, anrufen könnte er doch schließlich mal. Ob Ramon gar keine Sehnsucht nach mir hat? Vielleicht tröstet er sich ja mit einer anderen Frau? Vielleicht war diese Einladung ja doch nur ein Vorwand? Die Gedanken kreisen und Juana steigert sich immer weiter hinein, dabei schneidet Ramon immer schlechter ab. Eine richtige Versöhnung hatte es nach der letzten Beregnung auch nicht gegeben. Unterbrochen werden diese Hirngespinste unverhofft von einem Anruf. Pedro meldet sich aus dem Auto. Manolos Erklärungen scheinen dem Ermittler plausibel. Zufällig hat er, nachdem er das Haus der Levantes verlassen hatte, Rosa Tierra auf der Straße entdeckt.

„Ich beobachte, ob sie zu Manolo geht. Es dauert noch etwas, nur damit du dich nicht wunderst. Ich melde mich wieder", berichtet er seiner Kollegin.

Tatsächlich, nach weiteren zehn Minuten meldet sich Pedro erneut bei Juana.

„Sie hat kurz vor der Tür gestanden, auf der Straße. Dann ist sie weitergegangen. Kein Klingeln, kein Versuch, zu Manolo zu gehen. Ich hatte das Empfinden, sie wollte mit ihm sprechen, traut sich aber nicht. Sie hat mich nicht gesehen, daran kann es nicht gelegen haben. Aber Juana, mir ist etwas aufgefallen. Ich berichte es, wenn ich wieder bei dir bin. Fahre jetzt los."

Pedro hat das Gespräch unterbrochen. Juana hat das Gespräch verfolgt, würde sie jetzt jemand nach dem Inhalt fragen, sie könnte es nicht wiedergeben. Zu sehr sind ihre Gedanken bei Ramon. So schrickt sie auch erst hoch, als Pedro ihr gemeinsames Büro betritt.

„Ich habe eine Überraschung für dich!", strahlt der Ermittler und legt seiner Juana einen Strauß gelber Rosen auf den Tisch.

„Hier, meine Liebe, für dich. Für die netteste Kollegin bei der Policia National."

Juana ist verlegen, ihr Teint rötet sich. Normalerweise kann sie mit den Anwandlungen ihres Kollegen sehr gut umgehen, heute aber, nach den finsteren Gedanken an ihren Freund, fühlt sie sich ertappt.

„Danke Pedro. Die sind aber wunderschön."

„Genau wie du!", erwidert er kurz mit einem Lächeln.

„Kannst du mir mal erzählen, was du erreicht hast? Ich meine, bei Manolo?"

Pedro berichtet, dass Manolo den Namen der uns unbekannten Frau auf dem Foto kenne. Persönlich aber habe er sie bis zur Beerdigung nie gesehen. Sie heißt Marie Paz und ist eine alte Freundin der Verstorbenen. Sie wohnt nicht mehr in Chiclana. Sie ist eigens zur Beerdigung aus Sevilla angereist, sagte er, glaube ich. Lisas Eltern hätten sie informiert, hat Manolo erwähnt. Zu dem Mann, der noch auf den Fotos zu sehen ist, konnte Manolo nicht wirklich etwas sagen. Nur so viel, dass diese Kindergärtnerin ihn mitgebracht hat. Er selbst kenne ihn nicht.

„Aber, was viel interessanter war, ich habe dir doch am Telefon von Rosa Tierra erzählt. Sie stand eine ganze Weile vor der Haustür der Levantes. Irgendwas hält sie davon ab, zu klingeln. Keine Ahnung. Du errätst aber nicht, was sie trug! Eine Perücke mit dunklen und schulterlangen Haaren und einen langen dunklen Mantel!"
Juana schaut zu Pedro. Fragend. Dann blättert sie in einer Akte.

„Du meist, die Unbekannte aus dem Taxi?"
Pedro erwidert:

„Könnte doch sein? Die Größe stimmt doch."

„Ich kann mir aber nicht vorstellen, warum sie in diesem Aufzug dann zu Manolos Haus geht. Das macht doch keinen Sinn. Damit würde sie sich doch selber enttarnen."

„Klar. Aber, sie stand in diesem Outfit vor Manolos Haus. Daran kann man drehen, so viel man will. Ich habe sie gesehen."

„Ich mache mir später dazu meine Gedanken. Jetzt will ich kurz bei Lisas Eltern anrufen. Ich bin gespannt, was sie mir zu der Freundin berichten können. Vielleicht könntest du in der Zwischenzeit bei der Kindergärtnerin anrufen und dich nach dem Unbekannten informieren. Wenn sie ihn mitgebracht hat, wird sie schließlich wissen, wer er ist."
Beide Ermittler beenden ihre Gespräche und schauen sich dann erwartungsvoll an.

„Du fängst an. Ich bin die Jüngere. Außerdem bin ich die Chefin", frotzelt Juana ihren Kollegen an.

„Einverstanden. Julia hat mir erzählt, der Unbekannte sei gar nicht so unbekannt. Es ist ihr Vater. Moralische Unterstützung sollte er seiner Tochter gewähren. Alleine wollte sie nicht auf diese Beerdigung gehen, hat sie mir berichtet. Klingt plausibel. Und nun du. Was hast du erreicht?", fragt Pedro.

„Lisas Mutter hat erzählt, die Freundin hätte früher, also vor der Ehe mit Manolo, eine ganz engen Kontakt zu Lisa gepflegt. Die waren, so sagt man wohl, ganz dicke miteinander. Aber als Manolo in ihr Leben kam, haben sich die beiden immer weiter voneinander entfernt. Irgendwann schlief die Freundschaft ein. Lisas Mutter sagte, sie sei immer traurig darüber gewesen, denn die beiden Mädchen hätten so viele gemeinsame Erinnerungen gehabt. Aber so ist das Leben, der eine kommt, der andere geht."

„Und nun? Wie geht es weiter?", will Pedro wissen.

„Es bleibt für uns zu klären, warum Rosa in dieser Verkleidung vor Manolos Haus gestanden hat und dann, was es mit den Anrufen auf sich hat."

Kapitel 20
Mittwoch, 28.April

Hilfe, egal von welcher Stelle auch, nehmen die Kommissare gerne entgegen. Leider bleiben Hinweise jede Art aus. Auch der heutige Anruf der Ärztin Dr. Lozano brachte keine Hilfe. Der kleine Rico Levante wäre noch immer in ihrer Behandlung, aber machte keine Fortschritte. Die Bilder, die der kleine Junge bei seiner Therapie anfertigte, zeigten immer dasselbe Motiv. Auf einen Täter gebe es keinen Hinweis. Der bereits angekündigte Abschlussbericht sei in Arbeit und würde den Kommissaren per Post zugehen, so wie bereits beim letzten Besuch der Ärztin angekündigt.

Da nun schon zwei Wochen seit der schrecklichen Tat vergangen sind und die Ermittler noch immer keinen brauchbaren Hinweis erhalten haben, ist die Stimmung im Kommissariat fast auf dem Nullpunkt. Auch Juanas Optimismus kann da nicht wirklich helfen. Kurz vor dem Mittag erscheint die Prostituierte Rosa Tierra auf dem Kommissariat. Juana hatte sie erneut vorgeladen um mit ihr über den gestrigen Besuch vor der Haustür der Levantes zu sprechen.

„Ich komme ja immer gerne zu Ihnen, obwohl ich wirklich keinen Grund dafür sehe. Es sei denn", erklärt sie mit einem Augenzwinkern an Pedro gerichtet, „Sie wollten mich wiedersehen!"

„Ich wollte Sie wiedersehen!", erwidert Juana.

„Was haben Sie gestern vor dem Haus der Levantes gemacht?"

„Ich?", fragt Rosa, indem sie die drei Buchstaben ganz lang zieht.

„Ja, Sie! Sie haben eine ganze Zeit vor dem Haus gestanden und sich anscheinend nicht getraut das Haus zu betreten. Nun möchten wir gerne wissen, was Sie dort wollten. Ganz einfach. Oder?"

„Ich weiß es nicht. Ehrlich."

„Was soll das heißen? Sie verkleiden sich, eine schulterlange Perücke mit dunklen Haaren konnte ich erkennen. Dann gehen Sie zum Haus der Levantes und bleiben dort wie angewurzelt vor der Tür stehen. Nicht einen Versuch haben Sie unternommen, in das Haus zu gelangen. Es hätte dabei genügt zu klingeln. Manolo war daheim. Also, was wollten Sie wirklich?"

„Sie haben Recht. Ich habe mich nicht getraut zu klingeln. Ich wollte Manolo meine Hilfe anbieten. Immerhin kannte ich Lisa sehr gut. Die Kinder sind alleine mit ihrem Vater. Schließlich bin ich auch eine Frau und könnte irgendetwas Gutes für die Levantes tun. Aber als ich da so stand, ich bin ganz ehrlich, da hat mich der Mut verlassen. Plötzlich sah ich Lisa, wie sie mit mir in der Stadt einkaufen war. Ich hörte ihr Lachen. Ich habe sogar ihr Parfüm gerochen. Mir wurde klar, dass Manolo meine Hilfe sicherlich gar nicht wollte. Er war immer gegen diese Freundschaft. Lisa und eine Nutte! So hat er doch über mich gedacht. Aber auch ich bin ein Mensch. Auch eine Nutte hat Gefühle und auch einer Nutte kann man wehtun. Nicht nur körperlich, sondern vor allem mit solchen Bemerkungen. Lisa und ich waren wirklich gut befreundet. Alles haben wir besprochen. Mit ihr konnte ich auch über meine Freier reden, ohne Angst haben zu müssen, sie würde es weiter erzählen. Lisa konnte ich vertrauen, so wie ich keinem anderen Menschen je vertraut habe. Manolo sollte mir diese Erinnerung nicht zerstören. Darum bin ich weitergegangen ohne zu klingeln. Nachträglich denke ich, es war richtig."

„Was ich noch wissen möchte, Rosa, war Manolo je bei Ihnen? Als Kunde? Hat er Ihre Dienste in Anspruch genommen? Oder es versucht?"

170

Rosa schweigt. Juana lässt nicht locker. Aber Rosa bleibt der Kommissarin heute eine Antwort schuldig. Wortlos erhebt sie sich von ihrem Stuhl und verlässt das Büro. Fast könnte man die Gedanken der beiden Kommissare im Raum schweben sehen. Beide Ermittler schweigen und gehen in Gedanken das soeben durch das Verlassen von Rosa Tierra abrupt beendete Gespräch noch einmal durch. Unerwartet, wie alles was jetzt passiert wäre, klingelt das Telefon. Juana erwacht aus ihren Gedanken und nimmt es entgegen.

„Ich denke, Pedro, wir sollten mit dem Blumengeschäft telefonieren. Ruf an und frage, ob heute oder eventuell gestern ein Strauß dunkelroter Rosen gekauft wurde. Bei allen Läden, deren Adressen wir haben."

„Was ist geschehen? Wieder Rosen?", will Pedro von seiner Chefin wissen.

„Du hast es erfasst. Manolo berichtet, ein großer Strauß dunkelroter Rosen lag heute Mittag auf dem Kühler seines Autos. Er hatte das Fahrzeug auf dem Parkplatz der Bank abgestellt. Das ist neu. Sonst lagen die Blumen immer vor der Wohnung. Warum legt der Rosenkavalier seine Blumen jetzt auf Manolos Auto? Kannst du mir das erklären?"

„Das ist sehr seltsam. Ich könnte ja noch verstehen, wenn er sie ans Grab legt, auf den Friedhof. Aber auf Manolos Auto? Vielleicht ein Zufall? Vielleicht hat sie dort jemand aus Versehen abgelegt."

„Das glaubst du aber nicht wirklich? Dunkelrote Rosen auf Manolos Auto sollen ein Zufall sein? Niemals. Hast du in den letzten fünf Jahren zufällig auf deinem Auto Blumen vorgefunden? Du brauchst nicht zu antworten. Ich kenne die Antwort. Sie lautet: nein."

„Aber warum? Warum legt jemand Rosen auf Manolos Auto? Kannst du mir das erklären?"

„Lass uns gemeinsam versuchen, einen Grund dafür zu suchen. Es könnte sein, wir sind dem Rosenkavalier bei unserer Ermittlungsarbeit zu nah gekommen, er will uns ablenken. Durch den Strauß auf dem Auto, eine falsche Fährte legen. Oder, er weiß, dass wir vor dem Haus waren. Deshalb hat er sich nicht getraut, die Blumen bei den Levantes zu Hause abzulegen, so wie bisher."

Juana macht eine Pause und überlegt. Pedro ist von seinem Stuhl aufgestanden. Er stellt sich hinter seine Kollegin und versucht eine weitere Erklärung zu finden.

„Aber was ist denn, wenn die Blumen gar nicht von einem Mann für Lisa waren, sondern von einer Frau für Manolo?"

Juana dreht sich mit ihrem Stuhl um und schaut in Pedros Gesicht.

„Eine durchaus interessante Annahme. Das bringt unsere bisherige Arbeit total durcheinander. Es stimmt insoweit, als dass ja auch eine Frau im Taxi, diese große mit dem langen Mantel, zu dem Haus der Levantes gefahren war. Wir haben uns um eventuelle Liebhaber von Lisa gekümmert aber nicht um eine Geliebte von Manolo. Keiner der Befragten hat uns dazu einen Hinweis gegeben. Manolo hätte gar keine Zeit sich eine Geliebte zu leisten. Davon bin ich überzeugt!"

„Juana, nichts ist unmöglich. Aber bei Manolo wären Anrufe auf der Liste – der Versuch zumindest, seine

172

Geliebte zu erreichen. Keine Anrufe. Keine Hinweise auf eine Liebschaft. Ich gebe dir Recht. Viele Männer hätten gerne eine Zweitfrau, aber Manolo? Drei Kinder, um die er sich kümmert. Weder die Eltern noch die Schwiegereltern haben auch nur einen Hinweis oder einen Verdacht geäußert."

„Dann also doch die Prostituierte? Die Anrufe sind noch nicht geklärt! Eigentlich kann nur Manolo von diesem Anschluss im Büro der Bank aus bei Rosa angerufen haben. Der Kollege hatte Urlaub, das ist überprüft worden. Glaubst du, ein anderer Angestellter hätte das Büro der zwei Kollegen betreten und von dort aus angerufen?"

„Nun, vielleicht um von sich abzulenken? Vielleicht sogar der Chef der Bank?", stellt Pedro fest.

„Wir können doch nicht alle Angestellten der Bank überprüfen? Wir müssen es über Rosa Tierra versuchen. Das ist der einzige Weg. Fragen wir sie. Nein. Wir überprüfen erneut die Telefonate, seit Lisas Tod und laufend. Veranlass das doch bitte", erteilt Juana ihrem Kollegen den Auftrag.

Pedro hat eine ganze Latte von Telefonaten zu erledigen. Alle bekannten Blumengeschäfte und die erforderlichen Stellen im Haus, damit Listen über die Telefonverbindungen erstellt werden. Juana, die von ihrem Vorgesetzten über den aktuellen Stand der Ermittlungen im Fall der ermordeten Lisa Levante befragt wird, erscheint erst eine knappe Stunde später wieder bei ihrem Kollegen Pedro im Büro.

„Ich dachte, du hättest schon Feierabend gemacht. Ohne mir eine gute Nacht zu wünschen!"

„Wie könnte ich das? Ich war beim Chef. Die werden langsam ungenießbar, wenn wir nicht bald Erfolge liefern. Die Presse spricht nicht gerade gut über uns. Ich kann es verstehen. Hast du was erreicht mit deinen Anrufen?"

„Die Blumengeschäfte in Chiclana haben keine dunkelroten Rosen verkauft. Ich habe alle erreicht. Allerdings nicht den Pavillon in Cádiz. Es gibt keinen Anschluss. Listen der Gespräche sind angefordert, kommen morgen. Und dann hat man mir zugesagt, werden die Gespräche täglich an uns weitergeleitet. Jeden Morgen auf deinem Schreibtisch. Mehr kann ich nicht tun."

„Es ist jetzt gleich neun Uhr. Was hältst du von einem Essen? Ich habe einen Bärenhunger?"

„Nichts lieber als das. Wonach sehnst du dich? Pizza? Tapas? Chinamann?", will Pedro von seiner Chefin wissen.

„Ist mir egal, Hauptsache nicht in der Nähe des Kommissariats. Möglichst weit weg und ohne Kollegen. Den Rest überlasse ich dir."

Das ist ja fast ein Freibrief für Pedro. Im Kopf sortiert er Lokalitäten, die romantisch sind. Wenn er eine solche Chance erhält, soll es auch richtig gut werden. Juana und Pedro verlassen nur eine viertel Stunde später das Büro. Mit Pedros Privatwagen fahren sie aus der Stadt. Die dunkelrote, untergehende Sonne begleitet die beiden, bis Pedro endlich das Fahrzeug stoppt. Abseits der großen Straße führt Pedro seine Kollegin in ein kleines, unscheinbares Lokal. Einige Fahrzeuge stehen bereits vor dem Restaurant. Gemeinsam treten sie ein.

„Hier bin ich noch nie gewesen. Sieht nett aus. Danke Pedro. Eine gute Wahl."

174

Die beiden Kollegen suchen sich einen Tisch, der am Rande des Raumes liegt. Hier können sie ungestört sein, keiner wird ihnen zuhören. Pedro bestellt allein, auf Juanas ausdrücklichen Wunsch. Ihr ist heute alles recht. Der Fall läuft nicht so, wie er sollte. Die Ermittlungen sind festgefahren. Es gibt keine heiße Spur, die zum Täter führt. Und in Juanas Privatleben ist zurzeit auch kein Licht am Horizont. Ramon hat wieder nicht zurückgerufen. Die wievielte Mail unbeantwortet blieb, weiß Juana gar nicht mehr.

„Komm, stoße an mit mir", fordert Pedro seine Chefin auf, die in Gedanken versunken ist.

„Ich will heute Abend nicht an Arbeit und nicht an morgen denken. Einfach nur genießen. Meinst du, wir kriegen das hin?"

Pedro wird alles dafür tun, dass es seiner Juana besser geht. Drei Gänge hat er bestellt. Das Essen ist vorzüglich. Der Wein, den Juana genussvoll und im Übermaß genießt, tut seine Wirkung. Sie entspannt sich, wird locker und vergisst sogar ihren in letzter Zeit so unzuverlässigen Ramon.

„Es war ein wunderschöner Abend. Pedro, ich danke dir. Endlich konnte ich mal wieder entspannen. Ich bin ganz stolz auf mich, denn wir haben nicht ein einziges Mal von der Arbeit gesprochen."

Auf dem Weg zum geparkten Auto legt Pedro vorsichtig seinen Arm um Juanas Schulter. Sie lässt es zu. Die Fahrt nach Hause dauert nur zehn Minuten, denkt Pedro während er den Motor startet. Viel zu kurz, so schnell möchte er den Abend noch nicht beenden. So wählt er einen Umweg.

„Wohin fahren wir? Hier geht es weder nach Hause noch ins Kommissariat."

„Ich dachte, wir könnten den wunderschönen Abend noch mit einem Blick aufs Meer beenden. Was meinst du? Spontanität ist doch immer deine Sache!"
Pedro parkt den Wagen bereits und ein leichter Wind kräuselt die ans Ufer plätschernden Wellen. Pedro steigt aus und öffnet Juana die Autotür mit den Worten:

„Komm, wir gehen noch ein paar Meter."
Bereitwillig stimmt Juana zu. Am Ende des Parkplatzes verläuft eine Promenade, die durch eine zum Verweilen einladende Mauer zum Strand hin begrenzt wird. Hier sitzt das Paar und schaut auf den nicht enden wollenden Atlantik. Pedro legt seinen Arm um Juanas Taille und ist verwundert, denn es gibt keine Gegenwehr. Auch der Versuch sein Gesicht auf Juanas Schulter zu platzieren bleibt unkommentiert. Zärtlich drückt Pedro seiner Juana einen Kuss auf die Wange. Langsam dreht Juana ihren Kopf zur Seite und schaut in Pedros Augen.

„Was machst du denn?", fragt sie zärtlich.

„Wonach sieht es denn aus?", erwidert Pedro.

„So genau weiß ich das nicht. Richtig ist es bestimmt nicht."

„Alles, was man von Herzen tut, kann nur richtig sein. Du weißt, wie sehr ich dich verehre. Und nicht nur das. Wir sind doch das Paar. Ich weiß es schon so lange, es gibt gar keinen anderen Weg."

„Ich glaube, wir sollten es nicht tun. Arbeit und Liebe, das verträgt sich nicht. Lass uns doch nicht den Job kaputt

176

machen. Ich wäre sehr traurig, ich will doch mit dir zusammen arbeiten."

Die beiden schauen sich noch immer tief in die Augen. Und dann passiert es. Juana und Pedro küssen sich, lange und sehr leidenschaftlich. Pedros Herz klopft so stark, dass es Juana durch die dicke Kleidung spüren kann. Sie wehrt sich nicht mehr. Juana hat sich ihrem Schicksal ergeben.

„Danke, dass du mich nach Hause gefahren hast. Ich gehe jetzt alleine in meine Wohnung. Ich muss nachdenken und schlafen! Morgen ist ein anstrengender Tag. Vielen Dank für den traumhaften Abend. Ich habe mich lange nicht mehr so wohl gefühlt."

Die beiden küssen sich ein letztes Mal. Juana steigt aus, sie dreht sich nicht mehr um und verschwindet im Haus.

Kapitel 21

Donnerstag, 29. April

Unruhig war die letzte Nacht. Erst gegen Morgen ist Juana in einen Art Dämmerschlaf gefallen. Nicht zuletzt, weil ihre Gedanken immer wieder um den letzten Abend kreisen. Hat sie nicht einen Riesenfehler gemacht? War es nicht das, was sie immer verhindern wollte? Eine Beziehung zu einem Kollegen?

Sie betritt ihr Büro und der Duft frischgebrühten Kaffees zieht in ihre Nase. Pedro sitzt schon hinter seinem Schreibtisch und liest in den Akten. Wie immer, wirft sie schwungvoll ihre Tasche auf den Boden neben ihrem Stuhl. Als ihr Blick zu Pedro geht, entdeckt sie auf ihrem Schreibtisch eine kleine, schlanke Vase mit einer einzelnen, dunkelroten Rose.

„Guten Morgen Pedro. Sag bloß, der Rosenkavalier hat sich gemeldet?"

Mit einem Zwinkern zeigt sie auf die Vase mit der Rose.

„Danke."

„Ich habe hier schon die Liste mit den Telefonaten der Rosa Tierra erhalten. Keine erwähnenswerten Anrufe. Wollen wir nach Cádiz fahren? Wegen des Blumenstraußes auf Manolos Auto?"

„Ich hatte eigentlich gehofft, du könntest deinen Freund in Cádiz anrufen. Sie könnten uns den Weg abnehmen. Der Weg ist nur um eine einzige Frage zu stellen eigentlich zu lang. Sicherlich hat der Täter die Rosen auch dieses Mal nicht in Cádiz gekauft. Bisher ja schließlich auch nicht. Rufst du an?"

Pedro nickt Juana zu. Zum gestrigen Abend, hat er sich vorgenommen, zunächst nichts zu sagen. Es wird sowieso rauskommen, im Kommissariat und bei den Kollegen. So lange wie möglich, denkt sich Pedro, wollen sie versuchen ihre neue Liebe zu verheimlichen. Das wird auch ganz in Juanas Sinn sein, ohne dass sie gestern darüber gesprochen hätten. So gut kennen sie sich, dass solche Absprachen unnötig sind.

Die Psychologin Dr. Lozano informiert die Ermittler über eine am Wochenende im Kindergarten stattgefundene Veranstaltung. Der kleine Rico ist seit dem Tag völlig verstört. Manolo Levante hat es erst gar nicht bemerkt, da sich die Ärztin aber jede Woche mit dem kleinen Jungen trifft, ist seine Veränderung ihr nicht entgangen. Juana

178

erkundigt sich, ob Dr. Lozano einen Hinweis erhalten hat, woran es wohl gelegen haben könnte. Die Ärztin verneint und bittet, dass sie sich einmal mit der Kindergärtnerin unterhalten sollte. Juana nimmt den Vorschlag auf und bittet Julia Baja um einen Besuch im Kommissariat. Jedoch kann sie erst erscheinen, nachdem die Kinder alle aus dem Kindergarten von ihren Eltern abgeholt worden sind. So bleibt den Polizisten etwas Leerlauf um sich mit den vorhandenen Informationen zum laufenden Fall erneut auseinander zu setzen.

„Kannst du mir mal erklären, warum wir uns mit der Freundin, also ich meine die ehemalige Freundin der Ermordeten, die auf der Beerdigung war, nicht mehr beschäftigt haben?", will Juana von ihrem Kollegen wissen.

„Ich meine in Erinnerung zu haben, die Freundschaft war lange vorbei, sie war nicht interessant."

„Trotzdem, ich möchte sie gerne sprechen. Versuch mal die junge Frau telefonisch zu erreichen. Vielleicht kann sie ja zu uns kommen. Haben wir ihre Personalien in der Akte notiert?"

„Du hast doch mit der Mutter gesprochen. Das sollte mich aber sehr wundern, wenn du nicht den Namen notiert hättest!"

„Vielen Dank für die Blumen!", erwidert Juana mit einem Schmunzeln.

Während Pedro ein Telefonat nach dem anderen erledigt informieren die Kollegen aus Cádiz Juana über das Ergebnis der Befragung der jungen Verkäuferin am Blumenstand der Plaza de las Flores. Angeblich soll die Aussage der Verkäuferin sehr fragwürdig gewesen sein.

179

Der Ermittler empfiehlt Juana daher, sollte die Frau unter Tatverdacht stehen oder in Verbindung mit der Tat zu sehen sein, doch eine persönliche Befragung in Chiclana vorzunehmen.

Etwas früher als erwartet erscheint die junge Kindergärtnerin Julia Baja bei ihnen. Juana bedankt sich bei der sympathischen Frau für ihr schnelles Erscheinen im Büro.

„Wenn ich Ihnen helfen kann, klar. Der kleine Rico liegt mir sehr am Herzen."

Gespannt hört Julia den Erläuterungen der Kommissarin zu. Alle Informationen nimmt sie auf und stellt hin und wieder auch eine Frage, so dass Juana erkennen kann, die junge Frau ist ganz bei der Sache.

„Ich werde Ihnen gerne diese Liste mit den Teil-nehmern der kleinen Feier erstellen. Ich muss dazu aber in die Unterlagen im Kindergarten schauen, aus dem Kopf bekomme ich es nicht hin. Man wird ja auch nicht jünger!"

„Es reicht, wenn Sie mir die Liste morgen per Fax senden. Haben sie einen Fax-Anschluss im Kindergarten?"

Julia Baja nickt.

„Gut. Dann haben wir alles besprochen. Nochmals Danke, dass Sie so schnell kommen konnten. Nicht alle sind so hilfsbereit, wenn es um die Polizei geht. Aber das wissen Sie sicherlich auch."

Winkend verlässt die Kindergärtnerin das Büro.

„Stell dir vor, Juana, ich habe eben mit Antonia Moreno gesprochen. Sie ist die ehemalige Freundin aus Sevilla. Nun halt dich fest. Sie wohnt gar nicht in Sevilla. Sondern in Conil. Und das schon seit zwei Jahren."

180

„Ich hatte doch mit Lisas Eltern telefoniert. Lisas Mutter hatte gesagt, die Freundin würde in Sevilla leben. Sonderbar. Wer weiß denn da nicht vom anderen? Sollte es Absicht sein, uns den wahren Wohnort zu verheimlichen? Hast du sie vorgeladen?"

„Klar. Da sie nun ja nur einen Katzensprung entfernt lebt, kann sie gerne heute noch erscheinen, dachte ich mir und habe sie für in einer Stunde bestellt."

„Das ist ja Stress. Aber ist schon in Ordnung. Ich lasse dich jetzt alleine. Ich muss unbedingt etwas besorgen, aber ich verspreche dir, in spätestens einer halben Stunde bin ich wieder hier."

Pedro kann nichts mehr erwidern, Juana hat das Büro schon verlassen.

Ein zaghaftes Klopfen weckt Pedro aus seinen Gedanken auf. Die Tür öffnet sich und ein ihm unbekanntes Gesicht schaut durch den Spalt.

„Mein Name ist Antonia Moreno. Sie wollten mich sprechen."

Pedro bittet die junge Frau ins Büro und fühlt sich in ihrer Umgebung unwohl. Dezent schaut der Ermittler auf seine Uhr und stellt fest, wie sollte es auch anders sein, Juana ist seit über einer Stunde fort.

„Warum wollten Sie mich sprechen? Ich bin mir keiner Schuld bewusst."

„Wer spricht denn hier von Schuld? Wir benötigen einige Informationen, wie Sie wissen ermitteln wir in dem Mord an Ihrer Freundin Lisa Levante."

Die junge Frau schaut erstaunt zu Pedro und redet dann wie ein Wasserfall.

„Lisa Levante. Ja, wir waren mal befreundet. Das ist aber schon ganz lange her. Man muss sich im Leben manchmal neu orientieren, damit nicht einer auf der Strecke bleibt. Wir hatten uns nichts mehr zu sagen. Ich habe Lisa schon Jahre nicht mehr gesehen. Auch telefonisch hatten wir keinerlei Kontakt. Ich weiß gar nicht, wie ich Ihnen helfen sollte?"

„Langsam. Eins nach dem anderen. Wann hatten Sie das letzte Mal mit den Levantes Kontakt?", will Pedro von der jungen Frau wissen.

„So genau kann ich das nicht sagen. Es ist schon einige Jahre her."

„Gibt es einen ganz speziellen Grund für Ihre Trennung? Ich dachte immer, Freundinnen bleiben immer miteinander verbunden."

„Ich sagte ja schon, Menschen kommen, Menschen gehen. Wir hatten uns nichts mehr zu sagen. Es passierte nicht von jetzt auf gleich. So etwas geht schleichend. Eines Tages ist es dann soweit."

Pedro fasst nach.

„Sie wohnen in Conil? Schon immer?"

„Nein, nein. Ich habe früher auch in Chiclana gelebt. Auch das ergab sich so. Eine schöne Wohnung in einem Neubau, die Miete stimmt. Das war schon alles."

„Señora Moreno, Sie sind also von Chiclana direkt nach Conil gezogen?"

Antonia nickt. Sollte sie lügen, dann spielt sie ihre Sache sehr überzeugend. Plötzlich erscheint Juana im Büro. Röte im Gesicht, so als hätte sie sich sehr aufgeregt.

„Guten Tag, lassen Sie sich nicht stören. Mach weiter, Pedro. Ich bin still."

„Wann sind Sie denn in diese tolle Wohnung gezogen?"

„Ich verstehe überhaupt nicht, was das mit Lisa zu tun hat? Was wollen Sie von mir? Ich weiß nicht, es ist einige Jahre her."

„Kann es sein, dass Ihr Umzug, oder besser gesagt, Ihr Fortzug von Chiclana mit Manolo zu tun hatte?"

Antonia lacht laut auf, etwas zu laut, für meinen Geschmack, denkt Juana.

„Haben Sie eigentlich noch mit Lisas Eltern Kontakt?"

„Ja. Selten, aber wir telefonieren manchmal. Sie haben mich auch über den Termin der Beerdigung informiert. Darauf wollen Sie doch sicher hinaus. Luisa hat mich angerufen. Also, Lisas Mutter. Einen Tag nach dem Unglück. Es hatte mich tief getroffen, auch wenn man keinen Kontakt mehr hat. Außerdem informierte sie mich dann über den Termin der Beisetzung."

„Können Sie mir erklären, wie es kommt, dass Lisas Eltern uns erzählt haben, Sie würden in Sevilla und nicht in Conil wohnen?"

„Da müssen Sie schon die Eltern fragen. Woher soll ich denn wissen, was die alten Leute von sich geben?"

„Vorsichtig mit dem, was Sie sagen", meldet sich Juana zu Wort.

Pedro schaut auf Juana und nickt ihr zu.

„Eine Frage habe ich noch. Haben Sie schon immer diese kurzen Haare gehabt?"

„Was soll denn nun diese Frage schon wieder? Nein. Ich hatte auch schon lange Haare. Ich verändere mich gerne. Ich glaube, das tun alle Frauen gerne. Sonst noch was?"

„Nein. Sie können gehen. Wir melden uns bei Ihnen. Wir werden sicherlich noch ein weiteres Gespräch zusammen führen, da bin ich mir ganz sicher."

Antonia schüttelt den Kopf und verlässt grußlos das Büro.

„Sag jetzt bitte nichts. Pedro, ich weiß, ich wollte früher zurück sein. Es hat nicht geklappt. Komisches Weibsbild. Ich glaube sie lügt. Aber warum? Was hat sie zu verbergen? Prüf doch bitt mal nach, ob sie wirklich von Chiclana nach Conil gezogen ist. Und wann?"

„Gerne, Kollegin. Was hast du eigentlich gemacht? Warst du in Chiclana?"

Juana schaut mit einem Lächeln zu Pedro und schweigt.

Für den nächsten Tag haben die Kommissare eine lange Liste abzuarbeiten. Der Besuch oder die Vernehmung der Blumenverkäuferin aus Cádiz steht genauso auf der Liste, wie die Besucherüberprüfung des Festes im Kindergarten. Gedanken will man sich auch noch über die junge Antonia machen.

Kapitel 22
Freitag, 30. April

Wochenende! Die Kommissare freuen sich schon sehr, denn nach langer Zeit dürfen sie, vorausgesetzt nichts Unvorhersehbares kommt dazwischen, mal wieder ein freies Wochenende genießen. Während die Ermittler mit ihrem Auto nach Cádiz fahren, bereden beide, wie sie sich ihre freien Tage vorstellen.

„Wenn man dich reden hört, könnte man denken, du hast eine ganze Woche frei. Dein Programm nimmt mehr Stunden in Anspruch als eine ganze Woche hat. Wie willst du das schaffen und dich dabei auch noch erholen? Denk daran, Montag musst du wieder fit sein!"

„Es gäbe da eine ganz einfache Lösung", stellt Pedro zur Diskussion.

„Und die wäre? Aber bitte realistische Vorschläge", erwidert Juana.

„Meine Liebe, es ist ganz einfach. Wir beide ver-bringen das Wochenende zusammen. Ein schönes Frühstück, nach einem ausgedehnten Spaziergang am Meer. Nachmittags Entspannung, vielleicht im Kino? Oder ein Video, während man die Beine auf dem Sofa hochlegt? Abends ein romantisches Essen in einem Lokal deiner Wahl. Den Abend, ich denke, der ergibt sich dann."

„Halt! Du glaubst, das diese Vorschläge die richtige Lösung sind?"
Nach einer Pause, in der Pedro sie mit strahlenden Augen angeschwiegen hat, erklärt sie ihrem Kollegen, warum es so nicht geht. Pedro strahlt noch immer, so schnell gibt er nicht auf.

„Aber eine gemeinsame Sache könnten wir doch schon planen. Immerhin, es sind zwei freie Tage! Ich erleide ja Entzugserscheinungen, wie ein Drogenabhängiger ohne Stoff. Du bist für mich eine Droge! Aber so eine wie Schokolade. Eine gute und gesunde Droge. Bitte, Juana.

Lass uns doch morgen am Abend essen gehen. Ich lade dich ein. Du kannst gar nicht nein sagen."

Juana atmet tief aus, dann nickt sie, als Zustimmung. Die Tiefgarage kommt in Sicht. Plötzlich ist die Ermittlung wieder in den Vordergrund getreten, die Gedanken sind bei der Blumenverkäuferin von der Plaza de las Flores.

„Sie steht im Kiosk und bindet einen Strauß dunkelrote Rosen!", bemerkt Juana.

„Was wollen wir machen? Sie observieren?"

„Pedro. Wir können doch nicht bis zu ihrem Feierabend hier stehen und sie beobachten. Dafür reichen die Verdachtsmomente nicht aus. Für eine Observierung benötigen wir eine Zustimmung. Bei der Beweislage bekomme ich die nie."

Den Rücken zu den Kunden stehend bemerkt Martha Rosaria die beiden Ermittler nicht. Hingebungsvoll bindet sie den Strauß Rosen. Es wird hier noch mal gezogen und dort noch mal weißes Schleierkraut ergänzt.

„Das wird aber ein sehr schöner Strauß! Sind Sie heute eingeladen?"

Martha erschrickt. Hastig dreht sie sich um und schaut in Juanas Augen, die sie freundlich anlächeln.

„Nein! Wie kommen Sie darauf? Der Strauß ist bestellt worden. Er wird gegen Mittag abgeholt. Ein Kunde."

„So, für einen Kunden? Wie heißt der Kunde?", fragt Pedro die noch immer verunsicherte Verkäuferin.

„Keine Ahnung. Kunden müssen sich bei uns nicht ausweisen um Blumen zu kaufen. Das wäre ja wohl noch schöner. Was denken Sie denn?"

„Ach, ich weiß nicht. Immerhin, wir hatten Sie vor etwa zwei Wochen darum gebeten, uns über eventuelle Rosen-käufe zu informieren! Schon vergessen?", will Juana wissen.

„Ich dachte, der Fall ist längst abgeschlossen. Woher soll ich wissen, wie lange dieser Auftrag gültig ist? Sie haben sich schließlich nie wieder bei mir gemeldet."

„Seit wann wissen Sie denn von diesem Auftrag? Wann hat der Kunde den Strauß bestellt?"
Ohne zu überlegen antwortet Martha Rosaria, der Auftrag wäre schon vor einigen Tagen erteilt worden.

„Nun, dann hätten Sie doch gestern die Möglichkeit gehabt, ohne Umstände und ohne Aufwand, den Kollegen davon zu berichten."

„Daran habe ich nun wirklich nicht gedacht. Was wollen Sie eigentlich von mir? Blumen kaufen?"
Juana überlegt, ob sie die Frau, die sichtlich in Erklärungs-not geraten ist, ins Kommissariat vor-laden soll. Leise spricht sie sich mit ihrem Kollegen ab.

„Wann waren Sie das letzte Mal in Chiclana?"
Martha überlegt nicht, sie antwortet sofort, mehrere Wochen schon nicht. Warum auch? Hier in Cádiz würde sie schließlich alles Nötige bekommen. Juana fragt, ob sie keine Besuche gemacht hätte? Vielleicht einen Freund oder eine Freundin? Oder vielleicht ein Besuch eines Amtes oder einer Bank? Señora Rosaria ist verunsichert.

„Ämter? Banken? Was soll das? Ich war nicht in Chiclana."

„Was ist jetzt mit dem Strauß Rosen? Wer hat den Strauß bestellt?"

Martha versichert der Kommissarin, sie kenne den Namen des Kunden wirklich nicht. Es sei ein älterer Herr, etwa Mitte oder Ende Siebzig. Stolz hätte der Kunde über seine Frau gesprochen, erklärt sie Verkäuferin, die Blumen seien ein Geschenk zum Hochzeitstag.

„Eine Rose für je ein Jahr der Ehe sollte es werden. Neunundvierzig Rosen hat der Kunde bestellt."

„Wir behalten sie im Auge! Glauben Sie mir, sollten Sie mit den Levantes etwas zu tun haben, wir finden es heraus!"

Auf dem Rückweg fahren Juana und Pedro beim Kindergarten vorbei. Einige Namen, die auf der Liste der Besucher des Kinderfestes stehen, sind den Ermittlern neu. Hierzu wollen sie Julia Baja befragen.

„Hallo! Schön dass Sie uns hier besuchen. Schauen Sie mal, der kleine Rico ist ganz alleine. Er beteiligt sich kaum an den gemeinsamen Spielen. Ich muss sehr viel Energie aufbringen, um ihn aus der Reserve zu locken. Es gelingt mir zwar, leider aber nicht immer. Was kann ich für Sie tun?", begrüßt Julia die Kommissare freundlich.

Kurz erläutert Juana ihr Anliegen. Die unbekannten Namen gehörten den Nachbarn, erklärt die junge Frau den Kommissaren, sie werden immer mit eingeladen.

„Wenn wir hier ein Kinderfest veranstalten wird es richtig laut. Es gab noch nie Beschwerden wegen des Lärms, aber ich denke, es ist eine nette Geste, die Leute nehmen es gerne an. Einige backen sogar Kuchen, die sie mitbringen und beisteuern."

„Toll. Vielen Dank, wir werden mit den Anwohnern sprechen. Gab es Besonderheiten? Ein Besucher, der noch nie dabei war? Oder fehlte jemand?"

„Nein. Es war wie immer. Alle Eingeladenen sind auch erschienen. Sie sollten wissen, unsere Feste sind beliebt. Die Kleinen tragen etwas vor, wir singen gemeinsam. Dann das leckere Kuchenbuffet. Für die Erwachsenen gibt es auch, je nach Jahreszeit, etwas Alkoholisches zu trinken. Wir finanzieren das Fest aus Spendengeldern. Aber ich muss sagen, alle Gäste des Festes geben immer etwas dazu. Ich stelle eine Dose auf, so dass sich keiner verpflichtet fühlt Geld zu geben. In den letzten Jahren war stets mehr in der Dose, als die Feier gekostet hat. Wir sind sehr stolz darauf!"

„Danke. Sie haben uns sehr geholfen. Ein schönes Wochenende!"

Im Kommissariat angekommen überprüfen die beiden Kollegen alle Informationen, die sich in der Zwischenzeit angesammelt haben.

„Was machen wir bloß mit der Freundin, mit dieser Antonia Moreno? Ich verstehe immer noch nicht, wie die falschen Angaben zum Wohnort zustande gekommen sind? Die Eltern haben doch wirklich keinen Grund. Aber bei Antonia sehe ich auch keinen Grund. Es sei denn, sie hätte vielleicht Manolo näher gestanden als sie zugeben will. Was sagst du dazu?", fragte Juana.

Pedro überlegt einen Moment. Sein Vorschlag die Eltern der Verstorbenen erneut zu befragen hält Juana für keine so gute Idee.

„Eine Gegenüberstellung vielleicht? Reaktionen sagen oft mehr als Worte!", stellt Pedro fest

„Du bist heute ja besonders poetisch. Aber die Idee ist nicht schlecht. Vielleicht sollte es mehr so eine zufällige Begegnung sein. Auf dem Flur vor unserer Tür? Nur wenn sie nichts zu befürchten haben, besser gesagt, wenn sie nicht gelogen haben werden sie sich auch begrüßen. Es wäre einen Versuch wert. Aber, wir müssen es gut vorbereiten. Der Grund, Antonia erneut ins Kommissariat zu locken, muss immerhin glaubhaft sein. Sie würde sonst sofort Verdacht schöpfen!", schlägt Juana vor.

„Aber wir müssen in jedem Fall auch verhindern, dass sich Antonia und Manolo vor dem Besuch im Kommissariat absprechen können. Es könnte doch sein, dass die beiden regelmäßig Kontakt pflegen - wie auch immer - jedenfalls nicht über Manolos Telefone, das wissen wir."
Pedro, der im Büro auf und ab gegangen war, bleibt abrupt stehen.

„Mir kommt da gerade eine Idee! Kann es nicht sein, dass Manolo ein zweites Handy hat, von dem wir nichts wissen?"

„Wieso sind wir eigentlich nicht schon früher darauf gekommen? Ein Handy, das nur für die Geliebte da ist! Gespräche, von denen keiner wissen soll. Weder Lisa noch wir!"

„Wir haben leider keinerlei Möglichkeit dahinter zu kommen, es sei denn durch einen Zufall. Manolo wird sich kaum verraten."

„Ich habe da eine Idee, Pedro. Nimm dir doch mal die Liste mit den eingehenden Anrufen der Rosa Tierra vor.

Ruf alle Nummer an. Vielleicht hast du ja Manolo am anderen Ende!"

„Ach Juana, wenn wir dich nicht hätten!"

„Solltest du Erfolg haben, könnten wir einen Gesprächsnachweis des Anschlusses anfordern. Somit auch einen eventuellen Kontakt zu Antonia Moreno nachweisen. Aber einen Schritt nach dem anderen."

Pedro hat sich die Finger wund und die Ohren platt telefoniert. Immer wieder hört Juana ihn sagen, oh, da habe ich mich wohl verwählt. Ab und an fragt ihr Kollege auch hartnäckig nach, mit wem er am anderen Ende spricht. Nicht immer erhält Pedro auch die gewünschte Antwort.

„Ich habe einige Namen gehört, du würdest es nicht glauben. Da sind zum Beispiel der Chef der..."

„Halt! Pedro, ich will es gar nicht wissen. Mich interessiert eigentlich nur, ob du Manolo unter den Teilnehmern hattest!", sagt Juana.

Er verneint, erklärt seiner Chefin aber, nicht alle Teilnehmer hätten das Gespräch angenommen.

„Einige Telefone haben geklingelt, ohne dass sich jemand gemeldete. Zwei Mal ging sogar die Mailbox an – anonym! Diese Nummern muss ich später noch einmal überprüfen. Wie geht es weiter?"

Zwischenzeitlich hätten die Kollegen die Ergebnisse der Befragung der Nachbarn hereingereicht.

„Alle, bis auf eine Familie, die zurzeit verreist ist, wurden angetroffen. Es gibt allerdings keine brauchbaren Aussagen. Keine Verdächtigungen, keine Hinweise auf einen Zusammenhang mit Ricos Veränderung. Die fehlende Familie, besser gesagt, das Ehepaar, wird auch nicht in

Frage kommen. Es handelt sich dabei um ein älteres Ehepaar, beide über siebzig. Ich möchte aber den Gedanken der Gegenüberstellung noch mal aufnehmen. Man könnte den Kreis der Damen erweitern. Was hältst du davon, auch Rosa und Martha dazu zu bitten?"

„Du denkst daran, die drei verdächtigen Frauen vorzuladen und hier auf Manolo loszulassen?", fragt Pedro seine Kollegin.

„Nicht loszulassen. Sie sollen sich zufällig begegnen. Manolo könnte vorgeladen werden, um ihn über den aktuellen Stand der Ermittlungen zu informieren. Bei den Frauen überlege ich mir noch etwas. ¡Vamos a ver!"

„Wie weit sind wir eigentlich mit der Überprüfung der Eltern der Kinder vom Kindergarten?"
Ich habe vergessen, es dir zu sagen. Auch keine verwertbaren Hinweise. Man könnte es aber mit Rico probieren."

„Wie? Mit Rico probieren? Was meinst du damit? Rico als Versuchskaninchen?"

„Nicht ganz. Ich stelle mir da ein neues Fest vor. Alle Eltern, Kinder und Nachbarn werden erneut eingeladen. Und wir beobachten den kleinen Rico."

„Ob das so eine gute Idee ist? Vorsichtshalber solltest du mit der Seelentante darüber sprechen. Sie ist doch der Profi."

„Du meinst die Ärztin Frau Dr. Lozano? Keine schlechte Idee. Aber ich erreiche sie freitags um diese Zeit nicht mehr. Mein Vorschlag dazu: Feierabend!"

„Ich liebe diese Art von Vorschlägen. Eine Frage habe ich noch. Wann wollen wir morgen starten? Dein Versprechen mit mir zum Essen zu gehen habe ich nicht vergessen. Also, wann?"

Juana atmet tief aus. In ihrem Kopf kreisen die Namen: Ramon – Pedro - Ramon. Aber auch der Rosenkavalier macht ihr zurzeit Kopfschmerzen. Der Fall muss endlich gelöst werden. Immerhin hat sie bereits einen nachdrücklichen Rüffel ihres Vorgesetzen hinnehmen müssen. So was sollte ihr nicht passieren. Gute Ermittlungsarbeit setzt auch immer einen klaren Kopf voraus. Eine neue Liebe, eine zerrüttete Beziehung, sind das nicht alles zusätzliche Belastungen?

„Pedro ich weiß nicht. Du erhoffst dir einfach zu viel. Ich bin nicht frei im Kopf. Ich will gar nicht von Ramon sprechen. Hier geht es zuerst um unseren Fall. Lisas Mörder muss gefasst werden. Ich mache dir einen Vorschlag. Pass auf, du holst mich morgen Abend ab. Wir fahren gemeinsam in ein nettes Lokal, wir essen und trinken etwas, verbringen wir einen freundschaftlichen Abend miteinander, ohne an Arbeit zu denken. Aber auch ohne, dass du versuchst mich in die Kiste zu ziehen!"

Pedro ist sprachlos. Das Kinn ist herabgefallen. So hat er Juana noch nie reden gehört.

„Ich weiß gar nicht was ich sagen soll. Mir fehlen echt die Worte. Das klingt ja gerade so, als würde ich ständig versuchen, dich ins Bett zu kriegen. Wenn du so von mir denkst, dann gehen wir besser gar nicht essen. Entschuldige."

Die beiden stehen sich jetzt gegenüber. Sie schauen sich an.

„Es tut mir leid. Ich habe es nicht so gemeint, wie es geklungen hat. Ich bin dir auch nicht böse, versteh mich bitte richtig. Bisher konnten wir uns doch auch immer alles sagen. Ich möchte, dass es auch in diesem Fall so ist. Es war nicht abwertend gemeint. Du hast Recht, du hast es noch nie versucht. Selbst wenn, so wäre es ja auch nicht verwerflich. Ich wollte damit sagen, ich bin im Kopf nicht frei für eine neue Beziehung. Zumal die alte mit Ramon nicht beendet ist. Ich gehe gerne mit dir aus, das weißt du. Es wird auch immer so bleiben. Du bist der Kollege, mit dem ich auch in Zukunft arbeiten möchte. Aber gerade deshalb sollten wir beide uns ganz genau überlegen, was wir daraus machen. Eine schnelle Sache, die in einer Katastrophe endet, würde auch unsere Zusammenarbeit beenden. Das will ich auf keinen Fall. Du bist mir wichtig. Du inspirierst mich bei der Arbeit. Lass uns das doch nicht kaputt machen. Denk darüber nach und dann hol mich ab, gegen neun Uhr!"

Pedro ist tief bewegt.

„Gerne. Ich verspreche dir, es wird ein netter Abend."

Kapitel 23

Samstag, 1. Mai

Alle Geschäfte bleiben heute geschlossen. Juana hat sich einen freien Tag genehmigt. Auch ihr Zuhause bedarf in regelmäßigen Abständen der Pflege. Der gestrige Abend mit ihrem Kollegen verlief sehr freundschaftlich. Pedro ist sich der schwierigen Situation, in der er sich befindet, sehr wohl bewusst. Entweder das Verhältnis bleibt wie bisher: kameradschaftlich, mit dem Zusatz, dass Juana die Chefin ist, oder es wächst daraus eine neue Liebe. Dann würde es allerdings keine Zusammenarbeit mehr geben können. Auch Juana beschäftigen diese Gedanken. Dennoch erscheint es Juana anormal, dass Ramon sich nicht bei ihr meldet.

Pedro steckt seinen Kopf in die Tür des Büros. Auf dem Weg vom Tanken wollte er lediglich schauen, ob sich neue, wichtige Hinweise ergeben haben. Auf dem Schreibtisch liegen schon einige kleine Infozettel. Aber alles kann bis zum nächsten Arbeitstag warten. Die Türklinke schon in der Hand will Pedro das Büro verlassen, als das Telefon läutet. Die Versuchung den Raum zu verlassen, ohne das Gespräch anzunehmen ist groß. Doch der Kollege am Empfang weiß über seine Anwesenheit im Kommissariat Bescheid. Daher überwiegt das Verantwortungsgefühl und Pedro nimmt den Hörer ab.

Aufgeregt teilt ihm die weibliche Anruferin mit, gerade stünde in ihrem Laden ein junger Mann, der einen Strauß dunkelroter Rosen erwerben wolle. Sie hätte sich natürlich sofort an die Anfrage der Polizei erinnert und angerufen. Was sie denn nun tun solle? Ob die Polizei sofort kommen könne? Die Anruferin ist kaum zu bremsen. Pedro versucht zu erfahren, aus welchem Blumenladen sie anruft. Er verspricht, sich sofort auf den Weg zu machen und die Verkäuferin möge sich doch beim Binden des Straußes so viel Zeit wie möglich nehmen. In etwa 15 Minuten wäre er bei ihr.

Mit quietschenden Reifen verlässt Pedro das Kommissariat. Glücklicherweise ist die Stadt leer, der Feiertag! Während Pedro den kleinen Blumenladen betritt wird ihm erst bewusst, dass er niemanden informiert hat. Hoffentlich gibt es keine Schwierigkeiten, keiner könnte ihm Hilfe kommen. Tatsächlich versucht die junge Frau hinter dem Tresen einige dunkelrote Rosen in einen Strauß zu verwandeln. Pedro gibt sich mit den Worten, wir haben doch eben telefoniert, hier bin ich, zu erkennen. Erleichtert entspannt sich die junge Frau. Sie nickt Pedro zu und schaut auf den Kunden, der noch immer völlig ruhig auf die Fertigstellung des Straußes wartet. Abschätzend betrachtet Pedro den Mann. Etwa Anfang bis Mitte Dreißig. Sehr gepflegt und überdurchschnittlich modisch gekleidet. Netter Kerl, denkt Pedro. Den Ausweis der Policia National in der Hand stellt sich Pedro nun vor den Kunden. Gleichzeitig verschließt er ihm so die Möglichkeit den Laden zu verlassen.

„Ich bin von der Policia National. Mein Name ist Pedro Clares. Ich möchte einen Blick auf Ihren Ausweis werfen. Holen sie ihn bitte ganz langsam aus der Tasche. Keine hektischen Bewegungen, wenn ich bitten darf!"

„Was ist denn nun los? Ja, sofort. Er steckt in meinem Portemonnaie, hinten in der Hose. Das ist ja hier wie im Krimi."

Der junge Mann holt ganz langsam und vorsichtig seine Geldbörse aus der Gesäßtasche seiner Jeans. Pedro ist angespannt. Er verfolgt jede Bewegung seines Gegenübers mit Adleraugen. Die Verkäuferin hat sich schutzsuchend in die hintere Ecke des Ladens verzogen. Nun hält der Mann Pedro seinen Ausweis unter die Augen.

„Sie heißen Pablo Montero? Sie wohnen in Chiclana?" Pedros Nähe, so scheint es, ist dem Mann unangenehm, er entfernt sich Schritt für Schritt von ihm.

„Wer ist denn die Glückliche? Für wen sind die Rosen bestimmt?", folgen gleich die nächsten Fragen, nachdem Pablo nur nickend reagiert hat.

„Für meine Verlobte. Wir haben heute den zweiten Jahrestag. Ich will ihr die Blumen schenken."

„Kann ich Ihre Verlobte telefonisch erreichen? Wo wohnt sie?"

„Sicherlich können Sie Antonia anrufen. Aber, was soll das? Ist es verboten Rosen zu kaufen und zu verschenken? Ich verstehe das hier alles nicht!"

„Bitte. Zuerst die Telefonnummer Ihrer Freundin. Dann sehen wir weiter."

Pedro wählt die Telefonnummer, die Pablo ihm ohne Nachzuschlagen mitteilt. Es meldet sich tatsächlich eine Antonia. Sie bestätigt alle gemachten Angaben. Sowohl den Jahrestag als auch die Verlobung mit Pablo. Pedro entschuldigt sich am Telefon bei der Dame. Mit einem erleichterten Lächeln erklärt Pedro dem jungen Mann, wie es zu diesem Polizeieinsatz gekommen ist. Auch die Verkäuferin hat sich wieder in die Nähe ihres Kunden gewagt, nachdem seine Unschuld wohl bewiesen scheint. Der Kunde entspannt sich zusehends.

Auf dem Weg nach Hause lacht Pedro leise in seinem Auto vor sich hin. Glücklich darüber, dass dieser Einsatz so harmlos beendet werden konnte fährt der Kommissar nach

Hause. Sicherlich wäre ein anderer und erfolgreicher Ausgang wesentlich erfreulicher gewesen, dennoch, alleine im Einsatz, ohne die ausreichende Rückendeckung ist Pedro so viel wohler. Außerdem kann er seiner Chefin am Montag etwas Spannendes berichten.

Kapitel 23
Montag, 3. Mai

Ausgeruht erscheint Juana in ihrem Büro. Der erste Blick fällt auf eine langstielige rote Rose, die in einer zarten Vase aus einem hochwertigen Kristall auf ihrem Schreibtisch steht. Pedro scheint bereits vor ihr zum Dienst erschienen zu sein, ist aber im Augenblick nicht im Büro. Das aber ändert sich in der nächsten Minute. Strahlend betritt er den Raum und begrüßt seine Chefin. Erwartungsvoll nimmt er hinter seinem Schreibtisch Platz. Juana hat ihn durchschaut. Die Rose findet zwar ihren Gefallen, aber kein einziges Wort kommt über ihre Lippen. Sachlich erklärt sie, der erste Anruf des Tages solle der Ärztin gelten. Sie wolle sich nach einer Möglichkeit eines spontanen Festes im Kindergarten erkundigen. Schneller als erwartet ist das Gespräch beendet. Die Psychologin lehnt jede weitere Aktion, die den kleinen Rico belasten könnte, ab. Nicht gerade enttäuscht, aber unbefriedigt blättert Juana in der Ermittlungsakte mit der Aufschrift: Lisa.

„Pedro, ich komme beim Blättern immer wieder auf diese ehemalige Freundin der Toten: Antonia Moreno. Manolos Reaktion hat mich wohl unterbewusst angesprochen. Gestern fiel es mir wieder ein. Wir sollten noch mal mit Manolo sprechen. Ich möchte gerne seine Reaktion auf Antonia Moreno sehen."

Die Kommissare haben Glück. Der Witwer ist im Haus. Anscheinend geht er noch immer nicht regelmäßig seiner Arbeit nach. Sicherlich ist die Erklärung in der Betreuung der Kinder zu suchen. Manolo ist heute in wesentlich besserer Verfassung als noch beim letzten Besuch. Bereitwillig bittet er die Kommissare in den Salon und erfragt den Grund ihres Besuches. Seine Reaktion auf die Nennung des Namens Antonia ist aber normal. Juana versucht Manolo aus der Reserve zu locken, sie fragt nach Fotos. Dazu holt der Familienvater einige Fotoalben, die er durchblättert. Hier und da hält er inne, schaut mit einem Lächeln auf die Bilder. Vergeblich wartet Juana jedoch auf das Auffinden eines Fotos der ehemaligen Freundin. Nicht ein Schnappschuss existiert in den alten Alben. Unverrichteter Dinge verlassen die Ermittler die Wohnung wieder. Noch im Auto erörtern die beiden erneut die Verdächtigen. Sie sind sich einig, es bleiben drei Personen, die in den engeren Fokus gelangt sind. Das ist eben die besagte Freundin aus Conil, Antonia Moreno. Dann Rosa Tierra, die Prostituierte und Freundin der Ermordeten. Als Drittes bleibt die Blumenverkäuferin aus Cádiz, Martha Rosaria. Genaugenommen haben aber alle Verdächtigen kein Motiv. Vor der Staatsanwaltschaft hätte Juana keine guten Karten, würde sie diese Frauen als Mörderinnen präsentieren.

Pedro parkt den Wagen und öffnet Juana die Wagentür. Danach weicht er keinen Schritt von ihrer Seite, auch nicht als sie beide bereits das Kommissariat betreten haben. Ein

Beobachter müsste denken, die zwei wären zusammenge-
wachsen. Dieses Prozedere wiederholt sich, als Pedro die
Tür des gemeinsamen Büros öffnet. Juana schaut ihren
Kollegen an und sagt, während sie den Inhalt ihrer
Jackentasche auf den Schreibtisch legt:

„Ich muss mal nachsehen, ob ich Hundekuchen in der
Tasche habe! Die magst Du sicher, oder, warum dackeltest
du sonst immer neben mir her?"

Pedro, der schon wieder neben seiner Kollegin steht, sucht
zuerst noch mit nach den genannten Hundekuchen. Dann
erst begreift er die Worte seiner Juana! Er geht einen
Schritt zur Seite.

„So denkst du über mich? Ich dachte, ich mache dir eine
Freude?"

„Eine Freude? Indem du ständig an meinem nicht
vorhandenen Rockzipfel hängst? Das kann nicht dein Ernst
sein? Für die Rose sage ich vielen Dank. Sie ist sehr
schön. Womit habe ich sie verdient?", will Juana wissen.

Pedro erzählt ihr vom Vorfall des vergangenen Sonn-
abends. Den verdächtigen jungen Mann im Blumenladen.
Auch seinen nicht ordnungsgemäß gelaufenen Einsatz
erwähnt er sicherheitshalber. Juana hört gespannt zu. Auf
die Erklärung zu der Rose wartet sie allerdings vergeblich.
Nur ein Kopfschütteln ist Juanas Antwort auf das Geständnis. Ihre Gedanken beschäftigen sich mit den Verdächtigen.
Da ist Rosa Tierra. Sie gibt an mit der Toten befreundet
gewesen zu sein. Manolo hat sie nicht gekannt. Wenn es
aber genau anders ist. Wenn Manolo und Rosa ein
Verhältnis haben? Wenn Lisa ihrer angeblichen Freundin
im Weg war? Vielleicht sind die Aussagen der Prostituierten

in Bezug auf Männer falsch gewesen? Rosa Tierra ist vor dem Haus der Levantes gesehen worden, das hat eine Augenzeugin berichtet. Aber welchen Sinn machen dann die roten Rosen vor der Haustür? Und wenn die in gar keinem Zusammenhang zum Mord stehen? Vielleicht hatte Lisa doch einen Verehrer, von dem ihr Mann nichts wusste? Warum aber dann die Rosen auf Manolos Auto? Der lange Mantel, die Perücken, es passt alles. Aber es macht so keinen Sinn. Und dann ist da noch die Blumenverkäuferin aus Cádiz. Martha Rosaria hat sich sehr verdächtig benommen. Auch sie ist im Besitz eines langen, dunklen Mantels. Auch bei ihr bleiben Fragen zur Änderung der Frisur offen. Ein Motiv kann Juana nicht erkennen, aber ihr Bauch, der schon so oft in kritischen Ermittlungsphasen geholfen hat, der sagt ihr, da stimmt etwas nicht! Als dritte Verdächtige bleibt Antonia Moreno, die ehemalige Freundin Lisas. Warum das Hin und Her mit der Anschrift? Chiclana, Sevilla, Conil? Was stimmt denn nun? Welche Rolle spielen Lisas Eltern bei den Angaben zum Wohnort von Antonia? Alle diese Gedanken streifen durch Juanas Kopf. Zuletzt bleiben Fragezeichen übrig. Die dunkelroten Rosen vor der Haustür der Levantes passen nicht in das Bild.

„Ich möchte, dass du alle vier Personen, also Manolo und die drei verdächtigen Frauen zu einem Termin vorlädst. Ich will ein Zusammentreffen!"

Das war keine Bitte, sondern die Erteilung eines dienstlichen Auftrages. Am besten, denkt er, nur ausführen, sonst schweigen!

„Ich habe alle erreicht, der Termin für die Befragung ist auf heute Nachmittag um fünfzehn Uhr. Ich hoffe, du bist einverstanden. Ich halte es für besser, den Termin so schnell wie möglich anzuberaumen, sonst könnten sich die Betroffenen eventuell noch absprechen", meint Pedro.

Ein sachlicher Bericht. Juana bemerkt es natürlich, äußert sich aber nicht dazu. Umso erfreuter ist der Kommissar, als Juana ihn auf eine kleine Tapa und einen Kaffee in die gegenüberliegende Bar einlädt.

„Ich gehe mit dir dorthin, unter der Auflage, dass das Thema Polizei im Büro bleibt. Kein Wort vom Fall!"

Pedro ist mehr als zufrieden, denn nichts ist ihm lieber.

Im Nebenraum des Büros der beiden Kommissare soll das Treffen der Verdächtigen statt-finden. Die Personen sollen zeitlich gesteuert in den Raum geführt werden. Als erstes erscheint, so wie Pedro es geplant hat, Manolo auf dem Kommissariat. Juana führt den Witwer in das Zimmer.

„Er hat den kleinen Rico mitgebracht. Ob ich das nun gut finde?", fragt Pedro.

„Rico ist auch da? Prima! Besser hätte es doch gar nicht laufen können?", sagt Juana euphorisch.

„Dich soll nun einer verstehen. Wieso ist das denn nun schon wieder gut? Erkläre es mir bitte."

„Wir gehen doch immer noch davon aus, dass der kleine Rico den Mörder vielleicht doch gesehen oder gehört hat, während er im Schrank war. Sollte der Mörder heute unter den Vorgeladenen sein, werden wir an der Reaktion des Kleinen etwas ablesen können, irgendetwas."

Pedro schweigt und nickt. Seine Gedanken werden durch ein Klopfen unterbrochen. Es erscheint Rosa Tierra. Heute hat sie sich mit der Kleidung zurückgehalten. Sie könnte durchaus als Versicherungsangestellte durchgehen. Juana

202

und Pedro schauen sich an: das Spiel kann beginnen. Rosa wird um einen Moment Geduld gebeten, sie bleibt im Raum stehen. Die Möbel wurden durch die Kommissare so umgestellt, dass es nur eine Möglichkeit für Rosa gibt, um zu warten, ohne Gefahr zu laufen, die sich eventuell öffnende Tür in den Rücken zu bekommen. So ist der Plan aufgegangen. Juana hat das Büro genau durch diese besagte Tür verlassen und ist in den danebenliegenden Raum zu Manolo gegangen. Eine Verbindungstür, die Rosa Tierra nicht erkennen kann, verbindet die beiden Räume. Diese öffnet Juana nun. Durch das Geräusch wird Rosa aufmerksam. Sie dreht sich um, reflexartig, wie man es tut, wenn man ein unbekanntes Geräusch vernommen hat. Manolo blickt in ihr Gesicht. Sie kennen sich. Juana ist sich ganz sicher. Nicht nur vom Tag der Beisetzung, in der die beiden so weit wie möglich getrennt voneinander standen. Das war Juana allerdings nicht aufgefallen.

„Du hier?", kommt es zaghaft aus Rosas Mund.

Der kleine Rico läuft zu ihr und fällt ihr um den Hals. Das Kind kennt die Prostituierte, das wissen die Kommissare.

„Señora Tierra, kommen Sie doch. Setzten Sie sich zu uns. Warum haben Sie uns verschwiegen, dass Sie sich kennen? Manolo und Sie? Warum haben Sie uns angelogen?"

„Ich weiß es nicht", erklärt Rosa Tierra.

Sie verharrt einen Moment, dann spricht sie weiter.

„Es ist nun eigentlich auch egal. Lisa ist tot. Wir können ihr nicht mehr wehtun. Nur darum haben wir geschwiegen. Ja, Sie haben Recht, wir kennen uns. Nicht erst seit kurzem. Ich war neugierig. Lisa hat immer so viel über

Manolo erzählt. Sie hat geschwärmt, so einen guten Mann zu haben. Sicher, es gab auch Streit bei den beiden, auch davon hatte sie mir berichtet. Über Sex wollte Lisa nie reden, da kam mir die Idee mit Manolo. Ich habe angerufen, als ich genau wusste, dass Lisa nicht im Haus war. Manolo wusste ja, dass Lisa mich immer besuchte. Ich habe ihn neugierig gemacht. Sie können mir glauben, es war nicht schwer ihn zu überreden. Ich sagte, ich wollte ihn kennenlernen, nur auf einen Sekt oder Kaffee", erklärt Rosa.

„Hör auf! Sprich nicht weiter!", schreit Manolo dazwischen.

„Denk an den Kleinen. Er muss es doch nicht hören." Rosa schaut zu Rico, ganz zärtlich ist ihr Blick.

„Rico, wir beide verstehen uns, nicht wahr?", dabei streicht sie dem Jungen über die Locken.

„Manolo war bei mir. Zuerst auf einen Sekt, dabei blieb es nicht. Mehr muss ich nicht sagen. Den Rest können Sie sich auch so denken. Er kam nicht regelmäßig, vielleicht drei oder vier Mal. Eines Tages erklärte er mir, er könne nicht mehr kommen. Sein Gewissen! So, nun kennen Sie die ganze Geschichte. Mehr war nicht."
Juana wartet einen Augenblick. Sie schaut zu Manolo, dann zu Rosa und dann wieder zu Manolo.

„Wann waren Sie das letzte Mal bei Rosa? Aber bitte die Wahrheit", fragt die Kommissarin.

„Ich weiß es nicht mehr genau. Nicht in diesem Jahr. Im letzten Sommer irgendwann. Ich habe es mir nicht gemerkt, auch nicht aufgeschrieben. Ich schäme mich, vor allem jetzt, wo Lisa tot ist", stottert Manolo.

„Glauben Sie, und damit meine ich sie beide, Sie wissen, wer für den Mord verantwortlich ist? Es kann doch nicht mit den gemeinsamen Treffen im letzten Jahr im Zusammenhang stehen? Haben Sie eine Idee?"

Manolo schüttelt den Kopf und erklärt, er hätte es wohl schon lange erzählt, wenn er eine Idee zu dieser grausamen Tat gehabt hätte! Rosa Tierra schweigt. Sie ist in Gedanken versunken.

„Señora Tierra, haben Sie eine Idee?"

„Entschuldigen Sie. Nein, ich habe auch keine Idee. Ich war es nicht. Lisa war meine beste und einzige Freundin in der Stadt. Frauen in meinem Beruf haben nicht so viele Freundinnen. Schon gar nicht aus der normalen Welt", erklärt sie der Kommissarin, wobei sie mit den Fingern kleine Gänsefüßchen in die Luft zeichnet bei den Worten: normale Welt. Rosa wird aus dem Raum geführt. Manolo und Rico müssen bleiben. Pedro sorgt dafür, dass sich der kleine Junge die Zeit mit einigen Stiften und einem Block vertreiben kann. Dann wird die nächste Frau aus einem anderen Büro in Juanas Büro geführt. Das Spiel mit dem Öffnen der Türen wiederholt sich. Manolo schaut auf die Person der Blumen-verkäuferin Martha Rosaria. Kurz und interessiert, aber ohne irgendeine Regung. Juana versucht es mit einer List.

„Sie kennen sich? Martha Rosaria und Manolo Levante?", fragt sie Manolo.

„Nein. Ich wüsste nicht woher. Ich habe diese Frau noch nie gesehen."

Absolut ehrlich, entscheidet Pedro für sich. Auch Juana entnimmt dem Auftreten der Verkäuferin aus Cádiz, dass sich diese zwei noch nie begegnet sind. Die Tür zwischen den beidem Zimmern wird erneut geschlossen und Señora Rosaria darf wieder zurück nach Cádiz fahren. Eine Verdächtige weniger, schon alleine darüber ist Juana froh. Nun bleibt die letzte der drei Frauen. Auch Antonia wird ins Büro geholt, Juana erscheint kurze Zeit später wieder bei Manolo.

„Was haben Sie denn für ein Spiel mit mir vor? Haben Sie alle Frauen aus Chiclana vorgeladen? Warum? Ich verstehe sie nicht", fragt Manolo.

Als er dann aber die junge Frau im Büro nebenan entdeckt, ist es mit seiner Fassung vorbei.

„Ich glaube es nicht. Meine ganze Vergangenheit kommt hier heute aus dem Nebenbüro. Antonia, wie schön dich zu sehen."

Señora Moreno ist nicht so erfreut wie Manolo. Unangenehm scheint ihr das Treffen bei der Polizei zu sein. Das Gesicht verfärbt sich, immer mehr Röte steigt in ihm auf. Nachdem Juana sie aufgefordert hat, Platz zu nehmen, folgt sie der Anweisung zögerlich.

„Nun? Was haben Sie uns verschwiegen? Erzählen Sie. Aber bitte die ganze Wahrheit!"

„Lass, ich mache das. Es ist jetzt sowieso alles egal. Die Sache mit Rosa, glauben Sie mir, das ist aus Neugier passiert. Ich wollte wissen, ob es bei einer, nun Sie wissen schon, ob es da anders ist. Als es passiert war, tat es mir leid. Ich wollte Lisa nicht betrügen. Die Sache mit Toni ist viel früher gewesen", gibt Manolo zu.

„Toni?", fragt Pedro.

„Antonia, ich habe immer Toni zu ihr gesagt. Wir hatten ein Verhältnis. Aber es ist lange her. Viele Jahre. Lisa ist nie dahinter gekommen, aber sie war misstrauisch. Darauf haben wir den Kontakt abgebrochen. Toni ist fortgezogen. Das ist die Wahrheit. Ich habe sie erst auf der Beerdigung wieder gesehen."

Manolo verstummt. Seine Blick ist auf Antonia, genannt Toni gerichtet.

„Was können Sie uns dazu sagen? Stimmt es, was Manolo ausgesagt hat?"

„Kommissarin, er hat die Wahrheit gesagt. Ich habe ihn geliebt. So habe ich noch nie vorher einen Mann geliebt. Und auch nie mehr danach! Ich hätte damals alles gegeben um bei Manolo bleiben zu können. Aber Lisa war meine Freundin. Ich konnte ihr nicht den Mann nehmen. Paulo war schon auf der Welt, hätte ich dem Kind die Familien zerstören sollen? Nein. Ich habe eingesehen, einsehen müssen, es gab keine Zukunft für mich und Manolo. Dann habe ich mir eine Wohnung gesucht. Bin fortgezogen. Ich habe überall erzählt ich sei nach Sevilla gezogen. Das stimmte aber nicht. Ich habe es nur nach Conil geschafft. Je weiter ich mich von Chiclana entfernt habe, je größer wurde der Schmerz in meiner Brust", erklärt Toni unter Tränen.

Sie schaut hoch, schaut Manolo an und legt ihm seine Hand auf den Arm.

„Vielleicht habe ich ja jetzt noch eine Chance bei dir. Die Kinder brauchen wieder eine neue Mutter. Überlege es dir. Ich bin da. Ich warte auf dich. Ich habe immer auf dich gewartet. Ich hätte aber niemals Lisa etwas antun können. Mord? Niemals."

Nachdem die Levantes und Toni das Kommissariat verlassen haben sitzen die Ermittler in ihrem gemeinsamen Büro. Ziemlich niedergeschlagen und ernüchtert schauen sie aus. Aus den drei Verdächtigen ist nicht eine übergeblieben. Die Aussagen der Frauen waren glaubwürdig. Manolo hat es alles bestätigt. Rico hat nur bei Rosa Tierra eine Reaktion gezeigt, die anderen beiden Frauen kannte er nicht.

„Wir sind wieder am Anfang. Ich bin selten so ratlos bei einem Fall gewesen, wie bei diesem Mord. Was wollen wir machen? Hast du eine Idee, über die wir noch nicht gesprochen haben?", fragt Juana ihren Kollegen.

„Seit einiger Zeit hat es keine neuen Rosen mehr gegeben. Der Täter hat sich zurückgezogen. Wir haben ihn sicherlich aufgeschreckt. Vielleicht haben wir schon mit ihm gesprochen. Die Blumen auf Manolos Auto, an die muss ich immer denken."

„Lass uns mal überlegen, wer, losgelöst von echten, also realen Personen, hätte ein Motiv für den Mord an Lisa. Gäbe es einen Geliebten, so hätte man Manolo ermordet. Die Augenzeugin hat eine Frau gesehen, mit dem langen Mantel. Es muss also um Manolo gehen. Manolo hat aber keine Geliebte. Vielleicht gibt es eine Frau, die Manolo gar nicht kennt oder die er nie wahrgenommen hat. So etwas gibt es doch?"

Juana zieht die Stirn kraus und antwortet ihrem Kollegen.

„Sicherlich. Eine Person, die krankhaft in Manolo verliebt ist. Sie hätte ein Motiv gehabt. Die Rosen ergeben aber

208

keinen Sinn. Warum schenkt die krankhaft Verliebte ihrer Konkurrentin Rosen, noch dazu dunkelrote?"

„Aber es könnte doch sein, dass die Blumen gar nicht für Lisa bestimmt waren? Vielleicht waren sie ein Geschenk für Manolo? Dann würden die Blumen auf dem Auto auch einen Sinn ergeben!"

„Gar nicht so schlecht, Pedro. Eine Frau, die sich in Manolo verliebt hat, noch nie mit ihm gesprochen hat und sich nicht zu erkennen gibt. Nun denke ich wieder an diese Toni. Sie liebt Manolo. Sie hätte ein Motiv. Mich stört daran aber, dass ich ihr glaube. Außerdem hat sie uns selbst darauf gebracht. Sie hat sich hier vor uns zu Manolo bekannt. Nein, Toni ist es nicht. Sie liebt Manolo, aber Lisa hat ihr sehr nahe gestanden. Auch die Eltern haben es bestätigt. Wer ist die Unbekannte? Wo müssen wir nach ihr suchen? Auf der Arbeit? In der Nachbarschaft?"

„Juana, was ist mit Rico? Er, so glauben wir ja immer noch, kennt die Unbekannte doch. Kann sie nicht auch aus dem Umfeld kommen?"

„Wie? Du meinst aus dem Schulbereich oder aus dem Kindergarten? Die Kindergärtnerin? Wie heißt sie noch? Julia? Du glaubst Julia ist in Manolo verliebt?"

„Lass uns doch noch mal mit der Psychologin sprechen? Fragen wir sie, ob es diese Julia Baja sein kann? Vielleicht gibt es keine besondere Reaktion, weil Rico sie ja jeden Tag sehen muss. Vielleicht hat er Angst? Angst etwas zu sagen? Angst, weil er den Mord an seiner Mutter mit ansehen musste?"

Juana hat wieder Mut bekommen. Sie greift sofort zum Telefon und versucht die Ärztin Dr. Lozano zu erreichen.

Pedro hat sich, während seine Chefin mit der Kinderpsychologin telefoniert, an seinen Computer gesetzt. Alle Daten über die Familie Baja werden zusammen getragen. Juana spricht lange mit der Ärztin, danach berichtet sie ihrem Kollegen über den Verlauf des Gesprächs.

„Dr. Lozano rät dringend ab, den kleinen Rico mit irgendwelchen Leuten zu konfrontieren. Zum Glück wusste sie nichts von unserer heutigen Aktion. Bin ich froh. Ricos Zustand verschlechtert sich, sagt sie. Er verschließt sich immer weiter. Insofern könnte es was mit der Kindergärtnerin zu tun haben. Allerdings, und das spricht wieder dagegen, sagt sie, gehe Rico sehr gerne in den Kindergarten. Freiwillig berichtet er immer mit leuchtenden Augen über Julia Baja. Was hast du rausgefunden, über die Familie Baja?"

„Nun, Julia ist verheiratet mit Jaime. Er ist zwei Jahre älter und arbeitet auch mit Kindern, als Lehrer in Chiclana. Es gibt noch eine Schwester von Julia, sie heißt Ines. Auch sie ist verheiratet, mit einem Arzt namens Ricardo. Beide, also Julia mit ihrem Mann und auch die Schwester Ines, wohnen in Chiclana. Die Eltern der Schwestern leben beide noch, haben auch ein eigenes Haus in Chiclana. Der Vater ist Beamter, die Mutter Hausfrau. Es sind ganz normale Bürger, keiner hat sich je etwas zu Schulden kommen lassen. Nicht mal ein Strafmandat. Nichts."

„Ich werde mal mit Julia sprechen. Sie ist sehr nett. Vielleicht hat sie eine Idee. Ich rufe sie gleich an."
Das Gespräch verläuft sehr freundlich. Julia Baja erkundigt sich bei der Kommissarin nach dem Verlauf der Ermittlungen. Selbstverständlich gibt Juana keinerlei Auskunft.

„Sie war nicht unfreundlich, auf keinen Fall. Aber sie hat leider keine Idee, die uns weiterhelfen könnte", erklärt Juana ihrem Kollegen.

„Ich hätte da eine Idee, schau doch mal in die Akte. Was fällt dir auf, wenn du gleich auf die erste Seite schaust?", fordert Pedro seine Chefin auf. Juana schlägt die Akte auf und vertieft sich in die erste Seite, dort stehen alle Beteiligten Personen mit Geburtsdaten, Wohnanschrift, Beruf, usw.

„Ich habe keine Ahnung. Was meinst du?"
Pedro ist stolz, er hat es entdeckt. Nicht Juana, nein, er hat diese Idee.

„In drei Tagen hat Mili Geburtstag! Das ist doch ein Anlass für eine Geburtstagsparty! Du musst nun mit Manolo sprechen. Und schon kann es losgehen!"
Juana nickt zufrieden.

„Man merkt, dass du schon lange mit einer sehr guten Kommissarin zusammen arbeitest. Es färbt ab! Die Idee ist genial. Ich rufe Manolo sofort an. Er wird gar nicht gefragt. Ich werde ihm sagen: So wird es gemacht."
Tatsächlich ist Manolo sofort begeistert von der Idee der Kindergeburtstagsparty im Haus der Levantes. Sollte der Täter aus dem Kreis der Kinder kommen, so wird er die Chance sicherlich nutzen, um in das Haus der Levantes zu gelangen. Täter kehren oft an den Tatort zurück. Manolo hat versprochen alle Einladungen persönlich aus-zusprechen. Im Kindergarten wird er morgen vorsprechen und Julia Baja über die geplante Feier anlässlich des dritten Geburtstages seiner Tochter Mili informieren. Für die Eltern der Kinder hat er Zettel vorbereitet, die Julia am Mittag

verteilen soll. Die Nachbarn des Kindergartens will Manolo selbst aufsuchen bei einem Spaziergang mit den Kindern am Nachmittag. Auch die Nachbarn in der Straße werden dazu eingeladen. Es wird ein großes Fest werden. Es wird Milis Geburtstagsfest. Aber es wird auch Lisas Fest. Das Fest um Lisas Mörder zu fassen! Gleichzeitig sieht Manolo aber auch eine willkommene Abwechslung für seine Kinder. Die letzten Tage waren für sie schwer genug.

Kapitel 25
Mittwoch, 5. Mai

Die Vorbereitungen im Hause Levante laufen auf Hochtouren. Viele Dinge gehen Manolo nur schwer von der Hand. So kommt die angebotene Hilfe seiner Mutter ihm gerade recht. Eine Frau, so hört man ihn sagen, kann in der Küche eben doch besser hantieren als ein Mann. Manolo hat mit der Verteilung der Einladungen genug zu tun. Im Kindergarten gibt er den Termin und den Anlass bekannt. Julia freut sich mit ihm, sieht vor allem die Kinder, die sich riesig auf den morgigen Tag freuen. Bei den unmittelbaren Nachbarn des Kinderhortes klingelt Manolo. Julia ist ihm bei der Auswahl der Häuser behilflich. Auch im Umfeld seines eigenen Hauses werden Einladungen ausgesprochen. Mit sehr viel Herzlichkeit wird die Idee des trauernden Witwers aufgenommen. Fast alle Befragten sagen für den kommenden Nachmittag zu. Manolo informiert Juana per Telefon über die unsagbare Resonanz. Auch sie wird, gemeinsam mit ihrem Kollegen Pedro zur Kaffeetafel gebeten. Manolo

212

erhält noch den Hinweis, auf jeden Fall eine Liste über alle erschienenen Gäste zu erstellen. Im Kommissariat kehrt vor diesem Tag ein wenig Ruhe ein. Juana nimmt sich erneut die Akte des noch immer nicht aufgeklärten Mordfalles „LISA" zur Hand. Pedro beobachtet seine Kollegin mit Adleraugen. Kommentarlos nimmt sie es zur Kenntnis, nur ab und zu hebt auch sie ihren Blick in seine Richtung. Fast zufällig treffen sich ihre Blicke. In Gedanken spielt Juana immer wieder durch, wie es wohl mit ihr, Ramon und Pedro weitergehen wird. Ist sie überhaupt offen für eine neue Liebe? Kann sie Ramon vergessen? Hat Pedros Liebe eine Zukunft? Wird auch sie Pedro so lieben können? So viele Jahre arbeiten die beiden Kommissare nun schon Tag für Tag zusammen. Aus seinen Gefühlen hat Pedro nie ein Geheimnis gemacht. Schnell schon, nachdem Pedro Juana zugeteilt wurde, gestand er ihr, sie wäre die Traumfrau für ihn. Mit viel Witz und Spott haben die beiden das Thema immer behandelt. Juana war jedoch klar, Pedro meint es sehr ernst. Anscheinend hat er wohl schon vor einigen Jahren mit seinem Freund Josè Albares in Cádiz über seine Gefühle gesprochen. Genau dieser José hatte Juana über die wahren Gefühle ihres Kollegen aufgeklärt. Nun aber sind die beiden sich näher gekommen. Juana war es nicht recht, aber es ist passiert. So viele Gedanken hat die Kommissarin sich schon über diese Beziehung gemacht, die ja eigentlich noch gar keine ist. Jedoch ergebnislos.

Der Tag auf dem Kommissariat bleibt ruhig. Sehr zur Freude der beiden Ermittler. Endlich bleibt Freiraum um längst überfälligen Schriftkram zu erledigen. So gleitet der

Tag ohne Höhen und Tiefen dahin und geht spurlos in einen lange erwarteten Feierabend über.

Kapitel 26
Donnerstag, 6. Mai

Manolo hat seinen Sohn wie jeden Tag in den Kindergarten gebracht. Julia gratuliert der kleinen Mili, die ihren Vater begleitet, zu ihrem Geburtstag. Alle Kinder sind schon sehr aufgeregt und freuen sich auf die bevorstehende Feier am Nachmittag. Direkt nach dem Kindergarten, stand auf der Einladung. Im Haus der Levantes laufen die Vorbereitungen auf Hochtouren. Carmen und Juan sind schon am Vortag aus Cádiz angereist. Milis Oma freut sich auf die Geburtstagsfeier. Sie hat überall im Haus Luftballons aufgehängt. Den Eingang zieren Girlanden in den unterschiedlichsten Farben. Die Kleinen sollen richtig Spaß haben. Einige Leckereien wurden eingekauft, andere hat die Oma vorbereitet. Manolo hat seinen Eltern nichts erzählt. Kein Hinweis und keine Andeutung über den eigentlichen Anlass dieser Feier. Die beiden sollen sich nicht auch noch beunruhigen.

„Was hast du denn da Spannendes?", will Pedro von seiner Kollegin wissen.

„Das ist ein Geschenk für das Geburtstagskind. Wir können doch nicht mit leeren Händen auf der Feier auftauchen."

„Was ist es denn? Es ist ja ein riesiges Paket."

214

„Ich habe einen rosa Elefanten gekauft. So ein Plüsch-
tier. Du wirst es ja nachher sehen. Er sah so niedlich aus.
Ich konnte nicht widerstehen."

Pedro lächelt seine Kollegin an. In seinem Kopf spielen die
Gedanken verrückt. Er kann an nichts anderes mehr
denken als an Juana! Endlich hat er es geschafft. Sie
haben sich geküsst. Endlich hat seine Traumfrau nachge-
geben.

Gegen fünfzehn Uhr machen sich die beiden Kommissare
auf den Weg zum Haus der Levantes. Während sie ihren
Wagen parken dringt schon lautes Kindergeschrei an die
Ohren der Ermittler.

„Na, das kann ja heiter werden!", brummt Pedro.

Juana blickt interessiert auf ihren Kollegen und will von ihm
wissen, ob er denn keine Kinder mag.

„Diese Frage musste ja kommen. Klar. Jeder mag
Kinder. Aber es müssen ja nicht gleich 30 oder 40 sein!
Außerdem ist der Geräuschpegel schon an der was – noch
- gerade - zu – ertragen – Grenze angekommen. Findest du
nicht?"

Juana erwidert die Frage mit einem Augenzwinkern und
klingelt an der Haustür. Drinnen tobt der Bär! Die Kinder
spielen lautstark Kriegen durch das ganze Haus. Überall
stehen Gläser mit bunten Getränken und Tüten mit Chips
verteilen sich nicht nur auf, sondern auch unter den
Tischen. Manolo entdeckt die Kommissare und führt sie in
einen etwas ruhigeren Teil des Hauses. Hier können sie
sich unterhalten.

„Ich freue mich, dass Sie es einrichten konnten. Bisher
kann ich Ihnen aber über keine Auffälligkeiten berichten.

Wir haben dennoch eine Chance, denn es sind noch nicht alle Gäste, die zugesagt hatten, eingetroffen. Ich habe Ihnen hier eine Liste erstellt, einige Besucher haben das Fest auch schon wieder verlassen."

„Vielen Dank. Geben Sie uns die List am Ende der Feier, wenn alle Gäste darauf notiert sind. Außerdem wäre ein Hinweis nett, sollen bereits zugesagte Besucher nicht erscheinen. Und Mili? Sie ist so richtig glücklich, wie mir scheint!"

Manolo bestätigt die Vermutung der Kommissarin. Neue Gäste haben geläutet, er entschuldigt sich. Pedro und Juana bleiben etwa eine halbe Stunde, dann fahren auch sie wieder zurück aufs Kommissariat. Es ist ihnen doch zu anstrengend zwischen diesen vielen Rabauken!

Zur Entspannung machen die Beiden einen Halt auf dem Weg ins Büro. Einen kleinen Umweg ist Pedro gefahren, Juana, die es zwar bemerkte, hat keinen Kommentar dazu gegeben. Sie ist mit ihren Gedanken nicht bei der Autofahrt. Als Pedro den Wagen am Rand der Promenade am Atlantik parkt, sieht sie hoch.

„Wo sind wir? Was soll das?"

„Ich dachte, nach dem Lärm tut uns ein kleiner Moment der Stille gut. Hier sind wir ungestört. Die Sonne scheint aufs Auto und wärmt uns. Schau, das Meer ist ganz ruhig."

Pedro dreht sich zu seiner Kollegin und hält ihre Hand fest. Sie lässt ihn gewähren. Nach einem Moment jedoch, in dem keiner etwas gesagt hat, zieht sie ihre Hand aus der seinen.

„Komm, lass uns ins Kommissariat fahren. Es gibt noch viel zu tun."

„Gut. Wenn du es möchtest. Dann fahren wir", erwidert Pedro.

Gegen achtzehn Uhr klopft es an die Tür des gemeinsamen Büros. Juana bittet den Unbekannten einzutreten. Es ist Manolo.

„Ich dachte, ich bringe Ihnen die Liste gleich. Ich bin enttäuscht. Es gab keinen besonderen Besucher. Rico war wie immer, keine besonderen Reaktionen. Er hat mit seiner Schwester Geschenke ausgepackt und mit seiner Oma gespielt. Ich weiß auch nicht."

„Geben Sie mir die Liste. Vielleicht hilft es uns doch. Ach, ein Kind ist nicht gekommen? Gab es eine Erklärung? Haben die Eltern sich gemeldet?", will Juana wissen.

Angeblich, berichtet Manolo, sei das Kind erkrankt. Das liegt natürlich im Rahmen des Möglichen. Manolo verabschiedet sich wieder, er ist fast enttäuscht, dass es zu keiner besonderen Auseinandersetzung mit seinem Sohn Rico gekommen ist.

„Komm, wir fahren", erklärt Juana ihrem Kollegen, während sie sich schon die Handtasche schnappt und ihre Jacke überwirft.

„Wohin geht die Reise, schöne Frau?"

„Zur Familie Merluza. Ich will sehen, ob das Kind wirklich krank ist."

Die Fahrt dauert nicht lange, Juana steigt aus ihrem Dienstwagen aus und klingelt an der Haustür. Es dauert sehr lange, dann öffnet sich die Tür einen kleinen Spalt weit. Zum Vorschein kommt ein kleines Mädchen.

„Sind deine Eltern zu Hause? Kannst du Sie bitte mal holen!"

Im gleichen Moment kommt auch schon aus dem Inneren des Hauses eine Stimme und es nähern sich Schritte. Eine Frau so um die Vierzig steht in der Tür. Juana zeigt ihren Ausweis und bittet das Haus betreten zu dürfen.

„Die Polizei? Was wollen Sie von uns? Wir haben nichts verbrochen."

„Es ist komplizierter, als Sie denken. Ihr Kind ist krank. Sie sind heute nicht zu Milis Kindergeburtstag gekommen. Was fehlt dem Kind?"

Die Mutter steht mit offenem Mund und starrt Juana an.

„Ich kann es nicht verstehen. Deshalb kommt die Polizei zu mir nach Hause? Es geht ihr wieder besser. Sie haben es ja eben gesehen. Noch was?"

„Warum sind Sie nicht zum Geburtstag gegangen? Es liegt doch nicht an Ihrer Tochter? Was haben Sie denn da?" Juana entdeckt am Arm der Frau einen Verband. Nicht professionell angebracht, es sieht aus, als hätte die Frau sich selber verbunden.

„Nichts. Ich habe mich gestoßen und an der Klappe eines Schrankes geschnitten"

Juana fordert die Frau auf, ihr die Wunde zu zeigen. Widerwillig kommt die Frau der Aufforderung nach. Zutage kommt eine Schnittverletzung. Etwa sechs Zentimeter lang und relativ frisch. Es blutet noch etwas.

„Sie müssen damit sofort zum Arzt. Das kann sich entzünden. Außerdem muss die Wunde genäht werden. Woher haben Sie diese Verletzung? Keine Lügen bitte!", erklärt Juana.

Die Frau dreht sich weg. Das kleine Mädchen nimmt seine Mutter in ihre Arme, so gut es ein kleines Mädchen mit seinen kleinen und kurzen Armen halt so kann.

„Ihr Mann? War das Ihr Mann?"

Die Mutter nickt. Sie weint.

„Sind Sie deshalb nicht zu Mili gefahren? Hatten Sie Streit mit Ihrem Mann?"

Erneut nickt die junge Frau. Juana fordert über Funk einen Wagen an, der die verstörte Frau in die Klinik fahren soll. Zwar versucht sie im Anfang noch sich dagegen zu stäuben, Juana Überredungskünste siegen jedoch.

Im Kommissariat angekommen überlegen die beiden Ermittler, wie sie weiter fortfahren wollen. Pedro schlägt vor, die Listen der beiden Feste abzugleichen.

„Versuchen wir einfach, ob es Personen gab, die heute bei Mili gefehlt haben. Dann sehen wir weiter."

Über eine Stunde dauert diese stupide Arbeit. Dann endlich strecken sich die beiden aus, die Arme in die Höhe.

„Ich bin ganz steif vom sturen Sitzen. Was haben wir erreicht?", fragt Pedro.

„Mal abgesehen von dem kleinen Mädchen, mit der von ihrem Mann geschlagenen Mutter", Juana macht eine kurze Pause und blättert in den Unterlagen, „fallen mir nur zwei Abweichungen auf. Die unmittelbaren Nachbarn der Levantes haben heute gefehlt. Und auf der Liste des Kindergartens stehen auch noch Julias Eltern. Die waren auch nicht bei Manolo und Mili. Wir sollten uns die Nachbarn ansehen. Morgen. Heute geht bei mir nichts mehr. Wie siehst du das?", fragt Juana.

Pedro stimmt zu. Klar, wenn es um den Feierabend geht. Die Ermittler beschließen den heutigen Abend alleine, jeder für sich, zu verbringen. Juana gibt vor, einige Erledigungen machen zu wollen. Pedro ist sich aber sicher, sie schiebt eine Ausrede vor um alleine zu sein. Vielleicht will sie ja auch mit Ramon Kontakt aufnehmen, denkt sich Pedro auf der Fahrt zu sich nach Hause.

Kapitel 27
Freitag, 7. Mai

Juana beschließt, noch bevor Pedro im Büro auftaucht, Manolo zu seinen Nachbarn zu befragen. Er wird die Leute sicherlich gut kennen, vielleicht gibt es ja eine ganz einfache Erklärung, die einen Besuch nicht erforderlich macht. Während Juana bereits mit Manolo spricht, erscheint Pedro im Büro. Eine langstielige Rose in der Hand, die natürlich für seine Juana bestimmt ist.
Juana beendet das Telefonat und begrüßt ihren Kollegen.

„Pedro! Ich möchte nicht, dass du mir jeden Tag eine Rose schenkst!"

„Jetzt geht es ja wohl los! Seit wann dürfen Frauen Männern verbieten, Blumen zu kaufen? Ich liebe dich, da darf ich dir doch wohl eine Freude machen? Oder magst du keine Rosen? Soll ich eine andere Blumen kaufen?"

„Du sollst mir gar keine Blumen aufs Kommissariat bringen! Das ist ein Befehl. Nimm ihn an, ich bin deine Vorgesetzte. Übrigens, ich habe gerade mit Manolo gesprochen. Wegen der fehlenden Nachbarn auf Milis Fest.

220

Das Ehepaar ist gestern verreist. Eine schon länger geplante Reise, Manolo hatte es vergessen. Bei den ganzen Aufregungen, kein Wunder."

„Und die Eltern dieser Kindergärtnerin? Willst du die auch noch befragen warum sie nicht anwesend waren?", will Pedro wissen.

Die Geschichte mit der Blume hat ihm weg getan. Deshalb schweigt er jetzt darüber. Er will sich in Ruhe etwas überlegen, bloß nicht überstürzt handeln, denkt er sich.

„Ich kann ja Julia anrufen. Ist ja keine große Sache."

Juana erreicht die junge Kindergärtnerin. Sie ist erstaunt, dass es in diese Richtung Ermittlungen gibt. Ihre Eltern haben nun wirklich nichts mit der Sache zu tun, meint sie. Als Erklärung gibt sie an, dass bei einem Besuch im Haus der Levantes ihre Eltern nichts zu suchen hätten. Lediglich im Kindergarten wären sie bei diesem Fest dabei gewesen. Zum einen, hätte die Mutter geholfen, zum anderen, kämen ihre Eltern öfter um sie von der Arbeit abzuholen. Manolo hätte auch keine Extraeinladung ausgesprochen. Julia meint, sie wäre nie auf die Idee gekommen, ihre Eltern mit zu Milis Geburtstag zu nehmen. Das leuchtet Juana ein. Sie bedankt sich bei der jungen Frau und beendet das Telefonat.

„Ich komme nicht weiter in dem Fall. Alle Ansätze verlaufen im Sande. Wir müssen etwas übersehen haben!", erklärt Juana.

Ihre Gedanken werden durch ein Klopfen an der Tür des Büros unterbrochen. Sie öffnet sich und Josè Albares betritt den Raum.

„Wau! Welche Überraschung! Wo kommst du denn her?", fragt Pedro seinen Freund, der als Polizist in Cádiz arbeitet.

„Stell dir vor, ich musste für eine Befragung nach San Fernando. Da hatte ich die Idee, fährst du einfach ein bisschen weiter und besuchst die beiden mal wieder!"
José begrüßt die beiden sehr herzlich. Sie haben sich schon längere Zeit nicht mehr gesehen.

„Hier sieht es aber verdammt nach Arbeit aus. Was habt Ihr denn Aktuelles?"

„Ach, José, wir ermitteln immer noch in dem Mordfall Lisa. Du erinnerst dich, die junge Mutter, die tot in ihrem Haus aufgefunden wurde. Wir sind wieder bei null. Alle Spuren verlaufen im Nichts."
Juana erklärt José die Einzelheiten. Berichtet über bisherige Untersuchungen und Misserfolge.

„Vielleicht kann ich euch helfen? Manchmal entdeckt ein Außenstehender Hinweise, die ihr beide immer wieder überseht", stellt José in den Raum.
Juana und Pedro stimmen zu, sie freuen sich über das Angebot ihres Cádizer Kollegen. Langsam blättert Pedros Freund in der Akte. Dabei macht er sich immer wieder auf einem Zettel einige Notizen. Juana und Pedro sind ganz still und beobachten das Geschehen. Pedro verlässt das Büro um eine Stärkung zu besorgen. Mit einem Tablett betritt er nach einer halben Stunde das Büro wieder.

„Du kommst genau richtig. Ich bin mit der Lektüre fertig. Ihr seid erstaunlich ruhig geblieben! Vielen Dank."
Juana verteilt die Tassen und stellt die Tapas, die Pedro mitgebracht hat, in die Mitte des Tisches. Während José

noch von seiner Frau berichtet genießen die Kommissare die kurze Pause.

„Ich habe einige Fragen zusammengestellt. Lass sie uns auf einen großen Bogen Papier schreiben. Wir kleben ihn an die Wand, dann lasst uns gemeinsam überlegen und die Fragen versuchen zu beantworten.

- Wer hatte Kontakt zur Familie?
- Wer hatte einen Vorteil vom Tode Lisas?
- Wer wurde schon überprüft? Wo gab es Zweifel?
- Wer wurde nicht überprüft?
- Es gab nur diesen Mord, es galt also Lisa?
- Was könnten wir übersehen haben?
- Was ist mit der Familie von Julia? Ehemann?
- Was ist mit Manolos Eltern? Unternehmen zu wenig? Viel Arbeit?

Juana schaut bewundernd zu Pedro. Sie erklärt den Männern, dass eine andere Betrachtungsweise immer gut zur Klärung eines Falles sei.

„Beginnen wir mit dem ersten Punkt: wer hatte Kontakt? Alle Freunde, die zu Besuch waren, haben wir überprüft. Dabei fällt mir ein, die Untersuchung der am Tatort gefundenen Fingerabdrücke hat keine Verdächtigen erbracht. Alle Abdrücke konnten zugeordnet werden und es gab auch eine plausible Erklärung für ihr Vorhandensein. Nichts Auffälliges. Selbst der Handwerker, der in der letzten Zeit im Haus war, wurden überprüft", versucht Juana zu erklären.

Pedro übernimmt den nächsten Punkt.

„Einen Vorteil vom Tod? Ich kann keine Person erkennen, auf die es zutrifft. Manolo und die Kinder nicht, die Familie auch nicht."

José unterbricht ihn.

„Gab es Hinweise auf außereheliche Partner? Habt Ihr festgestellt, dass einer der Eheleute fremdging?"

Juana erwidert, dass sie in dieser Frage kein Ergebnis erzielt hätten. Weder für Manolo, noch für Lisa hätten sich Hinweise auf einen anderen Sexualpartner ergeben.

„Es gab da eine Prostituierte. Sie ist die Freundin der Ermordeten. Wir haben alle Telefonnummer überprüft. Kein Ergebnis. Auch nicht für Lisa."

José übernimmt wieder einen Part.

„Lass uns den einen Punkt überspringen und für später aufsparen. Ich denke, da es keine weiteren Morde und auch keine Mordversuche gegeben hat, sollte wirklich Lisa sterben. Wäre es ein Versehen gewesen, hätte der Täter erneut zugeschlagen. Darüber sind wir uns wohl einig?"

Die Anwesenden nicken.

„Was ist mit dieser Julia Baja. Sie scheint mir nicht kooperativ zu sein. Sie hat eine erneute Feier im Kindergarten abgelehnt. Warum?"

Juana übernimmt es, darauf zu antworten. Sie erklärt, für Julia würden immer nur die Kinder im Vordergrund stehen. Ohne einen Anlass könnte sie eine erneute Feier den Eltern nicht plausibel erklären. Ganz abgesehen von den Kosten. Wer solle sie bezahlen?

„Daher war die Idee mit der Geburtstagsfeier bei Manolo doch recht geschickt. Keiner konnte glauben, dass es unsere Idee war. Immerhin, die kleine Mili hatte ihren 3.

Geburtstag. Leider gab es aber keine Hinweise auf den Täter. Übrigens haben auch die Untersuchungen durch die Psychologin keine Hinweise geliefert. Der kleine Rico, er wurde ja im Schrank gefunden, hat den Täter vermutlich noch nicht einmal gesehen", erzählt Juana.

„Was ist mit Manolos Eltern? Mochten sie Lisa?", fragt José.

„Also, die Eltern kommen auf keinen Fall in Frage. Sie waren sehr erschüttert über Lisas Tod. Wir haben sie zu Hause aufgesucht. Fast könnte man sagen, sie hatten einen kleinen Altar im Salon aufgebaut. Zu Lisas Ehren. Nein, José."

„Was ist denn mit Manolos Umfeld? Kollegen auf der Arbeit?"

Pedro erläutert, dass Manolo eher ein Einzelgänger gewesen sei. Engere Kontakte hat es nicht gegeben. Er war beliebt und es ergab sich kein Hinweis auf einen Täter aus der Bank. Stille im Raum. Die drei Kommissare schauen auf die Wand und das angebrachte Plakat. José ergreift das Wort.

„Was fällt euch auf, jetzt nachdem wir noch mal über alle Beteiligten gesprochen haben?"

Es dauert eine Zeit lang, dann beginnt Juana vorsichtig einige Gedanken auszusprechen.

„Julia. Immer wieder taucht ihr Name auf. Es ist zwar naheliegend, sie hat schließlich immer Kontakt durch den kleinen Rico im Kindergarten. Allerdings ist sie selber nicht überprüft worden. Das stimmt schon. Obwohl ich kein Motiv erkennen kann, …Ihr?"

Pedro schweigt, er scheint nachzudenken. José antwortet auf Juanas Frage.

„Sie kannte Lisa sehr gut, jedenfalls nehme ich das an. Die beiden Frauen haben sich täglich gesehen. Sie kannte auch Manolo. Auch er sei oft im Kindergarten gewesen, steht in der Akte. Vielleicht hat sie sich in ihn verliebt! Habt Ihr euch um die Ehe um ihren Ehemann gekümmert?"
Juana schüttelt den Kopf. Pedro schweigt weiter.

„Stellen wir uns mal vor, Julia und Manolo hatten eine Affäre. Lisa war ihr im Weg. Ist das kein Motiv? Eifersucht ist immer ein sehr starkes Motiv für einen Mord! Daran muss ich euch doch nicht erinnern!", erklärt José.

„Einverstanden. Wir nehmen deinen Hinweis auf, José. Wir werden uns mal um Julia Baja kümmern. Vielen Dank. Ich hoffe zwar nicht, dass du Recht hast. Aber wenn doch…, " dann schweigt Juana.

„So Ihr Lieben, jetzt muss ich wieder nach Cádiz fahren. Meine Kollegen werden mich sicherlich schon vermissen. Ich hoffe, ich konnte euch helfen. Meldet euch mal!"
Die Kommissare verabschieden sich voneinander und José Albares verlässt das Kommissariat in Chiclana.
Juana nimmt sich erneut die Akte „Lisa" zur Hand und blättert darin.

„Es stimmt, Pedro. Julia Baja haben wir zwar einige Male befragt. Aber nie unter dem Gesichtspunkt, sie könne für die Tat in Frage kommen. Vielleicht sollten wir sie mal vorladen?"

„Ich denke, es ist besser, wir besuchen sie zu Hause. Am besten unangemeldet. Was hältst du von jetzt?", fragt Pedro seine Kollegin.

226

Mittlerweile ist es nach vier Uhr am Nachmittag. Juana überlegt einen Moment, schlägt dann aber vor, den Besuch lieber auf die Abendstunden zu legen.

„Ich möchte doch auch ihren Mann erwischen."

„Ach meine liebe Juana! Jaime, der Mann von Julia ist Lehrer. Er wird also auch schon zu Hause sein. Lass mich mal machen. Ich rufe mal bei denen zu Hause an. Je nachdem, wer abnimmt, verlange ich den anderen Partner unter einem Vorwand. Mal sehen, ob beide im Haus sind!" Juana nickt schweigend. Es ist ein voller Erfolg. Pedro ist ganz begeistert, über sich selbst!

„Si!", tönt es aus der Gegensprechanlage.

„Policia National. Juana Gadi. Können wir bitte reinkommen?"
Der Summer lärmt, die Tür öffnet sich. Juana und Pedro steigen in den zweiten Stock des kleinen Mehrfamilienhauses, am Rande Chiclanas.

„Sie? Was wollen Sie denn?", empfängt Julia die Kommissare.

„Wir ermitteln, wie sie ja wissen, immer noch im Mordfall Lisa Levante. Dazu haben wir noch einige Fragen an Sie und an Ihren Mann!"

„Ich kann es zwar nicht verstehen, aber treten Sie doch ein. Wir sitzen gerade im Salon. Nehmen Sie doch bitte Platz. Darf ich vorstellen: mein Mann Jaime. Die beiden sind Kommissare. Ich habe dir doch von der jungen Mutter erzählt, die ermordet wurde", erklärt Julia ihrem Mann.
Er ist Ende Zwanzig, sehr sportlich und schaut zwar überrascht aber dennoch freundlich zu den Kommissaren.

„Wie können wir Ihnen denn helfen?", fragt Jaime.

„Kannten Sie Lisa Levante? Hatten Sie Kontakt zu ihr?" beginnt Juana das Verhör.

Jaime verneint.

„Sind Sie nicht manchmal im Kindergarten? Vielleicht um Ihre Frau abzuholen?"

„Eher selten. Ich kann mich gar nicht mehr an das letzte Mal erinnern. Wissen Sie, wenn Julia Schluss macht, bin ich noch in der Schule. Und wenn ich Urlaub habe, dann hat auch Julia frei. Das liegt in der Natur der Sache

„Sie sind also nie auf Lisa Levante getroffen? Auch nicht bei den Feiern im Kindergarten?"

„Da gehe ich nie hin. Ich habe den ganzen Tag mit Kindern zu tun, wenn ich dann Feierabend habe, reicht es mir. Die Feiern mit den Kleinen sind besonders anstrengend und laut! Meine Frau hat genügend Hilfe von Müttern. Da muss ich nicht auch noch dumm rumstehen", antwortet Jaime.

„Außerdem helfen mir ja meine Eltern immer, wenn Not am Mann ist!", fügt Julia noch hinzu.

„Sie haben keine Kinder?", fragt Juana.

„Nein. Noch nicht. Wir haben noch Zeit. Wir sind beide noch sehr jung. Wenn wir Kinder bekommen, will ich zu Hause sein, mit der Arbeit aufhören. Aber wir sparen noch auf eine größere Wohnung", erklärt Julia Baja den Kommissaren.

„Aber, Sie wollen schon noch Kinder haben?", hakt Pedro erneut nach und richtet sich dabei an Jaime Baja.

„Na sicher. Vielleicht in drei oder vier Jahren."

„Julia, Ihre Eltern helfen Ihnen immer im Kindergarten? Ich meine, bei Festen?", fragt Juana.

„Ja. Das machen sie eigentlich schon seit einigen Jahren. Manchmal kommt meine Mutter alleine, manchmal kommen auch beide zusammen."

„Ihre Eltern, Julia, führen sie eine gute Ehe?", fragt Juana nun.

Julia ist erschrocken. Ihre Gesichtsfarbe verändert sich.

„Ich glaube, Ihre Fragen gehen zu weit. Was hat denn nun die Ehe meiner Eltern mit dem Mord an Lisa Levante zu tun?"

„Wir wissen es noch nicht. Darum fragen wir. Wie ist die Ehe Ihrer Eltern?"

„Dazu sage ich Ihnen nichts. Wenn Sie es wissen wollen, fragen Sie doch meine Eltern. Ich möchte, dass sie jetzt gehen. Für heute waren das schon sehr viele Fragen. Zu viele, wenn Sie mich fragen."

Julia komplimentiert die Kommissare hinaus. Sie verabschieden sich und gehen zu ihrem Auto.

„Sollten wir da ins Schwarze getroffen haben?", bemerkt Pedro.

„Vielleicht sollten wir die Eltern befragen. Laden wir sie vor. Ins Kommissariat", fügt Pedro hinzu.

Die Kommissare fahren ins Büro und erledigen es direkt per Telefon. Für den nächsten Morgen.

Kapitel 28

Sonnabend, 8. Mai

„Sie hatten angerufen, wir sollten ins Kommissariat kommen. Wir wissen nicht warum. Sie können uns glauben, wir waren sehr erstaunt als Ihr Anruf gestern Abend kam."
Luis Aragon sitzt neben seiner Frau im Büro der Kommissare. Luis, Julia Bajas Vater, ist Anfang Fünfzig und seit vielen Jahren beim Registro in Chiclana angestellt. Seine Frau Maria ist Ende Vierzig, sieht aber viel älter aus. Das eher unzeitgemäß wirkende Ehepaar wartet nun auf eine plausible Erklärung der Kommissare. Juana und Pedro beobachten die beiden, einige Minuten lang ohne auch nur ein Wort der Erläuterung zu geben.

„Was ist denn nun? Wir haben ja auch nicht ewig Zeit!"

„Señor Aragon, Señora Aragon, vielen Dank für Ihr Erscheinen. Sie brauchen sich wirklich nicht so aufzuregen. Sie wissen sicherlich durch ihre Tochter Julia, dass wir in einem Mordfall ermitteln. Eine junge Mutter, sie hat drei Kinder, wurde brutal in ihrem eigenen Schlafzimmer erschlagen. Den Täter oder die Täterin haben wir leider immer noch nicht gefasst. Wir versuchen nun alles menschenmögliche, befragen alle Personen, die auch nur im Entferntesten mit Lisa bekannt waren. Dazu gehören auch Sie. Durch Ihre Tochter. Es gibt also keinen Grund, sich hier so aufzuspielen. Sie können doch nicht wollen, dass diese Bestie weiter auf freiem Fuß ist?"
Juana schweigt wieder und beobachtet das Paar.

„Wie können wir Ihnen helfen?", fragt Maria.
Ihr Mann blickt grimmig zu seiner Frau.

„Hier ist ein Foto von Lisa. Kennen Sie die junge Frau? Vielleicht haben Sie Lisa ja mal im Kindergarten kennengelernt?"

Juana reicht das Foto an das Paar. Luis betrachtet das Foto lange, verneint dann aber. Maria wirft einen flüchtigen Blick auf das Foto und antwortet der Kommissarin, sie kenne die Frau nicht. Da sie so gut wie nie im Kindergarten sei, hätte sie auch gar keine Gelegenheit gehabt, auf Lisa zu stoßen.

„Aber auf den Feiern im Kindergarten sind Sie doch immer gewesen? Das sagt Ihre Tochter jedenfalls aus. Stimmt das nicht?", fragt Juana provokant.

„Doch, natürlich. Sicher. Bei den Festen. Ja, und ab und zu haben wir unsere Tochter auch von der Arbeit abgeholt. Dann waren die Kinder immer schon alle fort. Es waren also auch keine Mütter mehr im Kindergarten", gibt Maria an.

„Und Sie, Luis? Sie haben die Frau auch noch nie gesehen?"

„Ich kann mich nicht daran erinnern. Vielleicht bin ich ihr begegnet, aber ich kann mich wirklich nicht an das Gesicht erinnern", erklärt Julias Vater.

„Was machen Sie denn so in Ihrer Freizeit? Haben Sie bestimmt Hobbys? Gehen Sie zum Tanzen? Oder fahren Sie mit dem Rad?", fragt Juana.

Maria antwortet:

„Ich weiß zwar nicht, was das mit dem Mord zu tun hat. Aber bitte, wir haben ja nichts zu verheimlichen. Wissen Sie Frau Kommissarin, früher haben wir sehr viel zusammen unternommen. Aber seit mein Mann im Registro mehr

Verantwortung übertragen bekommen hat, arbeitet er auch viel mehr als früher. So bleibe ich oft auf der Strecke. Ich will mich nicht beschweren, wir haben ein sehr schönes, wenn auch kleines, Haus. Da gibt es immer etwas zu tun. Ich höre viel Musik und ab und zu lese ich auch mal ein Buch. Selbst dazu fehlt meinem Mann die Zeit. Er tut mir schon leid, aber was soll es, das ist eben das Los der Männer."

Juana hakt nach.

„Sie lieben Ihren Job wohl sehr, Luis?"

Er nickt nur, antwortet aber nicht. Er fühlt sich unwohl im Büro der Kommissare. Das kann man ganz genau erkennen.

„Nun gut, es geht mich auch gar nichts an. Es hat, wie Sie schon sagen, nichts mit dem Mord an der jungen Frau zu tun. Sie können dann gehen. Wenn Sie Lisa nicht gekannt haben, können Sie uns auch nicht helfen. Vielen Dank."

Maria und Luis verabschieden sich. Die beiden sind verwirrt. Irgendwie. Weder Pedro noch Juana können es genau erklären.

„Heute werden wir in der Sache nicht ermitteln können. Das Registro hat geschlossen, es ist Sonnabend. Montag wirst du gleich anrufen und dich mit Luis Chef verbinden lassen. Das mit den Überstunden hätte ich gerne bestätigt."

„Warum hast du eigentlich gesagt, dass Lisa erschlagen wurde? Das stimmt doch gar nicht", fragt Pedro seine Chefin.

„Das liegt doch auf der Hand. Ich werde hier keine Details der Tat preisgeben. Der Täter oder die Täterin werden sich vielleicht mal versprechen. Polizeischule, aber das ist schon lange her bei dir!", frotzelt Juana.

„Ich werde dir gleich helfen, lange her! Sei nicht so frech zu deinem Lieblingskollegen. Was machen wir heute? Wollen wir zusammen ausgehen? Zum Essen fahren? Vielleicht tanzen? Oder bei dir oder mir einen Film ansehen?", fragt Pedro.

„Weder noch. Ich brauche Ruhe. Ich muss nachdenken. Ich weiß nicht, wie es weiter gehen soll. Ich habe den Kopf einfach nicht frei. So lange der Mörder von Lisa noch frei rumläuft, kann ich mich auf nichts einlassen. Du musst es doch verstehen. Du bist auch Polizist."

„Sicher. Gerade deshalb. Du brauchst Abstand, damit du einen freien Kopf bekommst. Und was, wenn du den Täter gefasst hast? Dann kommt der nächste Fall? Und wieder der nächste Mord? Du kannst doch nicht die Entscheidung von der Arbeit abhängig machen!", erwidert Pedro.

„Siehst du. Genau deshalb wollte ich keine Beziehung zu dir. Es ist eben immer besser, wenn man Beruf und Privates trennt. Wir sehen uns jeden Tag, es ist halt schwierig. Lass mir Zeit. Ich verspreche dir, ich werde mich entscheiden. Aber ich weiß noch nicht wie. Und so lange ich mir nicht sicher bin, werden wir uns nicht mehr privat treffen. Habe ich mich da klar genug ausgedrückt?"

„Ja. Ist schon gut. Pedro hat verstanden. Pedro ist still. Pedro kann ja warten."

Kapitel 29

Montag, 10.Mai

„Sie schon wieder?", begrüßt Maria die Kommissare Pedro und Juana, die vor ihrer Haustür stehen.

Es ist kurz nach zehn Uhr.

„Dürfen wir einen Moment?", fragt Juana.

„Kommen Sie rein. In den Salon, hier gleich rechts bitte. Was gibt es denn schon wieder? Wir haben Ihnen doch schon am Freitag erklärt, wir können Ihnen nicht helfen!"

„Ich habe dennoch einige Fragen, Maria. Sagen Sie die Überstunden Ihres Mannes, wie oft kommt das vor?"

„So genau kann man das nie sagen. Nicht jeden Tag, nicht jede Woche. Manchmal ruft er mittags an und erklärt mir, er würde am Abend später kommen, weil irgend so eine Sache keinen Aufschub dulde. Ich kann dazu nichts sagen. Freiwillig wird mein Mann kaum länger arbeiten. Aber er verdient nicht gerade schlecht, da gehört Mehrarbeit wohl heute dazu."

„Maria, können Sie sich noch an die Tage der Semana Santa erinnern? Am Montag nach den Feiertagen, hat Ihr Mann da auch gearbeitet?"

„Wieso fragen Sie mich gerade nach dem Montag? Er hatte keinen Urlaub, also hat er gearbeitet. Aber, wenn Sie es genau wissen wollen, sollten Sie im Büro anrufen und fragen. Ich führe hier im Haus keinen Arbeitsnachweis für meinen Mann."

Juana schweigt einen Moment und betrachtet Maria.

„Hat Ihr Mann eine Affäre? Gibt es da eine andere Frau?"

234

Maria schüttelt den Kopf. So ganz überzeugend wirkt es nicht.

„Gibt es da eine andere Frau?", wiederholt Juana die Frage.

„Ich glaube nicht. Aber beschwören würde ich es nicht. Hier und da sind mir schon manchmal Zweifel gekommen."

„Ihnen ist klar, dass Sie uns damit gerade ein Motiv für den Mord an Lisa liefern?", erklärt Juana.

Nun ist Maria sehr erschrocken. Sie springt auf und läuft aufgeregt im Salon hin und her.

„Ich soll diese Frau ermordet haben? Ich kannte diese Lisa nicht. Warum dann?", erklärt Maria, während sie vor dem Fenster zum Garten steht.

Juana erwidert:

„Ich habe es Ihnen doch schon erklärt. Nehmen wir an, Ihr Mann hatte mit dieser Lisa eine Beziehung. Nehmen wir weiter an, Sie sind dahinter gekommen. Sie wollen Ihren Mann nicht verlieren, also schaffen Sie die Geliebte aus dem Weg. Maria, Eifersucht ist ein sehr starkes Tatmotiv für einen Mord."

Abrupt dreht sich Maria um.

„Ich war es nicht! Verlassen Sie jetzt mein Haus."

„Und nun? Was willst du unternehmen?", will Pedro von seiner Kollegin wissen.

Sie sitzen schon wieder in ihrem Wagen vor dem Haus der Familie Aragon.

„Ich denke, wir fahren zum Registro. Mal sehen, was Luis dazu sagt."

Es ist nicht so leicht, das Büro des Señor Aragon zu finden. Die beiden Ermittler irren eine viertel Stunde in dem

Verwaltungsteil des Registro umher. Dann stehen sie plötzlich direkt vor ihm. Auf dem Flur in der dritten Etage.

„Sie?", mehr kann Luis nicht sagen.

„Wir hätten sie gerne alleine gesprochen. Haben Sie ein eigenes Büro? Können wir dort vielleicht ungestört sprechen?"

Luis antwortet nicht. Er geht langsam weiter und öffnet eine Tür, die in einen kleinen Warteraum führt.

„Hier können wir reden. Ich habe kein eigenes Büro. Was wollen Sie schon wieder?"

„Ich habe da doch noch eine Frage an Sie. Wie ist das eigentlich mit den Überstunden, die Sie regelmäßig ableisten?"

Luis schaut hoch. Seine Mundwinkel heben sich ein wenig an.

„Sie haben es herausgefunden?", sagt er leise.

„Was haben wir rausgefunden?", will Juana wissen.

„Das ich gar keine Überstunden mache?"

„Nein. Das wussten wir noch gar nicht. Sie hatten doch am Freitag erklärt, als Ihre Frau dabei war, dass Sie regelmäßig Mehrarbeit leisten. Nun stimmt das nicht? Was stimmt denn nun? Wie wäre es mit der Wahrheit!"

„Setzen wir uns. Sie hätten es ja doch erfahren. Ich habe keine Überstunden geleistet. Ich brauche einfach meine Freiheit. Jeden Abend wenn ich von der Arbeit komme, das gleiche Ritual. Hattest du einen guten Tag? Geht es dir gut? Möchtest du etwas trinken? Darf ich dir den Rücken massieren? Frau Kommissar, ich kann es nicht mehr hören. Meine Frau könnte auch ein Tonband abspielen. Seit mindestens fünfundzwanzig Jahren jeden

Abend die gleichen Fragen. Ich muss manchmal einfach raus. Raus aus dem Alltag. Ich fahre an den Strand, gehe spazieren. Ganz alleine. Ohne dass mich jemand vollquatscht! Oder ich gehe in eine Bar und trinke einen Kaffee. Oder ich fahre ins El Paseo und bummele durch die Geschäfte. Ich brauche Zeit für mich. Sonst passiert eines Tages wirklich noch etwas Schlimmes."

„Wieso? Was solle denn passieren? Luis, was meinen Sie?", forscht Juana nach.

„Ich könnte meiner Frau nie etwas antun. Wenn Sie das gedacht haben. Ich könnte aber weglaufen. Einfach so und nie wiederkommen. Das wäre auch nicht schön. Ich liebe meine Frau, aber es wird immer schlimmer mit ihrer Art sich an mich zu klammern. Ich ertrage es nicht mehr."

„Luis, haben Sie eine Geliebte? Gibt es eine andere Frau in Ihrem Leben? Haben Sie eine Affäre?"

„Nein. Es gibt keine andere Frau in meinem Leben. Ganz klar: nein!"

„Ihre Frau hat doch sicherlich eine Freundin. Jede Frau hat eine Freundin. Wer ist diese Frau? Nennen Sie uns den Namen und die Adresse."

„Ich weiß nicht wozu, aber wenn es Ihnen weiterhilft", erwidert Luis und schreibt einen Namen und eine Adresse auf einen Prospekt, den ein Wartender hier vergessen haben muss.

Dann   verabschieden sie sich alle voneinander und verlassen das ungemütliche Zimmer.

„Auf direktem Weg zu dieser Frau, Pedro. Ich habe da so ein Gefühl im Bauch", bestimmt Juana den weiteren Verlauf.

„Schade. Ich dachte deine Gefühle gehören mir. Nein, sag nichts. Ich bin schon ruhig. Hast du eigentlich mit Ramon gesprochen, ich meine am Wochenende?", will Pedro wissen.

Juana schüttelt den Kopf und schweigt.

Die beiden Ermittler haben Glück, die Freundin von Maria Aragon scheint zu Hause zu sein. Die Fenster stehen offen und aus dem Inneren dringt Musik.

„Guten Tag. Mein Name ist Juana Gadi, mein Kollege Pedro Clares. Wir kommen von der Policia National, Chiclana. Sind sie Señora Carmen Dias?"

Die Frau im Eingang schaut erschrocken.

„Ja. Carmen Dias. Worum geht es?", fragt sie kurz.

„Wir würden Ihnen gerne einige Fragen stellen. Dürfen wir?", fragt Juana und zeigt dabei mit der rechten Hand ins Haus.

Carmen macht einen Schritt zur Seite und gibt den Eingang frei.

„Ich gehe vor. Bitte kommen Sie mit."

In einem Raum, der einem Wintergarten ähnelt, bleibt sie stehen und fordert die Kommissare auf, Platz zu nehmen.

„Was gibt es?"

„Ich habe einige Fragen, die Ihre Freundin Maria Aragon betreffen", beginnt Juana.

„Dann können sie gleich wieder gehen. Ich werde Ihnen gar nichts erzählen."

„Warum sind sie denn so erregt? Es ist ganz harmlos. Außerdem ermitteln wir in einem Mordfall. Sie haben ja sicherlich davon gehört, es wurde eine junge Mutter tot in ihrem Haus aufgefunden, in der Semana Santa. Es geht

238

hier nur um Aussagen, die zur Ergreifung des Täters führen sollen. Ich habe damit nicht gesagt, dass Ihre Freundin unter Tatverdacht steht. Nur damit wir uns richtig verstehen. Was ich wissen will, ist eine ganz andere Geschichte. Hat Ihnen Maria etwas über ihren Mann anvertraut? Über seine Freizeitaktivitäten? Über seine Arbeit?", beendet Juana die Gesprächseinleitung.

Nun wartet sie auf Carmens Reaktion.

„Ich weiß nun wirklich nicht, was das mit dem Mord zu tun hat", gibt Carmen an.

„Das sollten Sie schon der Polizei überlassen. Beantworten Sie doch einfach meine Fragen."

„Ich weiß nichts über die Ehe meiner Freundin. Warum sollte sie solche Dinge wohl gerade mir erzählen?"

Juana kontert:

„Weil Freundinnen sich so etwas immer erzählen! Also, was hat Ihnen Maria über ihren Luis erzählt?"

„Nicht viel. Sie liebt ihn. Immer noch. Er vernachlässigt sie in letzter Zeit jedoch. Gibt an, viel zu arbeiten. Aber das scheint wohl nicht zu stimmen."

„Moment. Maria hat Ihnen berichtet, dass ihr Mann länger als nötig von zu Hause fortbliebe. Aber außerdem hat sie Ihnen berichtet, dass er keine Überstunden leisten würde. Hat Sie Ihnen denn gesagt, wo er diese Zeit verbringt?"

„Nein", antwortet Carmen.

„Das ist aber eine sehr schnelle und sehr kurze Antwort. Das glaube ich Ihnen nicht. Hat Maria von einer Affäre berichtet?"

„Nun, nicht wirklich. Sie hatte eine Vermutung. Aber sie war sich nicht sicher. Sie hatte, wenn Sie so wollen, keine Beweise. So sagt man doch bei Ihnen?"

„Hat sich Maria denn geäußert, wen sie in Verdacht hatte? Gab es eine Frau, die in Frage kommt? Ist Ihnen der Name bekannt?"

Carmen blickt in die Augen der Kommissarin, sie schweigt jedoch. Erst als sie dem Blick nicht mehr standhalten kann, schüttelt sie ihren Kopf und erklärt, darüber hätte sie wirklich keinen blassen Schimmer.

„Maria hatte nicht die leiseste Ahnung. Bitte glauben Sie mir, Maria ist es nicht gewesen. Sie könnte nie etwas so Grausames tun und einen Menschen umbringen."

„Sie haben sich aber gemeinsam darüber unterhalten. Richtig?"

Carmen nickt. Sie schaut bedrückt aus, vielleicht kann sie sich nicht an den Gedanken gewöhnen, dass ihre Freundin doch in diesem grausamen Mordfall verstrickt ist!

„Würden Sie jetzt bitte gehen?", kommt es zögerlich aus ihr heraus.

„Natürlich. Sollte Ihnen noch etwas einfallen, was uns weiterhilft, rufen Sie an."

Die Kommissare verlassen das Haus und fahren ins Kommissariat zurück.

„Wir sollten unbedingt mit der Kindergärtnerin sprechen. Ob sie uns angelogen hat? Ob sie wohl von den Befürchtungen ihrer Mutter gewusst hat?", will Juana von ihrem Kollegen wissen.

„Das kann ich mir nicht vorstellen. Wie ich die Familie einschätze, würden sie versuchen, mit aller Macht und mit

240

allen Tricks, den guten Ruf zu bewahren. Immerhin Luis arbeitet in leitender Position auf dem Registro. Er hat einen Namen und sein Ansehen zu verlieren", gibt Pedro zu bedenken.

„Ich habe ja auch nicht gesagt, dass Luis seine Affäre auf dem Amt herumposaunt, wenn es denn eine gegeben hat. Sollte Luis mit unserem Opfer eine Liaison gehabt haben, warum dann die roten Rosen nach ihrem Ableben? Das ist makaber. Das passt auch nicht zu einem Liebhaber."

Juana hält ein. Sie geht einige Schritte auf und ab und bleibt hinter Pedro stehen.

„Nehmen wir mal an, die beiden hatten etwas miteinander, nehmen wir weiter an, Maria hat davon erfahren. Sie bringt Lisa um. Damit hat sie ihren Mann wieder für sich. Und um von sich abzulenken, legt sie auch weiterhin Rosen vor die Tür. So könnte es gewesen sein."

„Gut Juana. Dann war die Frau in dem dunklen Mantel also nach deiner Meinung Maria? Haben die Zeugen nicht ausgesagt, die Frau war etwa 170 cm groß? Maria ist aber vielleicht gerade mal 160 cm. Hat sie extra hohe Schuhe getragen? Oder Stelzen?"

„Ich weiß es auch nicht, Pedro. Vielleicht hat der Taxifahrer sich geirrt? Vielleicht gibt es noch eine andere Frau?"

„Mein Vorschlag, wir machen für heute Schluss und befragen morgen die Kindergärtnerin. Vielleicht hat sie ja doch etwas zu sagen, wenn wir sie vor vollendete Tatsachen stellen!"

„Ich hoffe, wir finden eine Lösung. Ich möchte endlich den Mörder hinter Schloss und Riegel wissen. Manolo wird sicherlich auch erst seine innere Ruhe finden, wenn wir den Mörder überführt haben."

Kapitel 30
Dienstag, 11. Mai

Der Wagen der Ermittler parkt vor dem Kindergarten, in dem die Tochter der nun unter Verdacht geratenen Maria Aragon arbeitet. Julia Baja kann das geparkte Fahrzeug vom Eingang des Kindergartens aus nicht erkennen. Erst nachdem anscheinend keine Kinder mehr durch ihre Mütter oder Väter gebracht werden, verlassen Juana und Pedro das Fahrzeug. Langsam betreten sie durch die Pforte das Grundstück und eines der Kinder kommt auf sie zugelaufen. Es ist der kleine Rico.

„Hallo Rico!", begrüßt Juana den kleinen Jungen.

„Hallo. Lola bei Papa. Aufpassen auf Papa. Papa Angst."

Dann fügt der kleine Rico leise hinzu:

„Mama weg."

Juana ist tief gerührt, mit den wenigen Worten, die der Kleine schon sprechen kann, hat er sehr viel Wahres gesagt.

„Rico, wer ist den Lola?", fragt Juana schnell, um den kleinen Mann abzulenken.

„Lola ist Freund", erklärt Rico strahlend. Dabei hebt er seine kleinen Arme in die Höhe und malt einen großen Kreis in die Luft.

„Er meint ja vielleicht deinen Elefanten?", schlägt Pedro vor und damit trifft er ins Schwarze.

Der kleine Rico strahlt und versucht Elefant zu sagen, was ihm nicht so richtig gelingt.

Die beiden Kommissare betreten den Kindergarten und werden von einer Kollegin der Julia begrüßt.

„Oh, möchten sie ein neues Kind bei uns anmelden?", fragt das junge Mädchen.

„Erst in einigen Jahren", erwidert Pedro schnell.

„Heute möchten wir nur zu Julia."

Von den fremden Stimmen aufmerksam geworden, schaut sie schon neugierig um die Ecke.

„Oh, die Kommissare. Guten Morgen! Was kann ich für Sie tun? Ein Kind haben Sie doch sicherlich nicht?"

„Julia können wir uns hier nur für einen Moment ungestört unterhalten? Es geht nochmals um den Mord."

Julia Baja nickt und geht in einen Nebenraum, der sich als Küche entpuppt.

„Wie kann ich Ihnen helfen? Möchten Sie einen Kaffee, ich habe eben frischen aufgesetzt?"

„Nein. Wir haben einige Fragen an Sie. Es ist uns etwas unangenehm. Es geht um Ihre Eltern. Wissen Sie eigentlich, dass Ihr Vater eine Affäre hatte oder hat?", fragt Pedro ganz kurz, ohne Umschweife zu machen.

„Bitte? Was?"

„Sie haben mich schon richtig verstanden. Wissen Sie davon? Hat Ihre Mutter vielleicht mal mit Ihnen darüber gesprochen? Oder Ihr Vater selber?", entgegnet Juana.

Julia nimmt sich einen Stuhl hinter dem kleinen Tisch hervor und lässt sich darauf fallen.

„Mein Vater hat eine Geliebte? Ich kann das nicht glauben. Wer? Wer ist sie?", fragt sie fassungslos.

„Lisa Levante"

Nun erstarrt Julias Blick. Ihre Arme fallen seitlich neben den Körper und die Gesichtsfarbe weicht einer Blässe.

„Ich kann es nicht glauben. Mein Vater mit Lisa Levante? Niemals. Er würde meine Mutter niemals betrügen. Niemals!"

„Wieso sind Sie sich da so sicher? Julia, woher nehmen Sie diese Gewissheit?", fragt Juana nach einem Moment, indem sie der Kindergärtnerin die Möglichkeit gegeben hat, sich zu fangen.

„Ich kenne meine Eltern. Mein Vater und meine Mutter führen eine wirklich glückliche Ehe. Ich lebe zwar nicht mehr zu Hause, wie Sie ja wissen, dennoch bin ich noch sehr oft bei ihnen. Sicherlich hätte ich, wenn es wirklich so wäre, wie Sie sagen, irgendwann etwas mitbekommen."

„Julia, Ihre Mutter hat aber Andeutungen gemacht. Vielleicht wollte sie ja ihre Tochter schützen? Haben Sie ein gutes Verhältnis zu Ihrem Vater?"

Julia schaut zu Juana und antwortet sehr langsam und verhalten.

„Ich dachte immer: ja. Nun bin ich mir dessen aber nicht mehr so sicher. Ich muss sofort mit meinem Vater sprechen. Er soll es mir ins Gesicht sagen."

„Halt. Halt."

Juana fasst Julia am Arm und fordert sie auf ganz ruhig zu bleiben.

„Zuerst werden wir mit Ihrem Vater sprechen, dann sehen wir weiter. Versprechen Sie uns, dass sie nichts unternehmen. Vergessen Sie nicht, wir ermitteln in einem Mordfall!"

„Sie wollen mir jetzt aber nicht sagen, dass Sie meine Mutter des Mordes beschuldigen? Das ist nicht ihr Ernst? Meine Mutter? Niemals!"

Julia springt auf und rennt aus der kleinen Küche hinaus in den Garten des Kindergartens.

„Lass uns gehen. Sie wird sowieso machen, was sie will. Würde ich ja auch!", merkt Juana an und verabschiedet sich beim Hinausgehen noch von dem kleinen Rico.

„Was nun?", fragt Pedro.

„Wir werden nicht mit Luis sprechen. Ich möchte Maria observieren lassen. Ab sofort. Sie wird uns zeigen, ob sie den Mord begangen hat."

Pedro fährt den Dienstwagen zurück ins Kommissariat. Während sich Juana auf dem Beifahrersitz einige Notizen macht, klingelt ihr Mobiltelefon. Ohne einen Blick auf das Display zu werfen, nimmt sie den Anruf entgegen.

„Du? Wo bist du?"

Es entsteht eine lange Pause. Juana ist ganz zusammen-gesunken auf dem Beifahrersitz. Pedro schaut vorsichtig, ohne dass sie es bemerkt, zu ihr hinüber. Er hat da eine Vermutung, schweigt aber und schaut desinteressiert, während er sich um den Verkehr kümmert.

„Einverstanden. Obwohl, ich…".

Weiter kommt Juana nicht, das Gespräch ist anscheinend unterbrochen. Sie lässt das Handy in ihre Jacke gleiten.

„Wer war das denn?", fragt Pedro eher gelangweilt.

„Das war Ramon. Er will sich mit mir treffen."

„Oh."

Mehr kann und will Pedro nicht erwidern. Schweigend fahren die Kommissare ins Büro.

Pedro veranlasst, dass Maria Aragon ab sofort von einem sich abwechselnden Team rund um die Uhr überwacht wird. Die Kollegen sollen die Kommissare sofort bei einem Verdacht oder bei jeder Besonderheit informieren. So können die Kommissare dann direkt dazu stoßen.

Ganz beiläufig erkundigt sich Pedro bei seiner Chefin, wann dieses Treffen mit Ramon stattfinden soll. Heute, sagt Juana, die fast erschrocken über diese direkte Frage ist.

„Ich habe Angst, Pedro. Ich habe nun wirklich tagelang versucht, Ramon zu erreichen. Ohne Erfolg. Du weißt es. Fast war ich dankbar, dass er sich nicht gemeldet hat. Ich war sauer, immerhin kennen wir uns schon eine ganze Zeit. So geht man doch nicht miteinander um. Ich habe immer gedacht, aus Ramon und mir könnte mal was werden. Heirat. Kinder. Aber nun, es ist so verworren. Ich weiß nicht, wie ich reagieren soll. Hilf mir!"

Pedro steht auf und geht zu seiner Kollegin, die am Fenster ihres gemeinsamen Büros steht. Er legt seine Hand auf ihre Schulter und spricht ganz leise und emotionslos zu ihr, wenn es ihm auch schwer fällt.

„Juana, ich würde dir wirklich gerne helfen. Aber ich kann und darf es nicht. Es ist ganz alleine deine Entscheidung. Ramon ist dein Freund. Ich bin da für dich, das weißt

246

du. Ich bin immer für dich da. Ich liebe dich. Das ist auch nicht neu für dich. Aber, egal wie du dich entscheiden wirst, ich werde es akzeptieren. Ich werde dich nicht bedrängen und ich werde auch nicht sauer, wenn du dich für Ramon entscheidest. Traurig wäre ich, aber es soll jetzt keine Rolle spielen. Geh, triff dich mit ihm. Aber, kläre genau warum er sich so lange nicht gemeldet hat. Du hast einen Anspruch es zu erfahren!"

„Danke Pedro. Ich werde jetzt, wenn du einverstanden bist, noch ein wenig meinen Schreibtisch auf Vordermann bringen. Dann gehe ich nach Hause unter die Dusche. Ich brauche etwas Zeit für mich. Heute Nachmittag treffe ich mich mit Ramon. Im Bahia Sur", erklärt Juana ihrem Kollegen.

„Im Bahia? Warum das denn? Ist ihm nicht ein besserer Platz eingefallen, als im Einkaufszentrum?"

„Keine Ahnung. Ich wollte doch etwas dazu sagen, da war das Gespräch unterbrochen. Ich weiß es nicht. Jedenfalls finde ich es sehr komisch, ich gebe dir recht."
Mit hängenden Schultern verlässt Juana das Büro. Pedro bleibt zurück und schaut seiner großen Liebe hinterher, auch als sie schon lange aus seinem Blick verschwunden ist.

Kurz nach vier Uhr fährt Juana auf den großen Parkplatz, der vor dem Einkaufszentrum auf Kunden wartet. Dichtgedrängt stehen die Fahrzeuge. Ramon hat Juana genau gesagt, wohin sie fahren soll, damit sie sich nicht verfehlen. Ganz am Ende, geht ein kleiner unbefestigter Weg weiter, fast bis an die Bahia. Dort soll sie ihren Wagen abstellen und sich, bis Ramon eintrifft, die in den Moder eingesackten alten Boote in der Bucht ansehen. Sehr romantisch. Mit Absicht ist Juana fast zwanzig Minuten zu spät gekommen. Sie hofft, Ramon ist schon fortgefahren. Aber sie irrt. Sie hat seinen Wagen schon entdeckt, lässt es sich jedoch nicht anmerken. Sie bleibt still im geparkten Wagen sitzen und wartet. Es klopft an die Scheibe. Ramon.

„Mach auf, oder willst du hier bleiben?", fragt er, mit einem Strahlen in den Augen, als hätte ein kleiner Junge die Geschenke am 6. Januar entdeckt.

„Ramon!", mehr kann Juana nicht erwidern. Sie steigt aus und steht ihm gegenüber.

„Freust du dich gar nicht? Keine Begrüßung? Juana, was ist los mit dir?"

„Das fragst du mich? Wochenlang meldest du dich nicht. Kein Anruf. Kein Brief. Keine E-Mail, keine SMS, als gäbe es mich nicht. Dann erscheinst du kurz, zu kurz. Dann wieder keine Regung. Und nun fragst du mich doch allen Ernstes, ob ich mich nicht freue?"

Ramon nimmt Juana in die Arme. Still. Ohne Erklärung. Er hält sie fest, eine ganze Weile.

„Komm, lass uns ein paar Schritte gehen. Hier sind wir ganz ungestört. Ganz alleine."

Juana löst sich aus Ramons Armen und erklärt ihm ziemlich deutlich, dass sie nicht allein und ungestört mit ihm sein möchte.

„Oh, da kommt die Kommissarin wieder zum Vorschein. Hast du Angst vor mir? Ich bin es, dein Ramon. Schon vergessen?"

„Nein. Dennoch. Du kannst mir auch hier erklären, was los ist. Warum hast du dich nicht gemeldet?"

„Ich habe eine Überraschung für dich. Juana. Ich möchte dir gerne etwas zeigen. Komm mit in mein Auto. Nur die paar Schritte. Es wird schon nichts Schlimmes geschehen. Du kannst ja auch draußen stehen bleiben, wenn du nicht einsteigen möchtest."

Juana folgt Ramon zu seinem Auto. Er öffnet die Türen, denn im Wageninneren ist es sehr schnell sehr heiß geworden. Die Maisonne hat schon ziemlich viel Kraft. Ich habe einen kleinen Videofilm für dich vorbereitet. Hier auf dem portablen DVD -Spieler. Setz dich hin, ich bleibe hier draußen stehen. Du kannst besser sehen, wenn du nicht in der Sonne stehst. Juana willigt ein. Ihr gehen gerade jetzt viele Fragen durch den Kopf. Sie denkt an Pedro, der sie ausdrücklich aufgefordert hat, Fragen zu stellen und eine Erklärung abzufordern.

„Bevor ich den Film sehe, erkläre mir doch bitte, wo du gewesen bist. Und warum hast du dich nicht gemeldet?"

„Juana, bitte vertraue mir doch. Sieh dir den Film an, dann sind alle deine Fragen beantwortet."

Ramon startet die DVD. Das kleine Gerät reicht er Juana, die es in beide Hände nimmt und auf den Start des Filmes wartet.

Musik erklingt, die an ein Märchen aus 1001 Nacht erinnert. Frauen in Schleiern tanzen vor einem großen, weißen Palast. Eine Kamel-Karawane zieht vorbei. Dann schaut Juana in Ramons Gesicht. Er lächelt und langsam verändert sich der Blickwinkel. Ein großes, palastähnliches Haus erscheint im Hintergrund. Davor Ramon. Er winkt. Es sieht aus, als gehe sie zu ihm zum Eingang des Hauses. Ramon öffnet das große Portal und betritt eine Halle, die mit

Marmorsäulen umgeben ist. Juana folgt gebannt dem Film. Plötzlich stoppen die Bilder. Wie bei einem professionellen Film kommen Teile einer Schrift von allen Seiten und treffen sich in der Mitte des Bildschirms. Sie ergeben einen klar lesbaren Text: für Juana. Dann zerknittert die Schrift, so als hätte man ein Stück Papier zerknüllt. Erneut erscheint Ramon.

„Halt den Film an. Bitte. Sofort", fordert Juana.

„Was ist denn? Gefällt der Film dir nicht?"

„Ramon, ich bin für diese Art Späße nicht zu haben. Was soll das?"

„Schau dir doch den Film bis zum Ende an. Ich verspreche dir, du wirst es verstehen. Bitte, Juana."
Sie gibt sich geschlagen. Der ganze Film läuft etwa zwanzig Minuten. Dann legt sie das Gerät in Ramons Hände. Fassungslos. Erschlagen. Mit einem großen Fragezeichen in den Augen."

„Und nun? Ich verstehe es nicht. Was soll das?", stottert sie.

„Ich denke, wir gehen an einen anderen Ort. Ich habe einen Tisch bestellt, für uns. Bleib sitzen, ich fahre uns."

Kapitel 31
Mittwoch, 12. Mai

Die Nacht war kurz und unruhig. Als Pedro nach langem Wachliegen doch endlich in einen unruhigen Halbschlaf fiel, wurde dieser von wilden Träumen gefüllt. Aber Pedro schafft es dennoch, als erster am Arbeitsplatz zu erscheinen. Er hat Angst davor, dass Juana sich wieder für ihren Ramon entschieden hat. Das alles vorbei ist, bevor es eigentlich richtig begonnen hat. Noch tief in seine Gedanken versunken, nimmt er kaum wahr, dass Juana zur Tür herein kommt.

„Guten Morgen, Pedro!", begrüßt sie ihren Kollegen.

„Ich wünsche dir auch einen guten Tag. Wie war denn deine Verabredung?", fragt Pedro sofort.

Er kann kaum an sich halten, so neugierig ist er.

„Ich weiß gar nicht, was ich dazu sagen soll", erwidert Juana.

„Es war eine ganz komische Begegnung. Ich möchte jetzt nicht darüber sprechen. Es ist nicht der richtige Ort, außerdem weiß ich gar nicht, ob ich dir Einzelheiten erzählen will."

„Es ist ganz alleine deine Entscheidung. Ich bin ja bloß der Pedro. Der dich liebt und wirklich alles, auch Unmögliches, für dich tun würden. Aber ist schon gut, ich verstehe." Pedro schaut auf seine Unterlagen auf dem Schreibtisch, doch er sieht sie nicht wirklich. Er ist sauer, nicht nur über Juana - auch über sich selber. Musste er so reagieren? Genau das wollte er nicht. Nun ist es passiert, nicht mehr zu ändern. Jetzt könnte er Juana verstehen, würde sie absolut nichts mehr mit ihm zu tun haben wollen.

„Liegt schon ein Bericht vor, ich meine über die Observation der Maria?", fragt Juana um das Thema zu wechseln.

„Ja. Aber nichts Erwähnenswertes. Zu Hause, zu Hause, zu Hause. Einkaufen. Zu Hause. Sie hat das Haus nur einmal kurz verlassen, um Brot zu kaufen. Nichts weiter", berichtet Pedro, kurz und sehr sachlich.

Das Gespräch wird durch einen eingehenden Anruf unterbrochen, den Juana entgegennimmt. Pedro wird erst aufmerksam, nachdem Juana kaum spricht, sondern nur dem Teilnehmer am anderen Ende der Leitung lauscht. Er schaut auf zu ihr. Sie ist rot geworden. Mit den Händen gestikulierend fragt Pedro, ob er helfen könne. Juana schüttelt den Kopf. Kurze Zeit später, ohne ein Wort gesprochen zu haben, beendet sie das Telefonat. Pedro erkundigt sich, Juana schüttelt erneut den Kopf und verlässt wortlos das Büro.

Fast zwanzig Minuten wartet Pedro, er macht sich Sorgen um seine Kollegin. Dann endlich erscheint sie, den Blick auf den Boden gerichtet.

„Können wir jetzt zur Arbeit übergehen. Der Anruf war privat. Lass uns bitte später darüber sprechen. Wenn wir alleine sind, nicht hier im Büro. Einverstanden?"

„Ich denke, Juana, wir sollten die Überwachung von Maria Aragon fortführen. Was meinst du?"

Sie stimmt zu, gibt aber zu bedenken, dass die Genehmigung nicht unbegrenzt aufrecht gehalten werden wird, sollten sich nicht irgendwelche Ergebnisse einstellen.

Am Nachmittag fahren die Kommissare erneut zu Manolo Levante. Sie treffen den ihn zu Hause an, wie er sich gerade in der Küche eine Kleinigkeit zubereiten will.

„Ich weiß, wir stören sie schon wieder. Ich wäre auch froh, dass dürfen Sie mir glauben, Manolo, wenn wir endlich den Mörder Ihrer Frau gefasst hätten. Ich habe eine unangenehme Frage, aber ich muss Sie Ihnen stellen:

hatte Lisa einen Geliebten? Hatte Sie eine Affäre? Gab es Anhaltspunkte, die Sie eventuell stutzig haben werden lassen?"

Schweigend legt Manolo den Kochlöffel aus der Hand und setzt sich an den Küchentisch mitten im Raum.

„Ich habe es mich schon selber gefragt, Sie wissen das. Die Blumensträuße, die immer wieder vor der Haustür lagen. Sicher, ich habe auch daran gedacht. Einen Anlass hat es nie gegeben. Ich denke aber immer wieder darüber nach, ob die Blumen wirklich etwas mit Lisas Tod zu tun haben. Wenn sie einen anderen Mann gehabt hätte, warum hätte der Lisa denn umbringen sollen? Hätte er mich nicht töten müssen? Ich war ihm doch dann im Weg. Ich komme damit nicht klar. Stundenlang liege ich im Bett und grüble darüber nach. Ohne Erfolg. Für mich ist nur ganz sicher, ich habe meine Lisa nicht betrogen, eine andere Frau kann diese Tat nicht vollbracht haben, um an mich ran zu kommen. Das steht fest."

„Nun, Manolo, auch wir konstruieren immer wieder alle möglichen Situationen. Wir kommen zu dem gleichen Ergebnis. Es gibt aber durchaus Fälle, in denen die geliebten Menschen, die man nicht selber besitzen kann und darf, umgebracht werden, damit sie keinen anderen Menschen glücklich machen können. Also, einfach ausgedrückt. Lisa sagt zu einem anderen Mann, sie will keine Affäre. Damit steht fest, Lisa muss sterben. Eiversucht ist ein sehr starkes Mordmotiv mit zahlreichen Facetten."

Manolo schaut traurig aus, wie er so an dem Küchentisch sitzt. Er schüttelt immer wieder den Kopf, ohne jedoch hoch zu schauen.

Den Abend, so hat es sich ergeben, verbringen Juana und ihr Kollege zusammen. Die Ereignisse der letzten Nacht stehen zwischen den beiden. Währens des Tages, bei der Arbeit, hat er sich zusammen genommen. Und auch Juana hat das Thema Ramon verdrängt. Nun aber wollen die beiden reinen Tisch machen. Gemeinsam sind sie in eine kleine Bar gegangen, die um diese Zeit, es ist kurz vor neun Uhr, noch fast leer ist. Sie wollen in Ruhe reden. Über sich, über Ramon. Soweit das möglich ist, denkt sich Juana.

„Ramon hat mich gestern überraschen wollen. Ich wollte eine Erklärung von ihm, warum er so lange ohne ein Lebenszeichen fortgeblieben ist. Er hat mir keine Antwort geben können oder wollen. Dafür hat er mir im Auto einen DVD - Spieler in die Hand gedrückt."

„Wozu das denn?", fragt Pedro.

„Wollte er dir einen Film zeigen um dich mit dieser modernen Technik zu beeindrucken?"

„Nein. Ich musste mir einen Film ansehen, aber keinen Spielfilm. Es war eher ein Reisebericht, ein Bericht über ein anderes Land", versucht Juana zu erklären.
Die Bedienung bringt die Bestellung. Eine Flasche Rotwein, zwei Gläser und etwas Manchego.

„Pedro, ich habe es auch erst gar nicht verstanden. Der Film spielte in der Wüste, man sah Kamele, irgendwelche Scheichs und ein riesiges palastähnliches Haus. Er ist dann mit mir in ein Restaurant gefahren. Dort hatte Ramon einen

Tisch bestellt. Wir haben gegessen. Später hat er mir erklärt, er werden dorthin auswandern."

„Wie? Ramon geht in die Wüste?", scherzt Pedro.

„Genauso habe ich auch reagiert. Aber Ramon meinte es ernst. Ich soll mit, nach Dubai. Ramon wandert nach Dubai aus. Er hat dort einen Job gefunden. Bei einem Scheich. Es klingt bizarr. Der Scheich hatte geschäftlich im Norden zu tun, während Ramon dort auf diesem Seminar war. Dort haben sie sich kennengelernt. Genauso hat er es mir nicht erzählt. Auf alle Fälle soll Ramon der Rechtsberater des Scheichs werden. Er hat sein Haus bereits einem Makler zum Verkauf übergeben."

Pedro stutzt. Er schaut fassungslos auf seine Kollegin. Juana hat den ersten Schock anscheinend schon verdaut. Sie erklärt die Details ganz sachlich und emotionslos.

„Ganz schön mutig, aber auch leichtsinnig. Was ist, wenn das nicht klappt? Dann kommt Ramon zurück, die Kanzlei ist aufgelöst, das Haus verkauft. Er sitzt auf der Straße. Ich kann das gar nicht nachvollziehen. Kommst du damit klar? Und… gehst du mit nach Dubai?"

Juana schluckt. Die für nur einen Moment ausbleibende Reaktion verunsichert Pedro.

„Juana, gehst du mit nach Dubai?"

„Nein. Natürlich nicht. Ich liebe meinen Beruf. Ich liebe meine Stadt und mein Land. Was soll ich bei den Arabern? Eine fremde Sprache. Außerdem, wie du schon sagst, wenn es nicht klappt? Ich möchte es nicht erleben. Nein, Pedro, ich bleibe dir als Chefin erhalten."

Die Blicke der beiden treffen sich.

„Nur als Chefin? Du bleibst mir nur als Chefin erhalten? Juana?"

„Pedro. Ich habe über uns nachgedacht. Lange. Die ganze letzte Nacht. Ich mag dich."

Pedro unterbricht Juana mit den Worten, sie solle jetzt bloß nicht den Spruch bringen, aber nur als Freund.

„Nein. Ich mag dich mehr als nur als Freund. Ich will auch nicht ausschließen, dass aus uns doch noch einmal ein richtiges Paar wird. Aber bitte, lass uns Zeit. Ich möchte nichts überstürzen. Wir sind den ganzen Tag zusammen, lass uns abwarten, wie sich die Sache entwickelt."

„Juana, das klingt sonderbar. Wir, unsere Liebe ist doch keine Sache!", expliziert Pedro fast ein bisschen erbost.

„So habe ich es nicht gemeint. Du hast mich schon verstanden. Ich habe nur Angst davor, dass wir mit unserer neuen Beziehung unsere Zusammenarbeit gefährden. Ich will dich nicht als Kollegen verlieren. Daher gilt ab sofort: keine Intimitäten im Büro! Du weißt, das Gerede kommt schnell in Fahrt. Das können wir uns nicht erlauben. Bitte Pedro, nimm es dir zu Herzen."

„Alles, was mit dir zu tun hat, nehme ich mir zu Herzen! Ich liebe dich!"

Kapitel 32
Donnerstag, 13.Mai

Die Überwachung der Maria Aragon war wieder ohne Erfolg. Sie wird abgebrochen. Pedro hat eine neue Idee, die er am Morgen seiner Kollegin vorträgt. Der kleine Rico, von dem man ja noch immer annimmt, er könne die Tat, den Mord an seiner Mutter, beobachtet haben, solle wie zufällig auf Maria Aragon treffen.

„Pedro! Nicht schon wieder so eine Versuchs-kaninchen – Sache. Mir tut der kleine Rico so leid. Außerdem, wir müssen das absprechen."

„Juana. Es kann doch ganz zufällig passieren. Ohne große Vorbereitungen, die Betroffenen werden nicht eingeweiht. Nur wir wissen davon", erklärt Pedro.

„Wie willst du das denn anstellen?"

„Manolo bringt jeden Morgen Rico in den Kindergarten und holt ihn am Mittag wieder ab. Soweit einfach. Nun ist ja ganz zufällig die Kindergärtnerin die Tochter der Maria. Wir müssen es nun nur schaffen, dass sich die beiden verabreden. Am besten eben, während Manolo den kleinen Rico bringt oder holt. Ganz einfach."

Juana stellt fest, dass es sich dabei um eine absurde Idee handelt. Leider kann man es so schlecht beeinflussen.

„Das müssen wir natürlich übernehmen. Ich weiß auch schon wie. Ich werde mit Julia reden. Ich werde ihr sagen, dass wir ihre Mutter verdächtigen. Ich werde ihr erklären, dass wir Beweise haben. Sie wird zweifeln. Dann werde ich ihr erklären, sie könne es ja selbst testen. Nun kommt die List. Testen, indem sie den kleinen Rico und ihre Mutter zusammen bringt. Ich denke ja immer noch, der kleine Rico hat den Täter oder die Täterin gesehen. Er würde also reagieren!"

„Du spinnst. Pedro, du spinnst absolut. Wenn Julia das erzählt, wenn das jemand erfährt, dann sind wir geliefert. So geht das nicht."

„Wie dann? Hast du eine bessere Idee?", will Pedro beleidigt von seiner Kollegin wissen.

„Wir sollten einfach mit Julia sprechen. Mal sehen. Ohne linke Absichten. Lass mich mal machen", erklärt Juana.

Nach einem kurzen Telefonat, in dem Juana ziemlich geheimnisvoll spricht, fahren die Ermittler zum Kindergarten, zu Julia Baja. Sie wird ganz offen von Juana über die Ermittlungsarbeit in Kenntnis gesetzt.

„Sehen Sie, Julia, wir haben immer unterschiedliche Möglichkeiten an unser Ziel zu kommen: die Ergreifung des Täter. Am liebsten ist es uns aber, die beteiligten Personen, die ein Interesse an der Auflösung des Falles haben, so wie Sie, helfen uns dabei. Nun haben Sie diese zusätzliche Feier im Kindergarten vereitelt. Warum auch immer. Vielleicht weil Sie selber, oder vielleicht doch Ihre Mutter, in den Fall involviert sind? Ich weiß es zurzeit auch noch nicht. Aber, ich werde es herausfinden. Sie können ganz sicher sein."

Juana unterbricht ihre Erklärungen. Sie will Julia Baja die Möglichkeit geben, über das soeben Gehörte nachzudenken.

„Ich habe immer mehr das Gefühl, Sie verdächtigen meine Mutter, Lisa Levante ermordet zu haben. Warum?", fragt Julia sehr erregt.

„Julia, wenn Sie sich sicher sind, dass Ihre Mutter unschuldig ist, dann rufen Sie sie doch an. Sie soll sie jetzt hier besuchen. Wir werden sehen, was passiert", erläutert Juana.

„Sie wird wissen wollen, warum. Was soll ich sagen?"

„Die Wahrheit! Es geht um keine Geheimniskrämerei. Nur die Wahrheit."

Julia überlegt einen kurzen Augenblick. Dann fragt sie die Kommissare:

„Welche Wahrheit? Ihre oder meine?"

„Glauben Sie denn, es gibt zwei Wahrheiten? Nein. Nur im Film oder im Roman. Im richtigen Leben gibt es immer nur eine Wahrheit."

Julia zieht das Handy aus Ihrer Jeanshose. Sie drückt einige Tasten und führt das Telefon an ihr Ohr. Bevor sie zu sprechen beginnt, wendet sie sich ab von den Kommissaren.

„Hochachtung! Glückwunsch Juana, es scheint zu klappen."

„Meine Mutter kommt, sie ist in etwa fünfzehn Minuten hier."

Julia setzt sich auf die Umrandung einer Dattelpalme, die im Garten des Kindergartens steht. Juana und Pedro schauen auf die Uhren, sie erwarten jeden Augenblick Manolo und den kleinen Rico. Da öffnet sich die Pforte und eine Mutter begleitet ihre Kinder in den Hort. Die Luft knistert, alle sind angespannt.

Erst etwa eine halbe Stunde später erscheint Maria Aragon im Kindergarten bei ihrer Tochter. Sie ist aufgelöst. Sie wirkt sehr angespannt und erregt.

„Was soll ich denn hier? Ist etwas passiert?", ruft sie schon, während sie noch ihren Wagen verschließt.

Wie gewollt erscheint im gleichen Moment Manolo Levante mit seinen beiden Kindern Mili und Rico.

Alle betreten den Vorplatz und begrüßen Julia.

„Die Kommissare wollten unbedingt, dass du mich besuchst. Sie verdächtigen dich", sprudelt es nur so aus Julia heraus.

Manolo bleibt abrupt stehen. Er schaut zu Maria und ist erstaunt.

„Diese Frau soll meine Lisa ermordet haben?", platz es aus ihm hervor.

Juana bleibt mir Pedro etwas abseits des Geschehens stehen. Sie beobachten, wie die Personen in dieser prekären Situation reagieren. Das Hauptaugenmerk liegt bei dieser Gegenüberstellung auf Rico. Der kleine Junge hat wenig Interesse an dem Schauspiel, löst sich von seiner Schwester und rennt in den Kinderhort. Pedro und Juana schauen sich an und nicken. Der Versuch ist fehlgeschlagen. Der kleine Rico hat die Frau, Julias Mutter nicht erkannt.

Schweigend verläuft die Fahrt zurück ins Kommissariat. Die Aktion hat keine neuen Erkenntnisse gebracht.

Am späten Nachmittag klingelt das Telefon im gemeinsamen Büro der Ermittler. Es ist Julia Baja. Juana gibt Pedro Zeichen, er solle still sein und zuhören.

„Sehen Sie, ich kann mit dieser Ungewissheit nicht leben. Es macht mich krank. Ich weiß, dass meine Mutter nichts mit dem schrecklichen Mord an Lisa Levante zu tun hat. Jetzt müsste ich Sie davon überzeugen. Ich habe da eine Idee, meine Mutter findet sie hervorragend. Ich möchte Sie und Ihren Kollegen gemeinsam mit Manolo Levante in das Haus meiner Eltern einladen. Auf einen Plausch und ein Glas Wein oder einen Kaffee. Kommen Sie doch bitte heute, so gegen sechs Uhr. Mein Vater wird auch dort sein."

Juana verzieht das Gesicht zu einer Grimasse, die sagen will, nun schau einer an! Sie stimmt zu und ruft Manolo an, um ihm die Einladung zu übermitteln. Alle Beteiligten sind erstaunt und die Kommissare außerdem noch voller Erwartungen.

„Ich glaube, du solltest einen Strauß Blumen besorgen. Für die Gastgeberin. Aber bitte keine dunkelroten Rosen. Am besten gar keine Rosen. Irgendeinen gemischten Strauß. Erledigst du das für uns, Pedro. Ich weiß, du liebst es Blumen zu kaufen. Das Geld gebe ich dir wieder. Wir treffen uns, wo?", fragt die Kommissarin ihren Kollegen.

„Ich hole dich von Zuhause ab. Gegen viertel vor Sechs. Einverstanden? Ich bin total gespannt, was dabei raus-kommt."

Juana kann die Zusammenkunft ebenfalls kaum erwarten.

„Ich freue mich, bitte kommen Sie ins Haus", begrüßt Maria die Kommissare, die etwas früher erschienen sind. Mit Absicht. Sie wollen dabei sein, wenn die Familien aufeinander treffen. Maria Aragon hat im Salon etwas Gebäck, Tassen und Sherry bereitgestellt. Luis, den Hausherren, hat Juana noch nicht entdeckt. Pedro hat dafür sofort eine passende Erklärung parat, die Juana aber nicht hören will. Es läutet an der Haustür. Manolo Levante erscheint im Salon der Familie Aragon, an der Hand den kleinen Rico. Julia betritt lachend den Salon und freut sich, dass alle ihrer Einladung gefolgt sind.

„Lassen Sie uns doch Platz nehmen. Ich habe Kaffee gekocht. Es stehen aber auch kalte Getränke bereit und ich habe auch Kakao gekocht. Wer möchte denn vielleicht einen Sherry trinken?"

Die Gastgeberin ist bemüht ihre Unsicherheit zu kaschieren. Juana und auch Pedro entscheiden sich für einen Café.

„Wo ist denn Ihr Mann, Señora Aragon? Kommt er nicht zu uns?", fragt die Kommissarin.

„Doch, natürlich. Er hatte nur noch ein wichtiges Telefonat zu erledigen und wird gleich zu uns stoßen. Bitte nehmen Sie doch endlich alle Platz. Ich freue mich, dass wir alle hier bei uns zusammen getroffen sind. Ich mache mir ernsthaft Sorgen. Manolo, ich darf Sie sicherlich so nennen, es tut mir sehr leid, was mit Ihrer Frau passiert ist. Wir, mein Mann und ich, möchten Ihnen unsere Hilfe anbieten. Ach, da kommt er ja."

Luis Aragon betritt den Salon. Er scheint verwirrt zu sein. Überaus freundlich begrüßt er die Anwesenden. Juana und Pedro beobachten Manolo und Rico. Beide kennen, da besteht kein Zweifel, weder den Hausherren noch die Hauherrin kennt.

„Luis, ist etwas passiert? Du wirkst so verstört?", will seine Frau von ihm wissen.

Luis winkt ab und nimmt sich ein Glas Moscatel von der Anrichte.

Gegen einundzwanzig Uhr verlassen die Gäste das Haus der Levantes wieder. Im Flur vor der großen Haustür bedankt Juana sich erneut bei Maria für die Gastfreundschaft. Dabei fällt ihr Blick zufällig auf einen großen und anscheinend sehr alten Schrank, der wohl als Garderobe dient. Die Türen des Schrankes stehen weit offen, sodass man ungehindert seinen Inhalt sehen kann.

„Oh! Sie haben ja auch so einen langen, dunklen Mantel. Darf ich?", erklärt Juana.

Ohne eine Reaktion abzuwarten hat sie auch schon das Kleidungsstück samt Bügel entnommen und hält es in die Runde.

„Besitzen Sie auch Perücken?"

Die Frage ist an Maria gerichtet.

„Nein, Frau Kommissarin. Schauen Sie mich doch an. Habe ich das nötig? Ich habe so volles Haar, da würde keine Perücke halten. Aber, warum wollen Sie denn das wissen?"

„Ich habe meine Mutter noch nie mit einer Perücke gesehen, bestimmt nicht. Sie verdächtigen doch nicht immer noch meine Mutter? Ich kann es nicht glauben."

Pedro versucht die junge Kindergärtnerin zu beruhigen. Maria bleibt ganz gelassen und beobachtet den weiteren Verlauf des Gespräches. Manolo wendet sich ab und verlässt mit seinem Sohn wortlos das Haus. Seine Nerven haben genug gelitten, er will diese Auseinandersetzung nicht weiter verfolgen.

Kapitel 33
Freitag, 14. Mai

„Ich habe letzte Nacht sehr schlecht geschlafen. Immer wieder musste ich an den gestrigen Abend denken. Manolo tat mir leid. Wir hatten doch gehofft eine neue Spur zu finden. Stattdessen muss der Mann diesen unsinnigen Streit mit anhören. Dennoch glaube ich, Maria sagt nicht die Wahrheit. Nein, Pedro, wink nicht ab. Das sagt mir mein Gefühl. Ich möchte die Aragons überwachen lassen. Ich habe noch einmal ein Team darauf angesetzt."

„Du bist die Chefin. Du musst mich nicht fragen. Aber, warum sollte Maria denn die Levante umgebracht haben?", fragt Pedro.

„Wenn die beiden eine Affäre hatten? Also Maria und Manolo? Ich weiß, es klingt komisch. Ich kann es mir nicht vorstellen, aber es wäre doch möglich."

Kurz vor der Mittagspause erhält Pedro einen Anruf. Die Kollegen, die vor dem Haus der Aragons postiert sind, haben die Ehefrau beim Verlassen der Villa verfolgt. Sie soll vor dem Haus des Manolo Levante gestanden haben, ohne zu klingeln und ohne mit Manolo in Kontakt getreten zu sein. Dann ist sie wieder fortgefahren.

Pedro und der Kollege sind über ein Telefon verbunden, über das die Informationen direkt ins Büro gelangen. Juana, die einen Moment später dazu kommt, reagiert überaus gelassen.

„Siehst du! Ich habe es gewusst. Maria hat mit der Sache zu tun. Wie auch immer", erklärt sie ihrem Kollegen.

„Nun müssen wir es ihr nur noch nachweisen. Komm mit."

„Wohin?", die Frage erreicht Juana fast nicht mehr, so schnell rennt sie über den Flur in Richtung Parkplatz.

„Wir fahren zu Manolo. Mal sehen, ob wir die beiden noch erwischen?"

„Entschuldige. Maria hat das Haus, das sie nie betreten hat, längst wieder verlassen. Die Kollegen sind doch noch Vorort!"

Der Wagen hält, die Bremsen quietschen. Juana springt aus dem Fahrzeug und wendet sich sofort den wartenden Kollegen zu, die sichtlich erstaunt auf ihr Eintreffen reagieren.

„Hier ist alles ruhig. Die Aragon ist wieder fort. Manolo immer noch im Haus."

„Sie können wieder abrücken. Für heute ist der Einsatz beendet. Melden Sie sich wieder auf dem Kommissariat. Vielen Dank, Kollegen."

Juana klingelt an der Haustür, Pedro steht neben seiner Kollegin.

„Manolo, machen Sie auf. Ich weiß, dass Sie da sind!", ruft sie laut, während sie mit der Faust gegen die Haustür klopft.

„Juana, bitte bleibe doch ruhig. Denke bitte daran, Manolo ist das Opfer, nicht der Täter!"

Die Tür öffnet sich einen Spalt, durch den Manolo schaut.

„Ach Sie! Kommen Sie rein. Ich dachte, jemand will mein Haus einreißen! Was gibt es denn schon wieder?"

„Ich habe da noch eine Frage. Wie gut kennen sie Maria?"

Manolo bleibt im Gehen stehen. Man könnte sagen, er gefriert ein.

„Bitte? Was haben Sie mich gerade gefragt? Sie waren doch gestern dabei, als ich Maria Aragon das erste Mal sah. Nun fragen Sie mich. Ich verstehe Sie nicht. Wenn Sie immer so arbeiten, dann wundert es mich nicht, dass Sie den Mörder meiner Frau noch nicht gefasst haben."

„Langsam. Manolo. Langsam."

„Was soll ich denn sonst denken? Immer wieder belästigen Sie mich, in meinem Hause! Ergebnisse liefern Sie keine. Auch keinen Täter. Wissen Sie eigentlich wie es sich anfühlt, wenn der Partner e r m o r d e t wird? Wissen Sie wie es ist, jeden Tag mit den Kindern reden zu müssen? Fragen zu beantworten? Fragen nach der Mutter? Und Sie? Sie fragen mich, wie lange ich Señora Aragon kenne. Sie waren dabei, konnten sich davon überzeugen, dass wir uns nicht kennen. Gehen Sie. Ich will Sie nicht mehr sehen!"

Manolo geht einige Schritte an der Kommissarin vorbei zur Haustür. Er schaut noch auf Juana während er die Tür öffnet. Daher kann Manolo auch nicht sehen, was Juana in diesem Moment sieht. Auf der Fußmatte vor dem Eingang liegt ein Strauß dunkelroter Rosen!

„Juana, lass den Kopf nicht hängen. Keiner konnte ahnen, dass der Rosenkavalier wieder beim Haus der Levantes einen Strauß Rosen hinterlegt. Noch dazu, wo die Hüter des Gesetzes fast dabei zuschauen. Dich macht keiner dafür verantwortlich."

Juana ist deprimiert. Manolo hat recht, denkt sie, es wird langsam Zweit, dass ich den Täter fasse. Mit hängenden Schultern sitzt sie an ihrem Schreibtisch und versucht, wieder einen klaren Kopf zu bekommen. Die Gedanken kreisen und es fällt Juana sichtlich schwer sich zu konzentrieren. Fast ohne zu überlegen nimmt sie den Hörer des Telefons in die Hand und wählt die Nummer ihres Freundes

266

Ramon. Erst nachdem sich eine ihre unbekannte Frau mit Ramons Namen gemeldet hat, wird sie schlagartig wach. Der Hörer fliegt mit Schwung auf den Apparat zurück. Ohne dass die Ermittlerin auch nur ein Wort gesprochen hat. Nun ist der Biss zurückgekehrt, der die Kommissarin so erfolgreich werden ließ.

„Pedro!", ruft sie laut, da ihr Kollege das Büro für einen Plausch mit einer Kollegin verlassen hat.

Er hält die Bürotür in der Hand und wirft einen Blick zu seiner Kollegin.

„Was liegt an?"

„Komm rein. Es geht los. Ruf Maria an. Sie soll umgehend ins Kommissariat kommen. Ich habe die Faxen satt. Jetzt machen wir reinen Tisch. Sie ist die erste Tatverdächtige, die ich vernehmen werde."

Pedro winkt der vor der Tür stehenden Kollegin kurz zu und erfüllt sofort den erhaltenen Auftrag. Er lächelt Juana zu, die es versteht und genau weiß, so gefällt sie ihrem Kollegen wesentlich besser.

Eine halbe Stunde später.

„Maria, Sie sollten jetzt mit den Lügengeschichten aufhören. Ich will die Wahrheit. Sie stehen unter Mordverdacht. Ist Ihnen das klar? Reden Sie, machen Sie Ihrem Herzen Luft. Es wird Ihnen danach sicherlich besser gehen."

„Ich weiß nicht, was Sie von mir wollen!"

Sie scheint direkt von den Vorbereitungen für das Mittagessen zum Kommissariat gekommen zu sein. Ein Duft von Zwiebeln umgibt ihr zu einem groben Knoten zusammengefasstes Haar.

„Ich habe diese Frau nicht ermordet. Ich kannte sie nicht. Warum sollte ich eine wildfremde Frau ermorden? Das macht doch nun wirklich keinen Sinn!"

„Der Mantel im Flur in Ihrer Garderobe. Seit wann haben Sie diesen Mantel?"

„Ich weiß es nicht. Einige Jahre schon."

Maria atmet schwer. Sie kann den Druck nicht ertragen. Sie fühlt sich unwohl und ist verunsichert.

„Sie waren bei Manolo. Warum?", fragt Juana.

„Woher…? Sie lassen mich beschatten?"

„Beantworten Sie meine Frage, Maria. Warum waren Sie bei Manolo?"

„Das ist schwer zu erklären. Der Mann tut mir leid. Ich wollte ihm meine Hilfe anbieten. Ich wollte ihm erklären, dass wir, mein Mann und ich, nichts mit dem Mord zu tun haben."

„Und warum haben Sie dann nicht geklingelt? Warum sind Sie unverrichteter Dinge wieder gegangen?"

„Mich hat plötzlich der Mut verlassen. Als ich vor dem Haus stand, konnte ich nicht mehr klingeln. Mich geht die ganze Geschichte doch eigentlich nichts an. Darüber bin ich mir ganz plötzlich klar geworden. Dann bin ich wieder nach Hause gefahren."

„Aber zuerst verspürten Sie den Drang zu Manolo zu gehen. Kann es sein, dass Sie schön öfter in dem Haus waren? Früher vielleicht?", will Juana nun von Maria wissen.

„Nein. Noch niemals."

„Aber Sie wussten wo Manolo wohnt?"

„Ja. Meine Tochter hatte mir vor einiger Zeit erzählt, dass Manolo da wohnt, wo früher eine Freundin von ihr lebte. Daher konnte ich mich daran erinnern. Aber ich war noch nie bei Manolo im Haus. Glaube Sie mir doch."

Den Abend verbringen Juana und Pedro gemeinsam. Um abzuschalten, hatte Pedro vorgeschlagen, wollte er mit ihr um die Häuser ziehen. Fast erleichtert hatte sie sofort zugestimmt, denn an so einem Abend alleine zu Hause zu sitzen, passte auch Juana nicht in den Kram. Sie hatte bei Ramon angerufen und eine Frau war am Telefon gewesen. Vielleicht eine neue Frau an seiner Seite, die gemeinsam mit ihm in die Wüste ziehen wollte? Dann schon lieber durch die Bars und Kneipen in der Stadt!

Es ist schon kurz vor zwei Uhr als Juana und Pedro in einer Seitenstraße eine kleine Bar entdecken.

„Hier geht es jetzt auf einen Absacker rein. Ich kenne den Schuppen noch gar nicht", erklärt Pedro seiner Kollegin.

„Nun, ich hoffe, du bist nicht oft in dieser Gegend. Ist nicht gerade einladend. Aber auf ein allerletztes Glas können wir es wohl riskieren."

Der Eingang ist einige Stufen tiefer gelegt als die Straße. Eine schwere Tür gibt knarrend dem Druck nach, als Pedro sie öffnet. Drinnen ist es dunkel, nur einige an der Wand angebrachte Lampen spenden Licht. Sicherlich gewollt. Die kleinen Nischen in der Bar sind alle besetzt. Die Pärchen verschwinden in der Dunkelheit und bleiben so anonym. Am Tresen sind keine Hocker mehr frei. Pedro und Juana gesellen sich stehend zu den anderen Gästen. Beide beschließen nur noch ein Tonic zu trinken. Sie sind sehr mit sich selbst beschäftig und achten daher nicht auf die umstehenden Gäste der Bar.

Eine Frau mit einem langen und dunklen Mantel, die den beiden Ermittlern den Rücken zudreht, weckt dann aber doch ihre Aufmerksamkeit.

„Juana", Pedro flüstert seiner Kollegin die Worte ins Ohr, was in so einer Bar nicht weiter auffällt.

„Schau dich mal um. Aber vorsichtig. Hinter dir an der Bar steht eine Frau in einem langen Mantel. Genau so einer, wie Maria ihn hat."

„Hast du die Toiletten gesehen?", fragt Juana geschickt extra ein wenig zu laut.

Sie schaut sich suchend um und blickt genau auf die Frau an der Bar. Anscheinend hat sie den Blick bemerkt. Gerade als sie sich instinktiv umdrehen will, blickt auch Pedro in ihre Richtung. Dann geht alles sehr schnell. Einige Barhocker fallen um. Einige bis zu diesem Moment knutschende Gäste schreien auf. Die Frau rennt aus der Bar. Juana und Pedro versuchen ihr zu folgen. Beide Ermittler haben getrunken und sind so ein wenig langsamer als sonst. In einer Bodega in einer der Nebenstraßen scheint die Unbekannte verschwunden zu sein. Jedoch bleibt die Suche ohne Erfolg. Die Frau in dem langen, dunklen Mantel ist weg.

„Wir müssen zurück zur Bar um zu zahlen. Vielleicht hat der Barmann schon die Polizei benachrichtigt, wegen Zechprellerei", lacht Juana ein wenig zu laut.

Der Alkohol des Abends hat seine Wirkung nicht verfehlt. Aber keiner der Anwesenden hat die Polizei gerufen. Keiner der Gäste kann außerdem eine Aussage über die

270

Unbekannte machen. Wie immer, es ist schwer hilfreiche Aussagen aus der Bevölkerung zu bekommen. Juana informiert daher per Handy ihre Kollegen im Kommissariat über den Vorfall und erbittet die Mithilfe aller Kollegen, nach einer Frau in einem langen Mantel Ausschau zu halten. Aussicht auf Erfolg ist kaum zu erwarten, aber es ist einen Versuch wert.

„Ist dir aufgefallen, in was für einer Bar wir hier gelandet sind? Es verkehren nur Schwule und Transsexuelle hier", flüstert Juana.

„Richtig erkannt. Aber ich habe es auch erst beim zweiten Hinsehen bemerkt. Außerdem war es mir für den letzten Schluck egal. Das wirft aber die Unbekannte in ein ganz anderes Licht! Vielleicht ist die Frau ein Mann?"

„Pedro. Lass uns das morgen im Kommissariat klären. Ich kann nicht mehr so kompliziert denken. Ich möchte nach Hause fahren."

Pedro ruft ein Taxi und der Abend, besser gesagt die Nacht, endet mit einem letzten Kuss vor der Tür zu Juanas Wohnung. Pedro fährt alleine im Taxi weiter und ist glücklich über den schönen, gemeinsamen Abend mit seiner Liebsten!

Kapitel 34
Sonnabend, 15. Mai

Juana und Pedro haben sich gegen elf Uhr auf dem Kommissariat verabredet. Wochenendarbeit aus einem besonderen Anlass. Der gestrige Abend.

Juana hat sich wieder einmal einen großen Block Papier besorgt, der auf ihrem Schreibtisch liegt.

„Ich mache jetzt eine Liste mit allen Ergebnissen. Mal sehen, wo Lücken sind. Vielleicht hilft es uns."

„Im Vordergrund steht immer wieder der Strauß Rosen. Für wen sind die Blumen bestimmt? Zuerst dachte ich, Lisa sei der Empfänger. Aber es folgten weitere Sträuße, auch nach ihrem Tod. Also sollten wir doch davon ausgehen, die Blumen sollen Manolo erfreuen!"

Pedro überlegt einen Moment und antwortet dann:

„Wer schenkt denn einem Mann Rosen? Das klingt nach Kitschroman."

„Machen wir sachlich weiter. Vor der Tür wurde eine Frau gesehen. Lange Haare und ein dunkler Mantel. Seit gestern Abend wissen nun aber, es könnte durchaus auch ein Mann in Frauenkleidern dahinter stecken."

„Juana, ich habe in der Nacht noch darüber nachgedacht. Glaubst du nicht, es war ein Zufall gestern. Vielleicht haben wir einen Kollegen oder unseren Chef bei einer delikaten Sache und in einer noch delikateren Situation überrascht? Ich kann nicht glauben, dass gerade wir den Täter in diesem Lokal finden, so ganz nebenbei."

„Wenn du Recht hättest, würde es aber viele Zufälle geben. Ein Kollege? Ich weiß wirklich nicht!", gibt Juana zu bedenken.

„Die Blumenverkäuferin aus Cádiz trug einen solchen Mantel. Die Freundin der Toten, also diese Prostituierte auch."

Pedro erwähnt auch noch Maria Levante, die einen ähnlichen Mantel im Haus hatte.

„Es scheint modern zu sein, lange Mäntel zu tragen. Ich habe aber keinen im Schrank. Die Blumenverkäuferin scheidet aus. Die Freundin auch. Bleibt Maria. Ich komme immer wieder auf das gleiche Ergebnis."

„Du glaubst Maria hat Lisa Levante ermordet? Sie hat eine Tochter, die mit Lisa bekannt war, durch den Kindergarten. Vielleicht sind sie ja mal aufeinander gestoßen? Aber, das gibt doch noch kein Tatmotiv."

„Pedro, ich glaube gar nichts. Der Glaube gehört in die Kirche. Wir ermitteln! Und die Ergebnisse dieser Ermittlungen, die sowieso schon viel zu lange dauern, führen mich immer wieder auf Maria. Nichts weiter. Nenne mir einen anderen Tatverdächtigen, ich lasse mich gerne überzeugen."

„Leider kann ich dir keinen Verdächtigen nennen. Wie willst du nun weiter verfahren?"

„Ich möchte noch ein letztes Mal mit Julia Baja sprechen."

„Du bist der Chef. Du bestimmst. Auf geht es."

„Sie?", fragt Julia Baja erstaunt.

„Dürfen wir reinkommen?", will Juana wissen.

Julia nickt. Aus der Küche der Wohnung dringt Musik. Eine männliche Stimme singt lauthals dazu.

„Entschuldigen Sie. Mein Mann."

„Klingt doch gut. Hallo, Sie haben eine kräftige Stimme. Sie sollten öfter singen!"

Jaime ist erstaunt. Er ist gerade dabei, Gemüse zu putzen und es scheint im sehr peinlich zu sein, dass fremde Personen ihn dabei beobachten. Immerhin ist er ein Mann.

Männer arbeiten nun mal nicht in der Küche, es sei denn, beruflich.

„Lassen Sie sich nicht stören. Wir wollen nur kurz mit Ihrer Frau sprechen. Vielleicht können wir in den Salon gehen, Julia?", schlägt Juana vor.

Die junge Frau hat sich noch nicht wieder gefangen, sie scheint überlegen zu müssen, wo sich der Salon befindet.

„Was kann ich tun für Sie?", fragt sie, nachdem sie endlich auf dem Sofa sitzen.

„Es geht, das können Sie sich denken, um Lisa Levante. Wir möchten den Fall jetzt abschießen. Dazu habe ich noch einige Fragen, die ihre Eltern betreffen."

„Nicht schon wieder! Ich kann es nicht mehr hören. Warum immer meine Eltern?"

„Julia, seien Sie bitte ganz ehrlich zu uns. Ich habe Sie das schon gefragt, aber es lässt mir keine Ruhe."

Julia schüttelt den Kopf, noch bevor Juana ihre Frage formulieren kann.

„Nein. Nein. Und nochmals: Nein. Meine Eltern führen eine glückliche Ehe. Keiner hatte jemals eine Affäre. Ich kann es nicht verstehen, wie Sie auf diese absurde Idee gekommen sind."

„Polizeiarbeit", erwidert Juana kurz.

„Sie bleiben dabei, Ihre Eltern kommen nicht für die Tat in Frage?"

„Was wollen Sie hören? Soll ich sagen: meine Mutter ist eine Mörderin?"

„Nein, Julia. Verstehen Sie doch. Aber Ihre Mutter war im Haus bei Manolo. Nach unserem gemeinsamen Treffen zum Kaffee. Sie kannte das Haus. Woher wohl?", erklärt Pedro, der sich nun in das Gespräch einmischt.

„Von mir. Ganz einfach. Eine Freundin von mir hat ganz in der Nähe gewohnt. Darüber haben wir gesprochen. Ich habe die Adresse wohl erwähnt", erklärt Julia.

„Nachdem Ihre Mutter das Haus verlassen hatte, fanden wir einen Strauß Rosen vor der Tür. Was sagen Sie dazu?" Juana verändert bei dieser Aussage ein wenig die Wahrheit, sie will Julias Reaktion sehen.

„Wenn meine Mutter bei Manolo war, um ihm Blumen zu schenken, was ich mir nicht vorstellen kann, hätte sie den Strauß persönlich abgegeben. Bestimmt hätte sie ihn nicht vor die Tür gelegt, wie Sie sagen. Was macht das für einen Sinn? Ich möchte doch als Blumenschenker erscheinen. Sie kennen den Spender doch gar nicht! Sonst gäbe es doch gar kleine Diskussion darüber!"

„Julia. Wir wollen mit Ihnen überhaupt nicht diskutieren. Wir ermitteln in einem Mordfall an einer jungen Mutter. Denken Sie doch an die Kinder!"
Pedro und Juana verlassen die Wohnung. Jaime ist noch immer in der Küche beschäftigt.

Zurück im Kommissariat sind Juana und Pedro deprimiert. Etwas entmutigt fragt Pedro seine Chefin, wie es denn nun weitergehen solle.

„Ich bleibe dabei. Maria Aragon ist meine Hauptverdächtige. Wollen wir den Aragons einen Besuch abstatten?"

„Ich weiß nicht Juana. Es ist Wochenende. Hast du Beweise? Ohne Beweise. Stelle dir vor, der Mann beschwert sich bei den Vorgesetzten", lamentiert Pedro.

Juana greift zum Telefon und entdeckt dabei einen Notizzettel, den ein Kollege auf den Hörer geklebt hat. Zufällig wurde bei einer Verkehrskontrolle in der vergangenen Nacht in San Fernando eine Frau kontrolliert, auf die Juanas Beschreibung passen soll. Mit ihren Gedanken ist die Kommissarin in diesem wichtigen Moment nicht so bei der Sache, wie es für den weiteren Ermittlungsverlauf wichtig wäre. Sie klebt die Notiz an einen anderen Ort und ordnet eine Hausdurchsuchung bei der Familie Aragon an. Pedro schaut ihr still zu und kann nicht glauben, was er gerade vernimmt.

„So. Nun werden wir ja sehen wer Recht behält. Du hast es gehört: 16 Uhr geht es los. Wir haben also noch genügend Zeit, uns bei einem Kaffee Gedanken über das Danach zu machen. Wer holt die Erfrischung? Klar, Pedro. Also, auf geht's."

Der erfahrene Polizist ist sprachlos. So hat er seine Kollegin noch nie erlebt. Sie scheint ziemlich unter Druck zu stehen. Am 12. April wurde Lisa ermordet, vor über vier Wochen! Keine gute Arbeit, obwohl, der Fall ist schwierig. Pedro denkt nach, während er in die gegenüberliegende Bar geht. So lange sollte die Aufklärung eines Mordes nicht dauern. Dabei kommt ihm der Fall der toten Touristin wieder in den Kopf. Die Ermittlungen erstreckten sich über viele Monate. Es dauerte über ein halbes Jahr bis der wahre Täter gefasst wurde. Schließlich zählt aber doch der Erfolg, nicht der Weg.

Drei Einsatzwagen der Guardia Civil und Pedro mit seinem Dienstwagen halten gegen vier Uhr vor dem Haus der Familie Aragon in Chiclana. Es sieht alles so ruhig und friedlich aus. Juana geht zur Tür und läutet. Maria erscheint und schaut erstaunt auf die vor der Tür stehenden Uniformierten.

„Maria Aragon. Ich habe einen Durchsuchungsbeschluss für Ihr Haus. Lassen Sie uns eintreten."

„Bitte was? Einen Durchsuchungsbeschluss?"

„Genau. Darf ich Sie also bitte, meinen Kollegen Platz zu machen. Gehen Sie bitte mit allen anwesenden Personen in den Salon. Sie dürfen ab sofort nicht mehr das Haus verlassen und auch nicht telefonieren. Haben Sie das verstanden? Gut."

Die Polizisten teilen sich auf. Einige gehen in das Obergeschoß, andere bleiben im Parterre und der Rest der Truppe geht in den Keller. Juana und Pedro bleiben bei der Familie im Salon. Anwesend sind nur Señor und Señora Aragon. Die beiden Eheleute sitzen total schockiert auf dem Sofa. Maria ist blass geworden, ihr Mann versucht sie zu trösten, indem er ihre Hand hält. Plötzlich wird Juana von einem uniformierten Kollegen in den Keller gerufen. Sie bittet Pedro bei den Aragons zu warten. Pedro folgt ihren Schritten. Er fühlt sich nicht wohl, er ist nicht davon überzeugt, dass dieser Einsatz einen Erfolg bringen wird. Es ist ganz still im Raum. Langsam kommen Juanas Schritt wieder näher, dann öffnet sich die Zimmertür. Juana hält eine große Plastiktüte in der Hand. Ihren Inhalt kann man nicht erkennen.

„Maria", es entsteht eine kurze Pause.

„Sagten Sie nicht, Sie würden keine Perücken tragen? Mein Haar ist zu voll, waren das nicht Ihre Worte? Was meinen Sie, habe ich in dieser Plastiktüte?"

Maria schüttelt ihren Kopf.

„Ich weiß es nicht. Ich kenne diese Tüte nicht."

„Es sind zwei Perücken. Mit dunklen Haaren. Genau solche Haare hatte die Unbekannte, die vor dem Haus der Levantes gesehen wurde. Sind das Ihre Perücken Maria?"
Die Frau schüttelt erneut den Kopf. Sie beginnt leise zu weinen. Erneut steht ein Kollege der Guardia Civil in der Tür des Salons.

„Juana kommst du noch mal, bitte."
Alle Beteiligten schauen sich erwartungsvoll an. Pedro wirkt ein wenig sicherer, der Fund im Keller des Hauses hat bestätigt, dass Juana wohl doch den richtigen Riecher hatte, wie immer. Sie kommt nur einen kurzen Augenblick später mit einer Schachtel in den Salon zurück. Ein kleiner Behälter. Nichts Besonderes, etwas größer als eine Zigarettenschachtel.

„Was haben wir wohl hier gefunden? Maria?"

„Ich weiß es nicht."
Maria zittert und schluchzt.

„Können Sie denn meine Frau nicht in Ruhe lassen? Was sollen diese Anschuldigen? Sie glauben doch nicht etwa, dass meine Frau einen Mörderin ist?"
Juana lässt die Fragen unbeantwortet im Raum stehen. Diese Beweismittel reichen ihr.

„Maria Aragon, Sie sind verhaftet wegen des Verdachts des Mordes an Lisa Levante. Kommen Sie mit. Packen Sie sich einige Sachen ein."
Jetzt hat Maria ihre Fassung völlig verloren und bricht schreiend zusammen. Eine Kollegin, die bei der Hausdurchsuchung beteiligt war, übernimmt es, die Frau auf ihr

Zimmer zu begleiten um das Nötigste einzupacken. Luis bleibt alleine zurück, während die Kommissare das Haus verlassen und gemeinsam mit seiner Frau in die Einsatzzentrale fahren. Ruhe und Stille bleiben ihm!

Juana und Pedro sitzen im gemeinsamen Büro und besprechen, wie es mit den Vernehmungen der Tatverdächtigen Maria weitergehen soll.

„Wir lassen sie holen. Ich werde sie erneut zu den gefunden Beweismitteln befragen. Ich verstehe nur nicht, dass wir die Perücken überhaupt noch gefunden haben", erklärt Juana ihrem Kollegen.

Der erwidert:

„Du meinst, sie hätte die Sachen längst vernichten können?"

„Klar. Wir haben sie oft genug befragt. Sie wusste doch, dass sie unter Tatverdacht stand. Ich, an ihrer Stelle, hätte die Sachen irgendwo in den Müll geworfen. Oder verbrannt. Aber sie lässt die Sachen im Keller. Ich verstehe sie nicht."

„Vielleicht hat sie nicht damit gerechnet, dass wir das Haus durchsuchen. Klingt unwahrscheinlich. Aber, nicht alle sind mit der Arbeitsweise der Polizei vertraut", merkt Pedro an.

„Anscheinend hat sie keine Krimis gelesen. Keinen Roman von Mankell und keinen von Deaver", gibt Juana noch grinsend von sich.

Maria wird ins Büro gebracht. Ihre Arme sind auf dem Rücken verschränkt. Juana bittet die Beamtin, der Verdächtigen die Handschellen abzunehmen.

„Maria, setzten Sie sich. Hier, auf diesen Stuhl."

Stumm folgt Maria den Anweisungen der Kommissarin.

„Nun wollen wir uns mal unterhalten. Die Perücken und der Schmuck, warum haben Sie die Sachen im Keller versteckt?", fragt Juana.

„Ich habe die Sachen nicht im Keller versteckt. Ich kenne die Perücken nicht. Ich habe Ihnen bereits erklärt: ich habe noch nie eine Perücke getragen. Ich bleibe dabei. Es ist die Wahrheit."

„Warum musste Lisa sterben? Haben Sie eine Liaison mit Manolo?"

„Nein. Ich kenne diesen Manolo nicht näher. Ich habe keine Affäre mit ihm."

„Was ist mit dem Schmuck? Warum lag der im Keller?"

„Darf ich den Schmuck mal sehen?", fragt Maria plötzlich.

Juana reicht ihr die Plastiktüte, in der sich der Inhalt der Pappschachtel nun befindet.

„Bitte nur ansehen, nicht entnehmen. Wegen der Fingerabdrücke."

Maria wendet und dreht die Tüte. Immer wieder.

„Na und? Kennen Sie den Schmuck?"

„Ja. Der Schmuck gehörte mir. Ich habe ihn vor langer Zeit entsorgt, weggeschmissen. Es ist nur Modeschmuck. Relativ teurer Modeschmuck. Aber, eben Modeschmuck. Ich trage nur noch echten Schmuck. Nicht weil ich eingebildet bin. Nein, ich vertrage diese Legierungen nicht auf der Haut", erklärt Maria Aragon.

Sie schaut immer wieder auf den Inhalt der Plastiktüte und schüttelt den Kopf.

„Seit wann tragen Sie nur noch echten Schmuck?", fragt Juana.

280

„Ich habe gerade darüber nachgedacht. Es ist Jahre her. Ich kann es gar nicht genau sagen. Vielleicht vier Jahre."

„Seit dieser Zeit haben Sie den Schmuck nicht mehr gesehen?"

Maria bestätigt das zuerst, erklärt dann aber, sie hätte den Schmuck erst vor etwa zwei Jahren aussortiert um ihn zu vernichten. Juana und Pedro tauschen einen Blick aus, der sagen will: Warum lügt diese Frau?

„Wie kommt denn der Schmuck in Ihren Keller, wenn Sie ihn doch schon vor einiger Zeit weggeworfen haben?"

„Ich kann es mir auch nicht erklären. Ich kenne einige dieser Teile gar nicht mehr. Deshalb habe ich auch so lange gebraucht, ich meine, um ihn zu erkennen."

„Sie bleiben dabei, es ist Ihr Schmuck. Sie hatten ihn weggeschmissen. Vor Jahren. Weiter sagen Sie aus, dass Sie keine Perücken besitzen. Ist das so richtig?"

Maria nickt und bestätigt die Aussage.

„Für diesen Augenblick reicht es mir. Sie werden nun wieder in Ihr neues Zuhause, in die Zelle gebracht. Wir sprechen uns wieder."

Gemeinsam fahren Pedro und Juana ins Haus der Familie Aragon. Sie wollen sich erneut im Keller umsehen. Nicht, weil sie den Kollegen nicht trauen und glauben, dass vielleicht etwas übersehen wurde. Sie möchten die Atmosphäre des Hauses und des Kellers aufnehmen. Juana sagt immer, sie könne sich so besser in den Täter hineinversetzen. Pedro sagt dazu nichts, sie ist seine Chefin. Er folgt ihr stumm. Raum für Raum durchstreift Juana. Luis hat nichts dagegen, er sitzt im Salon und schweigt. Seine Frau wurde verhaftet! Was für eine

Tragödie. Damit kann ein Mann, noch dazu ein Spanier, nicht fertig werden. Juana ist im Keller angekommen. Es gibt einen Vorratsraum, dort sind Getränke, Dosen und Kartons gelagert. Juana erblickt eingelegte Paprika, Oliven und Tomaten. Jede Menge Weinflaschen und natürlich ein kleines Fass Sherry. Im Nebenraum steht eine Waschmaschine. Auf einem Ständer trocknet noch die Wäsche vom letzten Mal. Unterwäsche.

„Hier ist nichts, was mich inspirieren könnte. Komm weiter", fordert Juana ihren Kollegen auf.

„Es bleibt nur noch der Werkkeller. Sieht nicht einladend aus. Ziemlich unordentlich. Außer Werkzeug und Gartenkram ist nichts zu sehen."

„Was ist bitte Kram? Und was ist in dem Schrank an der Wand dort?"

„Ganz einfach. Dies und Das, nichts was mich näher interessieren würde, das nenne ich Kram. Und in dem Schrank stehen die Schuhe der Familie."

„Gut. Dann lass uns zu Luis gehen", schlägt Juana vor. Pedro folgt ihr die Treppe nach oben.

Luis sitzt immer noch regungslos auf dem Sofa im Salon. Sein Blick ist starr. Vor ihm auf dem Tisch steht ein Glas, anscheinend Brandy. Eine Flasche oder Karaffe ist nicht zu sehen.

„Luis. Wir möchten gerne mit Ihnen sprechen. Glauben Sie an Ihre Frau?"

Der Kopf hebt sich langsam und die Augen sind auf Juana gerichtet. Sein Blick geht jedoch ins Leere.

„Was heißt, ob ich an meine Frau glaube? Sie glauben doch wohl nicht im Ernst, dass meine Frau diese Lisa

Levante ermordet hat? Warum sollte sie so etwas Grausames tun? Meine Frau hat drei Kindern das Leben geschenkt. Warum sollte sie ein anderes Leben auslöschen?"

„Wieso drei Kinder? Ich denke, Sie haben nur zwei Kinder? Julia und Ines?", hakt Juana sofort nach.

Luis wird still und traurig. Er bejaht und erklärt der Kommissarin, dass ein Kind gestorben sei, kurz nach der Geburt. Sie würden nicht gerne darüber sprechen, da der Schmerz immer noch zu groß sei.

„Dieser Tod hat uns alle sehr verändert. Meine Frau und ich wollten mehr Kinder. Einen ganzen Stall voller Kinder. Aber nach dem Tod des kleinen Filippo haben uns die Ärzte abgeraten. Es wäre zu gefährlich. Ich kann es nicht erklären, es gab da einen medizinischen Aspekt."

„Das tut mir leid. Entschuldigen Sie, Luis. Ich habe es nicht gewusst."

Pedro schaut in Juanas Augen. Er weiß, jetzt ist er gefragt.

„Luis was sagen Sie zu dem Schmuck im Keller Ihres Hauses? Und zu den Perücken? Wem gehört der Schmuck? Wem die Perücken?"

Luis antwortet nicht. Sein Blick ist starr auf den Boden gerichtet und er schweigt.

„Wir kommen wieder. Wir haben die Sachen ins Labor geschickt. Danach werden wir genau wissen, wer die Sachen zuletzt getragen hat. Auf Wiedersehen Luis." Auf dem Weg zurück ins Kommissariat herrscht einvernehmliches Schweigen im Wagen. Erst kurz vor dem Aussteigen auf dem Parkplatz meldet sich Juana zurück.

„Ich habe ein komisches Gefühl. Ich kann es nicht erklären. Aber irgendetwas stimmt hier nicht."

„Was meinst du? Mit dem Wagen?", fragt Pedro.

Seine Frage ist wirklich ernst gemeint. Juana beginnt laut zu lachen. Je mehr sie in Pedros erstauntes Gesicht schaut und seine fragenden Augen sieht, desto lauter lacht sie.

„Ich kann mich kaum noch halten. Du bist vielleicht ein Clown. Der Wagen!", wieder beginnt Juana zu lachen.

„Nein. Ich meine mit Maria."

Juana steigt aus dem Wagen und wartet nun auf ihren Kollegen, der immer noch völlig verdutzt aus der Wäsche schaut!

„Wie mit Maria? Glaubst du mit einem Mal nicht mehr, dass sie Lisa ermordet hat?"

„Ich weiß es nicht. Es ist nur so ein Gefühl. Ich kann es nicht erklären", erläutert Juana, während sie bereits das gemeinsame Büro erreicht haben.

„Gräme dich nicht, meine Liebe. Morgen wissen wir mehr. Morgen ist der Laborbericht da. Pass auf, morgen lösen wir den Mordfall auf."

„Glaubst du an sich selbst erfüllende Prophezeiungen?", gibt Juana zum Besten.

„Bitte? An was soll ich glauben?"

„Ist schon gut. Ich hoffe, du hast Recht."

Während Juana versucht, etwas Ordnung auf ihrem Schreibtisch zu schaffen, entdeckt sie erneut den kleinen Notizzettel der Kollegen aus San Fernando. Sie blickt stumm und liest, so als erblicke sie diesen Hinweis das erste Mal.

„Was hast du da?", fragt Pedro seine Chefin.

„Es handelt sich um einen Hinweis, der eine Frau betrifft, die auf unsere Beschreibung in der Fahndung von letzter Nacht passen soll. Mehr weiß ich auch noch nicht."

Erst in diesem Moment wird Juana die Tragweite dieser Notiz klar. Daher versucht sie sofort mit dem Kollegen aus San Fernando in Kontakt zu treten. Aber wie immer, der Kollege hat zurzeit keinen Dienst und erst ab Sonntagmorgen wieder erreichbar.

Kapitel 35
Sonntag, 16. Mai

Juana steigt übermüdet aus ihrem Bett. Wochenendarbeit ist nicht gerade das, was sie sich wünscht. Der Mordfall Lisa Levante hat aber erste Priorität. Der Fall muss endlich abgeschlossen werden. Mit normaler Ermittlungsarbeit scheint dieser Fall nicht zu lösen sein. Hier sind Instinkt und Feingefühl gefragt. Juanas Gedanken schwenken immer wieder ab. Ramon. Auch so ein Thema, das man nur mit Feingefühl zum Abschluss bringen kann. Warum? Die große Liebe? Und nun? Wüste? Aber ich kann doch nicht weg hier. Pedro? Juana lächelt. Sie kennen sich schon viele Jahre. Juana kennt jede Regung und jede Bewegung ihres Kollegen. Aber nun ist alles neu und unbekannt. Sie haben sich geküsst. Früher passierte es öfters. Aber aus anderen Gründen. Weil ein Fall gelöst war. Weil ein Erlebnis beide erfreut hatte. Weil Namenstag war. Nun aber soll es aus Liebe geschehen? Während Juana weiter über diese neue Situation nachdenkt, hat sie sich angezogen und ist dabei ihre Wohnung zu verlassen.

„Ich finde diese Sonntage ohne Ausschlafen, ohne Buch am Bett, ohne langes Liegen einfach blöde!", begrüßt Pedro seine Chefin.

„Du bist heute schon vor mir im Büro? Hochachtung! Und, ist der Bericht schon da?", fragt Juana dienstbeflissen.

„Hier lies selbst. Ich kann es nicht glauben."

Pedro reicht die Akte an seine Kollegin weiter, die noch ihre Tasche in der Hand hält. Sie wirft einen ersten Blick in die Akte und in den Bericht des Labors.

„Wie? Das verstehe ich nicht", gibt sie von sich und lässt die Tasche auf den Boden fallen.

„Ich sage es doch. Ich verstehe es auch nicht."

„Das bedeutet, wir müssen Maria wieder laufen lassen! Veranlasse bitte, dass Maria zu uns gebracht wird. Aber ohne Handschellen, weise bitte ausdrücklich darauf hin."

Juana verlässt das Büro. Sie geht in den Waschraum und steht schweigend vor dem großen Spiegel. Was haben wir falsch gemacht? Wer konnte in den Keller? Genau! Das müssen wir klären. Maria hat keine Spuren hinterlassen. Wessen DNA haben wir noch nicht überprüft? Sie schaut noch immer auf ihr Spiegelbild. Dann plötzlich öffnet sich die Tür und eine Kollegin betritt den Vorraum. Juana erschrickt ein wenig und lächelt. Dann verlässt sie ohne einen Gruß den Waschraum.

„Maria. Ich habe eine gute Nachricht. Sie dürfen nach Hause. Die Haare, die wir an der Perücke gefunden haben, Sie gehören eindeutig nicht Ihnen."

Juana macht eine Pause.

„Ich habe es Ihnen doch gesagt. Ich habe diese Perücken noch nie gesehen und noch nie getragen."

„Ich gebe zu, wir haben einen Fehler gemacht. Haben Sie eine Erklärung dafür, dass die Perücken bei Ihnen im Keller gefunden wurden?"

„Nein. Ganz ehrlich. Ich habe in der letzten Nacht auch drüber nachgedacht. Es waren in der letzten Zeit keine Fremden bei uns im Haus. Ich weiß nicht, wie diese Dinger in den Keller gekommen sind. Ich habe auch über den Schmuck nachgedacht. Aber auch dafür ist mir keine Erklärung eingefallen. Darf ich jetzt nach Hause?"

„Ja Maria. Ein Wagen wird Sie fahren. Es tut mir wirklich leid, dass sie die letzte Nacht bei uns bleiben mussten. Auf Wiedersehen."

Juana reicht Maria die Hand. Sie nimmt sie entgegen und damit die Entschuldigung an.

„Das war dein Gefühl. Es stimmt was nicht, hast du noch gestern gesagt."

„Wir sollten noch mal ganz in Ruhe überlegen, wer diese Teile in den Keller hat bringen können? Wer kann in das Haus der Aragons? Wer hätte Gelegenheit, die Sachen dort zu verstecken?"

„Ich denke, Juana, wir lassen Maria aus dem Spiel. Es bleiben Luis und die Kinder oder Fremde", stellt Pedro fest.

„Ja. Handwerker? Angeblich sollen lange keine fremden Personen im Haus gewesen sein. Das macht auch keinen Sinn, denn der Schmuck liegt ja schon seit Jahren im Keller."

„Juana. Ich komme, je öfter ich darüber nachdenke, immer zu demselben Ergebnis."

„Und das wäre, Pedro?"

„Ich traue mich gar nicht es auszusprechen. Aber es kann eigentlich nur Luis sein!"

Nun schweigt Juana und schaut erstaunt auf ihren Kollegen.

„Ich bin auch schon zu diesem Resultat gekommen. Wir sollten nochmals in die Villa fahren."

„Maria wird nicht glücklich sein, wenn wir schon wieder auftauchen. Es hilft aber nichts. Es muss sein", bemerkt Pedro voller Überzeugung.

„Aber bevor wir starten, lass mich den Kollegen anrufen, wegen der Frau."

Bereitwillig berichtet der Kollege der Guardia Civil über ihren nächtlichen Einsatz. Auf der Suche nach Drogen und Alkoholsündern wurde auf der Zufahrtsstraße von Chiclana nach San Fernando eine Straßensperre errichtet. Auffällig war die Fahrerin eigentlich nur geworden, berichtet der Kollege, weil sie übertrieben aufgeregt erschien und trotz der relativ kalten Witterung unheimlich zu schwitzen begann. Als der Kollege die Papiere der Fahrerin überprüfte, Alkohol schien nicht im Spiel gewesen zu sein, stutzte er bei Einsicht. Die Papiere lauteten auf den Namen Juan Manuel Tosso. Sie wurden überprüft, es lag kein Hinweis vor, dann wurde die Fahrerin gebeten das Fahrzeug zu verlassen. Sie trug, und das gab den Anlass für den Hinweis nach Chiclana, einen langen, dunklen Mantel. Nachdem die Kollegen sich mit der Fahrerin auseinander gesetzt hatten, stellten sie fest, es handelte sich um den in den Papieren genannten Juan Manuel Tosso. Pedro blickte erwartungsvoll, während seine Kollegin mit offenem Mund dem Gespräch folgte, ohne sie auch nur einen Moment aus den Augen zu lassen. Die Kommissarin macht sich einige Notizen und beendet das Telefonat, nachdem sie sich bei ihrem Kollegen bedankt hat. Nun folgt die Erklärung, auf die Pedro schon so gespannt ist.

„Ob es sich dabei um dieselbe Person gehandelt hat, die uns in der Bar entwischt ist?", überlegt Pedro.

„Keine Ahnung. Obwohl, von der Zeit her könnte es stimmen. Wir werden uns mal mit diesem Señor Tosso unterhalten. Aber nun fahren wir zuerst zur Familie Aragon.

Das Haus liegt still und verschlafen vor den Kommissaren. Keine Musik und keine Geräusche sind zu hören. Juana klingelt zaghaft. Sie warten still bis sich endlich die Haustür öffnet. Maria schaut durch den Türspalt.

„Sie schon wieder? Wollen Sie mich wieder verhaften?"

„Wir müssen noch mal mit Ihnen sprechen. Mit Ihnen und auch mit Ihrem Mann. Dürfen wir?", fragt Juana, obwohl sie sich nicht hätte abwimmeln lassen.

„Ist Ihr Mann im Haus?", fragt Pedro ganz beiläufig.

„Nein. Er ist vermutlich in die Stadt gegangen. Ich habe ihn nicht angetroffen, als ich nach Hause kam. Er kauft sicherlich Zigaretten, das macht er immer am Sonntagvormittag."

„Wir warten auf ihn. Kann man ihn per Handy erreichen? Wie lange bleibt er denn normalerweise fort?"

„Das geht eigentlich schnell. Vielleicht eine halbe Stunde. Ich weiß nicht, ob er sein Telefon mitgenommen hat. Wie gesagt, ich habe ihn noch nicht gesehen heute Morgen."

„Geben Sie mir seine Nummer, ich rufe ihn an. Bitte Maria."

Juana zieht ihr Nokia aus der Jacke und nimmt die Ansage der Telefonnummer entgegen, um sie dann direkt einzugeben. Es läutet, aber Luis nimmt nicht ab. Aus dem Nebenzimmer dringt jedoch ein fades Klingeln. Maria öffnet die Tür und findet Luis Jacke vor sich auf einem Stuhl. Sie greift in die Tasche und das Läuten wird lauter.

„Hier ist es. So kann er es ja wohl nicht hören! Wir werden auf ihn warten müssen."

„Ich hoffe, Sie verstehen mich, aber ich muss unter die Dusche. Das Hotel in dem ich die letzte Nacht verbracht habe, war nicht besonders gut ausgestattet. Wenn Sie verstehen, was ich meine", erklärt Maria und verlässt den Salon.

Nachdem die Tür verschlossen ist und Marias Schritte leiser werden, sagt Juana:

„Pass auf Pedro. Luis hat eine Affäre mit Lisa. Sie treffen sich hin und wieder. Dann kommt Manolo dahinter und Lisa bricht das Verhältnis ab. Luis ist aber eifersüchtig und will nicht, dass seine Angebetete mit einem anderen Mann lebt. Deshalb verkleidet er sich und bringt Lisa um."

„Oder. Manolo hatte eine Affäre mit Maria und Luis ist dahinter gekommen. Nun bringt er Lisa um, gleiches Motiv: Eifersucht. Auch das wäre eine Erklärung."

Die Zeit vergeht und Maria erscheint geduscht und umgezogen im Salon bei den Kommissaren.

„Wir sitzen aber schon eine ganze Zeit und warten auf Ihren Mann. Über dreißig Minuten. Wo kauft er denn die Zigaretten?", will Juana von Maria wissen.

Sie schüttelt den Kopf denn sie weiß es nicht.

„Sollte Ihr Mann in der nächsten halben Stunde nicht hier eintreffen, werde ich ihn zur Fahndung ausschreiben."

„Wie bitte? Nun verdächtigen Sie meinen Mann? Ihnen ist wohl gar nichts heilig?"

„Maria. Verstehen Sie uns doch. Die Perücken waren in Ihrem Keller. Genaugenommen im Werkkeller ihres Mannes. Genau an der gleichen Stelle haben wir auch den Schmuck gefunden. Sie sagen - und das belegen die Spuren - sie haben ihn dort nicht hingelegt. Bleibt doch nur Ihr Mann", erklärt Juana ganz ruhig und sachlich.

„Ich kann es nicht glauben. Ich glaube nicht, dass mein Mann diese Frau ermordet haben soll? Warum? Es macht so gar keinen Sinn. Er kannte diese Frau gar nicht."

„Nun, vielleicht sind Sie sich im Kindergarten begegnet? Bei einer dieser Feste? Vielleicht hat Ihr Mann nur seine Tochter besucht und zufällig Lisa getroffen. Es soll Liebe auf den ersten Blick geben? Vielleicht hatte Ihr Mann eine Affäre mit Lisa. Der nächste Schritt - ich meine nach Liebe - ist oft Hass! Eifersucht und Hass sind die häufigsten Motive bei Mord! Glauben sie uns."

Die Kommissare bleiben noch eine weitere halbe Stunde, ohne dass Luis auftaucht.

„Sollte Ihr Mann nach Hause kommen, rufen Sie uns an. Sollte er sich bei Ihnen telefonisch melden, informieren Sie uns. Ich gebe die Fahndung nach ihm raus. Wir finden ihn. Auf bald Maria."

Im Kommissariat angekommen beschließen Juana und Pedro nicht weiter zu warten. Beide machen sich auf den Weg nach Hause. Die Ermittler sind jederzeit telefonisch zu erreichen. Für den Fall, das man Luis aufgreift oder er sich meldet, würden sie sofort ins Kommissariat fahren.

„Etwas Ausspannen tut uns gut. Ich hoffe, wir sehen uns erst morgen wieder", meint Juana, ohne sich über diese Äußerung Gedanken gemacht zu haben.

„Ich finde keine Worte! Du bist ja lustig? Du freust dich, wenn du mich heute nicht mehr sehen musst? Ich sollte mir wohl doch einen neuen Arbeitsplatz suchen!"
Juana lacht und erklärt ihrem Starrkopf, wie sie es gemeint hat. Bei gehen gemeinsam und lachend aus dem Büro zum Parkplatz.

Tatsächlich bekommen die Ermittler keinen Anruf mehr an diesem Sonntag. Luis ist anscheinend nicht wieder aufgetaucht.

Kapitel 36
Montag, 17. Mai

Im Kommissariat ist es still. Ein Montagmorgen, wie ihn alle am liebsten mögen. Keine neuen Schreckensbotschaften. Keine neuen Leichen. Keine Entführungen und keine Einbrüche. Ruhe.

„Ich rufe zuerst Maria an. Luis ist nicht in der Nähe des Hauses gesichtet worden. Das hätten wir erfahren. Die Kollegen der Nachtschicht sind schon abgelöst worden. Maria hat auch keinen Anruf erhalten, auch das wüssten wir. Ich möchte aber gerne hören, wie sie sich fühlt."

Das Gespräch dauert nicht lange. Maria ist aufgelöst und völlig hysterisch, sie macht sich verständlicherweise Sorgen um ihren Mann.

„Das gefällt mir nicht. Wenn wir mit unserer Vermutung Recht hatten und Luis den Mord beging, hat er sich abgesetzt. Vielleicht nach Marokko oder über Gibraltar ins Ausland. Dann werden wir denn Fall nicht so schnell lösen. Sollte er sich noch in Spanien aufhalten, dann finden wir ihn. Bald."

„Ich hoffe nur du hast Recht, Juana. Es könnte auch noch etwas Schlimmeres passiert sein."

„Was meinst du, Pedro?"

„Er könnte auch ermordet worden sein. Vielleicht hat er gemeinsame Sache mit einem noch Unbekannten gemacht. Der hat kalte Füße bekommen und ihn ausgeschaltet."

„Wau! Du siehst wohl auch zu viele Krimis. Das ist aber die Realität. Kein Kriminalfall aus dem Fernsehen. Hier passieren solche spektakulären Sachen nicht."

Juana und Pedro nutzen die Ruhe und das Schweigen der Telefone, um die letzten Berichte zu verfassen und die Akten zu vervollständigen. Dabei überprüft die Ermittlerin auch die Personalien der unheimlichen Frau im dunklen Mantel, die sich als Mann entpuppte. Gemeldet ist Juan Manuel Tosso in San Fernando. Er hat sich also an dem fraglichen Abend auf dem Nachhauseweg befunden. Bisher ist er noch nicht mit der Polizei in Kontakt gekommen, hat also eine weiße Weste.

„Ich denke, wir sollten mal nach San Fernando fahren, Pedro", sagt Juana.

„Was willst du da? Einkaufen?"

„Sehr witzig. Ich will zur Wohnung des Señor Tosso. Ich möchte wissen, ob die beiden Personen identisch sind, also die Frau aus der Bar und der Tosso. Wenn ja, warum ist er weggelaufen? Was hat er zu verbergen?"

Die Kommissare machen sich auf den Weg. Die Adresse, es handelt sich um eine kleine Seitenstraße im Zentrum. Eine trostlose Gegend. Es befinden sich kaum Menschen auf der Straße, die Häuser wirken eher verlassen als bewohnt, der Schein trügt jedoch. Es liegt einfach daran, dass sich um diese Zeit die meisten Einwohner auf Ihrer Arbeitsstelle befinden und die Fenster und Türen verschlossen wurden.

„Hier ist es. Komm, wir klingeln mal. Vielleicht haben wir Glück. Soll doch schon mal vorgekommen sein, oder?" flachst Juana.

Aber das Glück hilft Ihnen heute nicht, es öffnet niemand. Mit dem alten Trick, einfach beim zu Nachbarn klingeln, verschaffen sich die Ermittler Zutritt ins Haus. Auf dem Treppenabsatz steht eine junge Frau, mit einem schreienden Baby auf dem Arm.

„Kann ich Ihnen helfen?"

Juana bedankt sich kurz und erklärt, sie wolle eigentlich zu Señor Tosso, der hätte aber nicht geöffnet. Die junge Mutter erklärt, der wäre doch zur Arbeit, um diese Zeit. Dann fällt die Tür der Wohnung ins Schloss und Juana und Pedro schauen sich erstaunt an.

„Was war das denn? Lässt mich hier einfach so stehen. Na warte, nicht mit mir", brummt Juana und klopft an der soeben zugefallenen Haustür.

„Was ist denn noch?", keift die Frau, während sie die Tür einen Spalt öffnet und grimmig hinausschaut.

„Können Sie uns sagen, wo Señor Tosso arbeitet? Wir müssen ihn dringend sprechen."

Während die Frau gerade Luft holt, um loszuschreien, zieht Juana ihren Dienstausweis aus der Tasche und hält ihn ihr unter die Nase. Daraufhin folgt eine kurze Erklärung, die die beiden Kommissare verstummen werden lässt. Sie sind erstaunt, über die erfahrende Neuigkeit. Sie fahren auf direktem Weg zurück ins Kommissariat.

Auch nach Beendigung der Mittagspause, als sie kurz nach drei Uhr wieder im Büro erscheinen, hat sich nichts über den zur Fahndung ausgeschriebenen Luis ergeben.

„Langsam werde ich unruhig. Ich rufe noch mal Maria an. Vielleicht hat sich etwas ergeben?"

Später berichtet sie ihrem Kollegen, der zwischenzeitlich das Büro verlassen hatte, über das Ergebnis des Telefonates.

„Maria hat nichts gehört. Auf der Arbeit ist Luis nicht erschienen. Zu Hause hat er sich nicht gemeldet. Maria hat alle Freunde, Verwandte und Bekannte angerufen. Keine hat Luis gesehen oder gesprochen."

„Wir werden abwarten müssen, bis wir ihn fassen oder bis er sich stellt", merkt Pedro an.

„Sag mal, ich denke gerade noch mal über diesen Mann in Frauenkleidern nach, wir sollten uns erkundigen, in welcher Filiale er arbeitet. Machst du das bitte?", fordert Juana ihren Kollegen auf.

Das Gespräch verfolgt Juana nicht, sie ist in die Akte mit der Aufschrift LISA beschäftigt.

„Juana, sag mal, in welcher Filiale arbeitet Manolo eigentlich noch?"

„Am Kreisel, in der Stadt. Wieso willst du das wissen?"

„Was meinst du, in welcher Filiale Juan Manuel Tosso arbeitet?", fragt er.

„Sag bloß, in derselben Filiale?"

Pedro nickt.

„Das heißt also, Juan Manuel und Manolo sind Kollegen, sie arbeiten in derselben Filiale der Unicaja. Das macht mich stutzig. Wir sollten diesen Juan Manuel besuchen, meinst du nicht auch?"

Gesagt, getan. Mit dem Einsatzwagen fahren die beiden Kollegen zur Unicaja. Es ist gerade noch Zeit, die Angestellten müssten noch in der Filiale sein. Es ist geschlossen, wie immer am Nachmittag, aber es brennt noch Licht im Innenraum und es sind Personen zu erkennen, die hinter den Schaltern sitzen und arbeiten. Juana klopft, mit dem Schlüssel, damit es auch jeder im Inneren hören kann. Ein Mann erscheint an der Glastür und schaut fragend auf die beiden Kommissare. Nach einem Blick auf die Dienstausweise öffnet sich die Tür und die Kommissare betreten die Schalterhalle.

„Guten Tag, wir möchten mit Señor Juan Manuel Tosso sprechen."

Der Banker, der vor Ihnen steht, schüttelt seinen Kopf.

„Tut mir Leid. Der hat heute frei. Morgen wieder."

Enttäuscht fahren die Kommissare wieder zurück und besprechen auf dem Heimweg wie es weitergehen soll.

„Wir könnten erneut nach San Fernando fahren oder, das halte ich für besser, einen Einsatzwagen der Kollegen der Guardia Civil schicken, die ihn dann aufs Kommissariat bringen."

Pedro ist froh, er hatte so gar keine Ambitionen mehr, nochmals zur Wohnung des Verdächtigen zu fahren.

Kurz vor zwanzig Uhr, als Juana und Pedro gerade das Büro verlassen wollen, läutet das Telefon. Juana atmet tief durch - sie will nach Hause - und nimmt den Hörer ab. Nach nur wenigen Worten wirft sie ihn zurück auf den Apparat.

„Warte, Luis ist gefunden", erklärt sie ihrem Kollegen.

„Wie gefunden? Haben wir ihn aufgegriffen? Oder hat er sich gestellt?"

„Er wurde aufgegriffen. Ziemlich angetrunken, an der Promenade in Sancti Petri."

„Hat es denn Sinn, auf ihn hier zu warten?"

„Nein. Wir werden ihn heute nicht mehr verhören können, angesichts seines Zustandes. Mañana otro dia! Aber ich will seine Frau informieren, sie ist doch sicherlich voller Sorge um ihrem Mann."

Mit einem gutgemeinten Anruf informiert Juana die immerhin auch schon unter Mordverdacht gestandene Ehefrau über die Neuigkeiten, die ihren bisher verschollenen Mann betreffen. Maria ist froh und erstaunt zugleich, da ihr Mann sonst nie große Mengen von Alkohol zu sich genommen hat. Aber dennoch ist sie sichtlich erleichtert, dass ihr Mann noch am Leben ist.

Kapitel 37
Dienstag, 18. Mai

Erleichtert betreten Juana und Pedro am Morgen das gemeinsame Büro. Immerhin, Luis lebt, er wurde gefunden und ist sicherlich, nachdem er die Nacht in einer Ausnüchterungszelle verbracht hat, auch wieder ansprechbar. Er wird zur Vernehmung ins Büro gebracht.

„Señor Aragon, können Sie uns das erklären? Warum haben Sie sich so betrunken, Sie waren ja nicht mal mehr ansprechbar?", will Juana wissen.

Luis sieht total fertig aus. Kein Wunder, er ist unrasiert, ungewaschen und ungekämmt. Außerdem merkt man ihm an, dass er einen sehr schweren Kopf haben muss. Er blinzelt. Das durch die Fenster eintretende Sonnenlicht scheint ihn zu blenden.

„Wir kommen noch mal auf die in Ihrem Keller gefundenen Perücken und Schmuckstücke zurück. Haben Sie die Sachen dort versteckt? Haben Sie die Perücke getragen und sind dann zu Manolos Haus gefahren?"

Luis schüttelt den Kopf und antwortet dann ganz leise:

„Nein und noch mal nein. Ich war es nicht. Ich habe letzte Nacht nachgedacht, ich meine darüber, wem der Schmuck und die Perücken gehören könnten?"

„Und zu welchem Ergebnis sind Sie gekommen?", fragt Juana schnippisch.

„Ich glaube, Sie sollten mal mit Julia sprechen. Mir ist eingefallen, sie wollte die Sachen für den Fasching aufbewahren. Aber es ist schon länger her. Es war auf keinem Fall in diesem oder im letzten Jahr. Ich könnte mir vorstellen, dass die Sachen beim Aufräumen einfach an einen anderen Platz gelegt wurden. Sie müssen wissen, wir haben den Keller gestrichen und alles ausgeräumt. Bitte, glauben Sie mir, ich war es genauso wenig, wie meine Frau."

Das Verhör wird durch ein eingehendes Telefonat unterbrochen, über das Juana gar nicht erfreut ist. Pedro kümmert sich darum, nachdem ihn seine Chefin mit einem entsprechenden Blick dazu aufgefordert hat. Es sind die Kollegen der Kriminaltechnik aus dem Labor, die das Ergebnis der Untersuchung des eingereichten Materials - Perücke und Schmuck - durchgeben. Pedro bittet seine Chefin einen kurzen Moment mit ihm das Büro zu verlassen.

„Was ist denn so wichtig, dass wir jetzt darüber reden müssen?" fragt sie etwas genervt.

„Das Ergebnis des Labors, es waren nicht Luis Haare an der Perücke. Ganz sicher, er hat diese Perücke nicht getragen."

Juana erschrickt.

„Das bedeutet aber, Luis hat Lisa nicht ermordet. Er ist unschuldig."

Es klingt eher wie eine Entschuldigung als eine Feststellung! Sie geht zurück ins Büro und setzt sich, mit einem Blick auf Luis, an ihrem Schreibtisch.

„Señor Aragon, die Haare, die wir an der Perücke gefunden haben, gehören eindeutig nicht Ihnen. Sie dürfen nach Hause. Gehen Sie zu Ihrer Frau. Bitte entschuldigen Sie!"

Luis erhebt sich aus dem Stuhl, schweigend, geht zur Tür, dreht sich ein letztes Mal um, schüttelt den Kopf und verlässt das Büro der Kommissare.

Pedro, der vor der Tür wartete, betritt das Büro und sieht seine Juana am Schreibtisch sitzen. Ihre Arme liegen auf dem Schreibtisch, der Kopf ruht auf ihnen. Ihr Gesicht ist hinter den Haaren versteckt. Pedro ahnt, was gerade in seiner Chefin vor sich geht. Er tritt an ihren Schreibtisch und versucht Juana zu streicheln. Erneut klingelt das Telefon. Ein Kollege informiert die Ermittler, dass der gesuchte Juan Manuel Tosso nun in seiner Wohnung angetroffen wurde und aufs Kommissariat gebracht wird. Pedro informiert Juana, die sich kurz bei ihm bedankt, aber dann direkt ohne ein weiteres Wort das Büro verlässt. verwundert schaut Pedro ihr nach und hofft, dass sie vor dem Eintreffen des Verdächtigen wieder zurück sein wird.

Etwa dreißig Minuten später. Es klopft und die Kollegen führen einen unbekannten Mann in das Büro. Fast im selben Augenblick erscheint auch Juana, anscheinend hat sie die Bürotür im Auge behalten, während sie auf dem Flur am Getränkeautomaten stand oder einen Plausch mit einer Kollegin führte.

„Nehmen Sie Platz. Sie heißen Juan Manuel Tosso?", beginnt Juana das Verhör.

„Ja", kommt die Antwort.

Das Mann, er trägt eine Jeanshose, ein Poloshirt und eine Freizeitjacke darüber, wirkt weder gereizt noch ängstlich. Auffällig an ihm sind seine weiblichen Züge, die blondierten Haare und das Parfüm, das Juana an einen Besuch in der

Parfümerie Douglas erinnert, wo es auf jedem Quadratzen-
timeter anders duftet.

„Sie wohnen in San Fernando?"

„Sie wissen es doch, warum fragen Sie mich danach?"

„Beantworten Sie meine Fragen nicht mit einer Gegenfrage, sondern beantworten Sie meine Fragen, ganz
einfach. Haben Sie das verstanden?"

„Ja."

„Also noch einmal. Wohnen Sie in San Fernando?"

„Ja."

„Ist es richtig, dass Sie in der Filiale de Unicaja in
Chiclana arbeiten, also mit Manolo Levante zusammen?"
will Juana als Nächstes wissen.

„Ja."

„Kennen Sie sich gut, Sie und Manolo?"

„Nun, wir arbeiten zusammen. Da kennt man sich halt.
Ich würde aber nicht behaupten, dass wir uns sehr gut
kennen."

„Sie kennen auch seine Frau, Lisa Levante?"

„Sie meinen, ich kannte Lisa? Sie ist doch ermordet
worden, oder?"

„Sie sollen nur meine Fragen beantworten. Kannten Sie
Lisa Levante?"

„Natürlich. Klar, kannte ich die Frau meines Arbeitskollegen."

„Wann haben Sie Lisa zum letzten Mal gesehen? Und
wo war das?", fragt Juana nach.

„Ich weiß es nicht. Sicherlich auf der letzten Betriebsfei-
er. Vielleicht auch mal in der Bank, Lisa kam manchmal um
ihren Mann abzuholen."

„Sind Sie auch mal bei den Levantes zu Hause gewesen?"

„Ich kann mich nicht daran erinnern. Nein, ich war nie im Haus der Levantes."

„Aber Sie wissen, dass es ein Haus war, in dem Lisa und Manolo lebten? Wieso?"

„Ich habe nicht gesagt, sie lebten in einem Haus", kontert Juan Manuel.

„Sie haben gerade gesagt: ich war nie im Haus der Levantes. Woher haben Sie es gewusst?"

„Das war nur so eine Redewendung. Ich war noch nie bei meinem Arbeitskollegen zu Hause. Fragen Sie Manolo doch. Er wird es Ihnen bestätigen. Was wollen Sie eigentlich von mir?"

„Kann es sein, dass wir Sie, sagen wir mal, in einer etwas anderen Aufmachung, in einer bestimmten Bar in der Stadt gesehen haben? Kann es weiter sein, dass Sie fluchtartig das Lokal verlassen haben, als wir mit Ihnen sprechen wollten?"

„Vielleicht", kommt die Antwort, sehr leise und mit herabgesenktem Kopf.

„Warum? Warum sind Sie vor uns weggelaufen?"

„Das können Sie sich doch vorstellen. Versetzten Sie sich doch einmal in meine Situation. Ich, in Frauenkleidern, in einer Schwulenbar! Reicht Ihnen das als Grund? Glauben Sie wirklich, es macht mir nichts aus, so gesehen zu werden? Ich arbeite bei einer Bank, können Sie sich vorstellen, was passiert, wenn das die Kollegen erfahren? Wenn es mein Chef erfährt?"

„Sie wussten doch gar nicht, wer wir waren? Warum sind Sie gerade vor uns weggelaufen?"

„Dass Sie nicht in diese Bar gehörten, konnte jeder erkennen. Mein Freund, mit dem ich sprach, hatte mich schon auf Sie aufmerksam gemacht, bevor Sie mich entdeckt hatten."

„Gut, aber warum sind sie denn vor uns weggelaufen? Wenn Sie uns gesehen haben, wussten sie doch, dass wir nicht von der Bank kommen, keine Kollegen sind? Warum?"

„Ich kenne sie", erklärt Juan Manuel kurz.

„Woher? Woher kennen Sie uns", will Juana wissen. Sie schaut dem Verdächtigen direkt in die Augen, aber er weicht dem Blick der Ermittlerin aus.

„Aus der Zeitung. Ich habe einen Bericht über Sie gelesen, als die Sache mit Lisa passierte. Außerdem sind Sie schon in unserer Filiale gewesen. Ich habe ein photographisches Gedächtnis, wenn es um Gesichter geht."

„Gut, Sie kennen uns. Aber, warum laufen Sie dann weg? Sie hatten doch nichts, was Sie vor uns verbergen mussten, oder?"

„Meinen Aufzug, vielleicht!", schreit Juan Manuel.

„Ist es nicht in Wirklichkeit so, dass Sie Angst hatten, wir sind Ihnen auf der Spur!"

„Das ist doch lächerlich. Auf was für einer Spur denn? Suchen Sie neuerdings Transsexuelle? Ist es strafbar, in Frauenkleidern auf der Straße zu sein?", erbost sich Juan Manuel.

„Ich glaube, Sie haben Lisa Levante umgebracht! Darum hatten Sie Angst und sind geflohen!"

Juana macht eine kurze Pause. Dann greift sie zum Telefonhörer und gibt eine klare Anweisung, an einen Kollegen am anderen Ende der Leitung.

„Abführen!"

Juana und Pedro schauen sich an, ohne ein Wort zu verlieren.

„Und nun? Was machen wir, Juana?" fragt Pedro unentschlossen.

„Wir werden uns in der Wohnung des Juan Manuel Tosso mal ein wenig umsehen."

Nachdem die Kollegen den Verdächtigen abgeholt haben machen sich die beiden Ermittler auf den Weg nach San Fernando in die Wohnung des jetzt Inhaftierten. Sie betreten den Hausflur, die Schlüssel haben sie dem Mann auf dem Kommissariat abgenommen, eine Genehmigung liegt Ihnen vor, und nun stehen vor der Wohnungstür.

„Was wird uns erwarten?", bemerkt Juana, während sie den Schlüssel herumdreht und sich die Tür mit einem leisen Klick öffnet.

Die Kommissare stehen auf dem Flur der kleinen Wohnung. Die Wände sind zartrosa gestrichen, drei verschlossene Türen gehen davon ab. Hinter der ersten Tür, die Pedro öffnet, befindet sich die Küche. Nichts Auffälliges, klein, sauber und aufgeräumt. Es steht kein schmutziges Geschirr herum, ein kleiner Tisch in der Ecke, davor zwei Klappstühle. Die zweite Tür führt in den Salon, der schon ein wenig sonderbar für einen Junggesellen erscheint. Auf dem Boden liegen weiße Teppiche, die wie kleine Wolken aussehen. Das Sofa, bedeckt von einer rosa Plüschdecke, steht vor dem Fenster, das zur Straße geht. An den Wänden hängen eindeutige Kohlezeichnungen, sie zeigen nackte Männer in eindeutigen Positionen. Pedro drängt Juana einen Blick in das letzte Zimmer, vermutlich das Schlafzimmer, werfen zu dürfen.

„Ich bin neugierig, wie es dort wohl aussieht!", gibt er ohne Umschweife zu.

Beide Ermittler sind erschrocken und sprachlos, als sie die Tür öffnen. Damit haben die Kommissare nun wirklich nicht gerechnet.

„Lass uns ins Kommissariat fahren."

Auf dem Weg zurück schweigen beide, sie lauschen dem Funk, der unaufhörlich und ungebeten über alle Nebensächlichkeiten informiert. So empfinden es jedenfalls die beiden. Am Eingang fordert Juana bereits ihren Kollegen auf, den Verdächtigen aus der momentanen Unterkunft zu holen und ihn in etwa einer halben Stunde auf ihr Büro bringen zu lassen.

„Ich rufe jetzt Manolo an. Ich bin gespannt, was er dazu sagt."

Pedro, der ganz dringend einen anderen Ort aufsuchen muss, bekommt von diesem Gespräch nichts mit. Aber, er erkundigt sich sofort als er zurück ins gemeinsame Büro kommt. Leider, so sieht es Pedro, kommt Juana aber nicht mehr dazu Erklärungen abzugeben, denn Juan Manuel wird bereits ins Büro geführt.

„Setzen. Señor Tosso, ich glaube, es ist an der Zeit, die Wahrheit zu sagen. Wir wissen alles, aber wir möchten Ihnen die Chance geben, ein Geständnis abzulegen. Es wird sich sicherlich strafmildernd für Sie auswirken. Ich höre."

„Was wollen Sie denn wissen?", fragt Juan Manuel.

„Die ganze Geschichte, von Anfang an. Mit allen Einzelheiten. Wir haben Zeit."

Zuerst schweigt Juana Manuel noch, schaut auf den Boden, dann aus dem Fenster. Endlich hebt er seinen Blick, schaut abwechseln zu Pedro und Juana. Dann beginnt er.

„Ich kam vor drei Jahren nach Chiclana. Zuerst habe ich in San Fernando gearbeitet, aber es gab dort Differenzen mit einem Kollegen. Private Differenzen, wenn Sie verstehen, was ich meine. Ich habe mich daraufhin nach Chiclana versetzten lassen. In Cádiz war keine Stelle vakant, ich wollte schließlich nicht auch noch meine Wohnung wechseln. Sonst wäre nur Málaga geblieben, dahin wollte ich nicht. Manolo ist mir gleich aufgefallen. Er war sehr gutaussehend, sehr freundlich und immer hilfsbereit. Wir haben uns gut verstanden, von Anfang an. Eines Tages, ich kann nicht mehr sagen, wann es war, bemerkte ich, dass Manolo anscheinend an mir Gefallen gefunden hatte. Er lud mich zum Frühstück ein, gab mal einen Donat aus. Was ich nie verstanden habe war, dass er sich nie von mir einladen ließ. Ich habe ihn oft gefragt, ob er nicht mal mit mir zum Essen gehen wolle. Aber er lehnte immer ab. In der Firma war er zuvorkommend und herzlich, aber wenn es darum ging, außerhalb der Bank etwas zu unternehmen, lehnte er immer ab."

Juan Manuel macht eine Pause. Er bittet die Kommissare um ein Glas Wasser, dann spricht er weiter.

„Ich hatte immer mehr das Gefühl, dass seine Ehe daran schuld war. Seine Frau, ich kannte Lisa, ich hatte sie auf einem Betriebsfest kennengelernt, sie war die Ursache. Sie erlaubte ihrem Mann nicht, sich mit mir zu treffen."

„Haben Sie Manolo je danach gefragt? Hat Manolo gesagt, seine Frau würde es ihm nicht erlauben?", fragt Juana den vor ihr sitzenden Juan Manuel.

„Nein, er musste es mir nicht sagen. Ich habe es gespürt. Immer wenn seine Frau am Telefon war oder wenn sie ihn mal abholte, wurde er kurz angebunden und ungerecht. Er war gar nicht mehr so nett zu mir, wie sonst. Klar, Lisa war der Grund. Er hat sich auch nie für die Blumen bei mir bedankt."

„Sagen sie, Juan Manuel, haben Sie Ihrem Kollegen denn von den Blumen erzählt? Wusste Manolo, dass die Blumensträuße von Ihnen kamen?", fragt Juana interessiert.

„Nein, warum auch. Wer sollte denn Manolo sonst Blumen schenken, noch dazu dunkelrote Rosen? Das konnte doch nur ich sein. Deshalb habe ich es auch nicht verstanden, er hätte es doch einmal erwähnen können, sie waren schön und teuer! Irgendwann war ich es leid, immer nur abserviert zu werden, von Manolo. Ich wollte ihn aufsuchen, wollte reinen Tisch mit ihm machen. Ich wollte endlich, dass Manolo sich zu mir bekennt. Ich fuhr zu ihm nach Hause. Als ich klingelte öffnete seine Frau und erklärte mir, Manolo wäre nicht daheim. Dabei musste er zu Hause sein. Er war an diesem Tag nicht auf der Bank gewesen. Er konnte nur zu Hause sein. Sie bat mich rein und wollte mir etwas zu trinken anbieten. Da fasste ich allen Mut und gestand ihr meine Liebe zu Manolo."

Wieder schweigt Juan Manuel. Er schaut aus dem Fenster und wirkt entmutigt, enttäuscht und verletzt.

„Was geschah dann? Wie hat Lisa reagiert?", will Juana wissen.

„Sie können sich das nicht vorstellen! Sie hat mich ausgelacht. Mich, der ich Manolo als Einziger wirklich liebe. Ich habe auf sie eingeredet, immer wieder. Doch sie lachte und lachte. Auf einem Hocker lag eine Strumpfhose, die habe ich mir geschnappt und zugezogen. Dann endlich war sie still und konnte nie wieder über mich lachen. Mich lacht niemand aus. Glauben Sie mir!"

„Und dann?", fragt Juana erneut.

„Plötzlich sah ich, wie Lisa auf dem Boden im Esszimmer lag. Sie lag da und sagte kein Wort mehr. Sie schien zu schlafen. Ich zog die Hausschuhe über, die auf dem Flur standen, sie gehörten Manolo. Ich trug Lisa ins Schlafzimmer und legte sie aufs Bett. Ich fesselte sie, um einen Überfall vorzutäuschen. Dann ging ich wieder."

„Sie haben Manolo beobachtet, stimmt es?"

„Ja, sicherlich. Immer und überall. Er ist der Mann, den ich liebe, von ganzem Herzen. Ich habe ihn fotografiert, immer und überall. Wollen Sie die Bilder sehen? Sie müssen sich die Bilder ansehen, unbedingt. Sie hängen alle in meinem Schlafzimmer an den Wänden. Wenn Manolo zu mir kommt, soll er sich gleich wie zu Hause fühlen. Wissen Sie, ich liebe Manolo, er soll es doch gut bei mir haben."

Juana veranlasst, dass Juan Manuel Tosso abgeführt und auf seine Zelle gebracht wird.

„Schau Juana, wieder einmal hat uns Kommissar Zufall bei der Aufklärung eines Falles geholfen. Ich finde, und das meine ich ganz ehrlich, wir sollten diesen Kommissar als Ergänzung und Bereicherung in unser Team aufnehmen. Was meinst du dazu, Juana?"

Die beiden Kommissare umarmen sich und sind erlöst vom Druck der letzten Wochen.

Besuchen Sie doch einmal die Homepage der Autorin.
Dort finden Sie alle bisher veröffentlichten Bücher und
erfahren gleich etwas über weitere Pläne!

www.susanne-hottendorff.com

Weitere Websites der Autorin:

www.beratungspraxis-kleeblatt.de
www.ich-will-gesundheit.de

9 783741 237867